Elogios para

EL PAÍS DE LAS MUJERES

❦

"Belli desnuda su personalidad novelista, su actitud revolucionaria y su sueño como mujer".   —*Semana* (Colombia)

"La nicaragüense Gioconda Belli ha logrado una pequeña obra maestra de sátira política, donde la implacable mirada sobre lo cotidiano, a lo Jonathan Swift, se agiliza con un humor ágil y amable siguiendo, tal vez, la escuela trazada por Benedetti y Bioy Casares".
   —*opinionynoticias.com* (Venezuela)

"Para saber cómo se enfrentan a la situación tendrán que leer esta audaz, divertida y brillante utopía política, que en el desierto de lo público que es hoy Nicaragua puede muy bien constituirse en una alternativa con futuro. La novela esta repleta de personajes de nuestro tiempo, políticos corruptos, magistrados depravados, violadores de niñas y golpeadores de mujeres, pero también del mundo de la vida cotidiana y de la naturaleza exuberante y telúrica de Faguas, donde el volcán es un gran protagonista y cómplice del PIE".
   —*Confidencial* (Nicaragua)

"A partir de este libro, la nicaragüense ha creado un nuevo Partido Global Feminista, de un feminismo felicista, ya que considera que necesita un nuevo empuje y un aire nuevo, lúdico, erótico, gozoso".
   —*El Confidencial* (España)

Gioconda Belli

EL PAÍS DE LAS MUJERES

❧

La obra de Gioconda Belli, novelista y poeta nicaragüense, ha sido ampliamente traducida y ha ganado numerosos premios internacionales, entre ellos el Premio Casa de Las Américas de poesía en 1978, el premio a la mejor novela del año en Alemania en 1989 por *La mujer habitada* y el premio de poesía internacional "Generación del 27" en 2002.

El país bajo mi piel fue seleccionado entre los mejores libros del año en 2002 por *Los Angeles Times* y fue nominado para el Los Angeles Times Book Award en 2003. La autora divide su tiempo entre Santa Mónica, California y Managua, Nicaragua.

EL PAÍS DE LAS MUJERES

EL PAÍS DE LAS MUJERES

Gioconda Belli

Vintage Español
Una división de Random House LLC
Nueva York

Contenido

A Maryam, Melissa y Adriana, mis hijas;
a Alía Sofía, el relevo de las amazonas

EL PAÍS DE LAS MUJERES

La Presidenta

Era una tarde ventosa y fresca de enero. El poderoso soplo de los vientos alisios alborotaba el paisaje con sus revoltijos. Por la ciudad la hojarasca hacía cabriolas, flotando de una acera a la otra y rozando las cunetas con un ruido de rastrillo en sol menor. La laguna frente al Palacio Presidencial de Faguas tenía el agua encrespada y el color de un oscuro café con leche. Olía a amarillo, a flores silvestres estropeadas, a cuerpos sudorosos apretujándose.

Sobre la tarima, la presidenta Viviana Sansón terminó de pronunciar su discurso y alzó los brazos triunfante. Le bastaba agitarlos para que la plaza entera prorrumpiera en renovados aplausos. Era el segundo año de su mandato y el primero en que se celebraba, por todo lo alto, el Día de la Igualdad En Todo Sentido que el gobierno del PIE mandó incorporar a las efemérides más ilustres del país. A la Presidenta la emoción le enturbiaba los ojos. Toda esa gente, mirándola con exaltado fervor, era la razón de que ella estuviese allí sintiéndose la mujer más dichosa del mundo. La energía que le transmitían era tal que habría querido seguir hablando de los sueños locos con los que desafió los pronósticos de cuantos pensaron que ella jamás llegaría al poder, ni contemplaría como lo hacía en aquel momento el fruto de la audacia

13

y del enorme esfuerzo puesto en el empeño por ella y sus compañeras del Partido de la Izquierda Erótica.

Miró a su alrededor. Se veían muchachas arriba de las terrazas de los edificios circundantes, muchachas encaramadas en los árboles del parque vecino y hasta sobre el techo de la glorieta al centro, hombres sentados sobre la escalinata del palacio presidencial. Alrededor de la tarima, las policías del cordón de seguridad se bamboleaban bajo la presión de la multitud. Pobres, pensó, mientras seguía trotando, moviendo los brazos en alto de un lado al otro, dando vueltas por el estrado circular. No habría querido policías, pero Eva insistía en cuidarla. Le preocupaba que ella hablara desde el centro de las plazas.

El sudor le corría por la espalda tras aquellas dos horas de moverse de un lado al otro. Nunca decía sus discursos detrás de los podios. Con su estilo de rockera en concierto –toda de negro y con botas– había roto la tradición de los políticos machos de antaño, siempre protegidos tras mesas y parapetos. Ella no. Quería que la gente la percibiera cercana, accesible. Desde su toma de posesión como Presidenta de Faguas, y aun antes, en su campaña electoral, siempre habló desde el centro de las multitudes, con el micrófono en la mano. El círculo era un abrazo, había declarado, y la palabra mágica de su administración era C O N T A C T O; todos en contacto: tocarse, sentirse. El círculo era la igualdad, la participación, el vientre materno, femenino. El símbolo reiteraba su fe en el valor de percibir con el corazón y no solamente con la razón. Fue el giro que ella le imprimió a la política del país y el que le permitió envolverse en el calor de los otros, ese calor que la hacía sudar en el esplendoroso sol de aquel día que empezaba a apagarse.

Viviana continuó su recorrido por el redondo escenario. A sus cuarenta años tenía un físico envidiable: un sólido cuerpo moreno claro de nadadora, una mata de pelo oscura de rizos africanos hasta los hombros –herencia del padre mulato que nunca conoció– y el rostro delgado de su madre, de facciones finas pero con grandes ojos negros y una boca de labios anchos y sensuales. Aquel día, Viviana vestía una camiseta negra de escote profundo, por el que sobresalían los pechos abundantes cuya utilidad solo aceptó cuando se metió en política. Durante su adolescencia su tamaño la incomodó de tal manera que practicó el nado como deporte cuando se fijó que todas las nadadoras eran planas como tablas de planchar. Ella, aunque brilló en sus proezas acuáticas y hasta llegó a ser campeona nacional de natación, apenas si logró hacer mella en el desarrollo desaforado de sus ya famosas tetas. Al final no le quedó más que abrazar sus generosas proporciones. Terminó pensando que debía celebrarlas y convertirlas en sinónimo del compromiso de darle a la población de aquel país los ríos de leche y miel que el mal manejo de los hombres le había escatimado. A veces se recriminaba su exhibicionismo, pero que funcionaba, funcionaba. No sería ni la primera ni la última mujer que descubría el hipnótico efecto de un físico voluptuoso.

Tras completar corriendo otras tres vueltas al redondel deteniéndose de tanto en tanto para alzar los brazos en señal de victoria, Viviana decidió que ya era suficiente. La sensación de triunfo era embriagadora, pero estaba cansada y no quería exagerar. Suficiente egolatría, pensó. Era peligroso, a su juicio, alimentar demasiado la adoración de la gente. Desde el principio, Martina, Eva, Rebeca e Ifigenia insistieron en que cabalgara sobre el influjo magnético que ejercía sobre las multitudes. Ella asumía una y otra vez el reto; llevaba a las masas al paroxismo del entusiasmo pero, después, sentía la compulsión maternal de tranquilizarlas y tenía que contener el deseo de cantarles canciones de cuna o de contarles cuentos como hacía con su hija luego de una buena sesión de alboroto, de correr por la casa gritando, haciéndose cosquillas, revolcándose. A Celeste, cuando era pequeña, siempre podía calmarla hasta dejarla soñolienta, lista para lavarse los dientes y ponerse el pijama. Con las multitudes no podía usar el mismo método, pero intentaba otras modalidades: cambiaba de ritmo, se relajaba, entraba en un andar quieto, agitando suavemente los brazos, caminando despacio, cada vez más despacio alrededor del círculo. Hizo señas a sus compañeras del PIE, las que iniciaran con ella la idea de aquel partido, para que subieran al estrado y caminaran todas juntas, tomadas de la mano como el elenco de una obra de teatro que termina. Le gustaba que se sintieran queridas, que disfrutaran un triunfo que igualmente les pertenecía. Eva Salvatierra, Martina Meléndez, Rebeca de los Ríos e Ifigenia Porta también eran mujeres atractivas y vibrantes. Eva era pelirroja, menuda, con pecas en las mejillas y una voz gangosa, ligeramente adolescente que contrastaba con su mortífera eficiencia. Martina era rubia castaña, más voluptuosa que flaca, pelo liso. Había nacido con el don de un irreverente sentido del humor. Sus ojos pequeños y oscuros ponían en duda casi todo por principio. Rebeca de los Ríos, alta, morena, esbelta como un junco, como habría dicho doña Corín Tellado, era de una belleza oscura y misteriosa y tenía el porte más elegante y refinado de todas. Ifigenia, la Ifi, era delgada, de cara larga y nariz pronunciada; todas la querían porque se parecía a la Virginia Woolf.

Los aplausos subieron momentáneamente de tono, pero fueron disminuyendo en la medida en que Viviana empezó a hablar lentamente: Ahora nos iremos todos a casa, dijo en el micrófono suavemente, casi susurrando las palabras, sonriendo, repitiendo gracias, gracias, como un mantra, un conjuro que a ella misma le permitiera aceptar el asombro gozoso de que tantos hubiesen depositado su confianza en ella y su gobierno.

A este punto, usualmente, el ánimo del público empezaba a decrecer, salía de pechos, gargantas y bocas, como un espíritu exhausto, a disolverse en un aire de final de fiesta. Ella solía observar fascinada el proceso: la energía acumulada esfumándose de los cuerpos como un flujo de agua derramada perdiéndose por las esquinas, mientras la compacta multitud se abría como una mano extendida despidiéndose.

Aquel día, sin embargo, aún reservaba una sorpresa: fuegos artificiales donados por la Embajadora de China. La primera detonación se escuchó a lo lejos. La multitud detuvo su éxodo. Un paraguas de luces rosa encendido descendió desde el cielo sobre la plaza. Lo sucedieron cascadas de iluminados pétalos blancos, arañas verdes, copos de azul y tentáculos amarillos. Todos los rostros se alzaron para mirar el deslumbre mientras de las gargantas brotaban las exclamaciones. Viviana sonrió. Amaba los fuegos artificiales. Eva, que era Ministra de Seguridad y Defensa, había dispuesto que ella y las demás bajaran del estrado y se retiraran a mirar las luces desde un sitio más seguro, pero Viviana no se movió, cautivada por la luz y por el efecto del cielo encendido sobre los rostros de aquella multitud súbitamente transportada a los portentos de la infancia. Ajena ya a su rol de protagonista, normalizado el flujo de adrenalina de su actuación pública, pudo, en ese instante de reposo, reparar en un hombre con la cabeza cubierta por una gorra azul de camionero que se abría paso entre la multitud. Lo vio acercarse y alzar los brazos a poca distancia como para sacarse una sudadera por la cabeza. Muy tarde reconoció su intención. No oyó el disparo pero un calor viscoso la golpeó fuertemente en el pecho y la frente y la hizo perder el equilibrio. Cayó hacia atrás sin remedio, desplomándose cuan larga era. Aún alcanzó a oír el griterío que irrumpió a su alrededor. Vio un hombre flaco, también de gorra, con cara de buen samaritano inclinarse sobre ella. Quebrándose en el caleidoscopio del líquido tornasol en el que lentamente sintió hundirse, vio los rostros de Eva, Martina y Rebeca como reflejos asomados a un estanque. Cuando oyó el aullar plañidero de las ambulancias, ya sus pensamientos, como si alguien hubiese abierto una trampa, corrían a desaguar en un total silencio.

Transcripción íntegra del relato
de José de la Aritmética

Eva Salvatierra: Diga su nombre y sus generales, por favor.

J. A.: José de la Aritmética Sánchez, tengo 50 años, soy casado, vivo en el reparto Volga... ¿Está bien o le digo más?

E. S.: Está bien. Don José, quiero que me diga, por favor, lo que pasó en la plaza. ¿Dónde estaba usted cuando los disparos? ¿Qué vio?

J. A.: Pues mire, si quiere que le diga mi opinión sobre quién disparó tiene que oírme todo el cuento desde el principio, porque yo creo que las cosas no pasan de un día para el otro, y yo le voy a contar mi impresión desde el mismísimo día que la presidenta Viviana tomó posesión porque yo estaba allí, ¿oyó? Yo no me pierdo de mítines, marchas o manifestaciones. Vivo pendiente de la política y de cualquier otro molote. Son para mí lo que la Navidad para los comerciantes. A cualquier asoleado le gusta comerse un raspado y los míos son de primera.

Yo nunca me hubiera imaginado que ustedes, las mujeres, iban a mandarnos. Hasta me reí al comienzo de la campaña electoral, se lo admito, cuando aparecieron presentando su partido con la bandera del piecito. Cierto que llevaban a un personaje como Viviana Sansón de candidata, pero a mí eso no me parecía suficiente. Si dicen que el hábito no hace al monje, yo diría que un programa de televisión tampoco. No le niego que todas ustedes me parecieron muy inteligentes. Cuando hablaban de que ya estaban hartas de que nosotros los hombres siguiéramos desbaratando el país, de los robos al Estado y desmanes, claro que yo entendía a qué se referían, aunque no fuera mujer. Y para qué negarlo: me gustó esa idea de que iban a ser las madres de todos los necesitados, de que limpiarían el país como si se tratara de una casa mal cuidada, que lo iban a barrer y a pasarle lampazo hasta sacarle brillo. Usted hubiera visto a mi mujer y mis hijas fascinadas cuando oían esas cosas. Lo del erotismo pues sí me pareció extraño porque para mí eróticos son los calendarios que regalan en Navidad en las ferreterías con las mujeres hermosotas en paños menores. Que hablaran de eso pues no me parecía serio, no me parecía que calzaba en los discursos de lo que se necesita para gobernar una nación, aunque debo aclararle que yo no comulgo con esos que las andan criticando porque dicen que ustedes aceptan que cada quién es libre para hacer el sexo con quien quiera: hombres y mujeres; mujeres con mujeres, hombres con hombres. Yo, por último, ya no me meto. Cada persona es dueña de su calzón o su portañuela. Allá ellos. Que las explicaciones se las den al todopoderoso de allá arriba, a mí con tal de que no me toque ver funciones en vivo, me tiene sin cuidado. Será porque tengo cinco hijas mujeres que Dios guarde que yo diga algo, me caen encima. No les gusta ni que les diga maricas a los maricas… Resulta que ahora son gays, socios, qué se yo.

E. S.: Don José…

J. A.: Ya, perdone, es que creo que es bueno que usted oiga lo que piensa alguien como yo, un ciudadano común y corriente. La cosa es que cuando explotó el volcán, después de esos días de oscuridad, usted sabe cómo nos quedamos los hombres: acabados, pasivos. A ustedes nadie se les opuso. Ganaron la Presidencia y la mayoría en la Asamblea con los votos de las mujeres. Nosotros no teníamos ánimo para nada. Éramos como electrodomésticos que alguien desenchufó. ¡Lo recuerdo tan bien! La extrañeza que nos entró a todos y que nos dejó fuera de combate; sumisos, sedita. ¡Santo Dios, Santo Fuerte! ¡Qué días esos! Usted hubiera visto cómo se reían mis vecinas cuando me vieron pasar empujando mi carrito de raspados camino a la manifestación en la que celebraron su victoria; yo caminando como esos perros, con la cola entre las piernas. En esos días parecía que los hombres ya nunca levantaríamos cabeza. Pero claro que el colmo fue –y no se me impaciente– cuando la Presidenta decretó que todo su gabinete, incluyendo la jefatura del ejército y la policía, estaría integrado solo por mujeres; que en su gobierno no quedaría ningún hombre, ni siquiera un chofer, ni un vigilante, ni un soldado. ¿Se acuerda usted? Dijo que las mujeres necesitaban gobernar solas un tiempo, y que, mientras tanto, los hombres se dedicaran a reponer fuerzas cuidando a sus hijos y atendiendo solamente responsabilidades familiares. Así se repondrían del tóxico del volcán, la falta de la hormona esa. ¿Cómo es que se llama?

E. S.: La testosterona, don José, el humo del volcán les redujo los niveles de testosterona; así se llama la hormona.

J. A.: Ni pronunciarla puedo. Terrona le dicen en mi barrio. Pero la cosa, como usted sabe, es que apartaron a ese poco de hombres sin asco. A mí ese extremismo no me pareció nada conveniente. Por lo menos cuando la mayoría de los ministros y gente importante del gobierno eran hombres, siempre quedaban las secretarias, las contadoras, las que se encargaban de la limpieza... Ahora ni para eso nos iban a ocupar a nosotros. Y yo para mis adentros pensé que los choferes, por lo menos, debían quedarse. Si se arruinaba un carro, se les ponchaba una llanta, mentira que ustedes, las mujeres, iban a poder hacer lo que un hombre. Hay cosas que cada cual hace mejor. Sobre eso no hay vuelta que darle. Yo no me voy a poner a discutir sobre la miel de los raspados con mi mujer. Ella es la que sabe escoger las mejores piñas, cuánta azúcar echarle a la leche, cuánto cocerla para que no le quede muy espesa.

E. S.: Pues para que sepa, don José, que los mejores cocineros del mundo son hombres... Y además recuerde que esa medida es temporal...

J. A.: Pero ya ve cuánto resentimiento agarraron algunos… Seguro quien le disparó a la Presidenta fue un resentido…

E. S.: Puede ser. Eso es lo que quisiéramos saber. Acláreme una curiosidad que tengo: ¿cómo es que usted se llama José de la Aritmética?

J. A.: Mi mamá era analfabeta. Me quiso poner nombre de santo, del que enterró a Jesús.

E. S.: ¿José de Arimatea?

J. A.: A lo mejor. Pero ella decidió que era de la Aritmética. Pensó que sonaba a nombre de persona inteligente.

E. S.: Y déjeme que le pregunte: ¿usted vio al hombre que disparó?

J. A.: Verlo, verlo, no lo vi. Yo estaba cuidando mi carrito porque en esos molotes, como usted bien debe saber, siempre andan los amigos de lo ajeno, y además, los fuegos artificiales me dan ardor en los ojos. Y es de esas cosas que ve uno una vez y ya las vio todas, ¿me entiende? No me parecen la gran cosa. Así que yo avancé para bordear la tarima y regresarme a mi casa antes de que saliera toda la gente en estampida y, bueno, quería pasar más cerca de la Presidenta y fue entonces cuando la vi parada, como congelada. Y luego hizo ese movimiento extraño que hacen los baleados, se le sacudió el cuerpo. Entonces yo ni lo pensé, fíjese. Para mí era claro que le habían dado. Me encaramé sobre la tapa del carretón, salté a la tarima y justo llegaba yo cuando ella venía cayendo. Me quedó viendo, asustada. Hasta me pongo erizo cuando me acuerdo.

E. S.: ¿De dónde cree que salió el tiro?

J. A.: Frente a ella. Fue alguien que estaba frente a ella, más allá de la barrera policial.

E. S.: ¿Lo vio? ¿Podría describirlo?

J. A.: Yo me volteé a mirar a la gente, ya cuando estaba con la Presidenta, a ver si veía quién había sido. Vi a alguien perderse entre la gente y llevaba una visera, una gorra, algo oscuro, azul, creo, sobre la cabeza…

E. S.: ¿Un hombre?

J. A.: Pues creo que sí. Pero fue todo muy rápido, una confusión de padre y señor mío, ni me crea lo que le digo, puede que esté equivocado, perfectamente posible sería, pero ahorita que me está insistiendo, creo que sí, que vi eso. Si me acuerdo de algo más, le aviso.

E. S.: ¿Y oyó una detonación?

J. A.: (*Silencio.*) Mire, ahora que lo dice, se oían los cohetes, pero balazo no se oyó. Raro, ¿no? Y perdone que le pregunte: ¿Qué se sabe de la Presidenta?

E. S.: Está en el hospital. Daremos a conocer cualquier noticia. Quería encomendarle algo, don José. Como usted anda por todas partes y habla con mucha gente, ¿sería mucho pedirle que de vez en cuando viniera por aquí a contarnos lo que oye? Es posible que haya algo más detrás de esto, ¿me entiende? Pero, además, como usted dice, es importante oír a ciudadanos como usted. Le voy a dar esta tarjeta. Llame a este teléfono. Si yo no estoy, pregunte por la capitana Marina García. Ella le atenderá. ¿De acuerdo?

El galerón

Lo primero que hizo Viviana Sansón al despertar fue tocarse el pecho sobresaltada. Se pasó la mano por las costillas temiendo llenarse de sangre, pero cuando la retiró estaba limpia. ¡Qué raro! Y qué extraño el silencio. Silencio sepulcral. Se erizó toda. Ya no se oía la ambulancia, ni los gritos de la gente, ni la conversación apresurada de Eva, Martina y Rebeca. Estaba sola, absolutamente sola. Sobre su cabeza vio un techo de zinc, cruzado por vigas de madera, gruesos alambres y bombillos de los que irradiaba una luz débil y amarilla. ¿Cómo llegaría a parar allí? A pesar del insólito escenario, no sintió pánico; más bien estupor, una lánguida sensación de incredulidad. Se inclinó lentamente. No me duele nada, pensó, aliviada y confundida a la vez. Frente a ella vio un largo pasillo delineado apenas en el pálido resplandor de las bujías. A ambos lados del largo y estrecho galerón, se alzaban toscas repisas de madera sobre las que se alineaban objetos que no alcanzó a distinguir. Parecía una bodega. ¿Qué hacía ella en una bodega? Tendría que estar en el hospital, pensó azorada. Tuvo miedo de ponerse de pie. Se sentó y cruzó las piernas. Cerró los ojos. Cuando los abrió le pareció que la luz era más intensa. El galerón era de un gris plomizo. Las paredes, el suelo, las repisas, lucían extrañamente limpios. Por lo menos no había polvo. Era alérgica al polvo. La hacía estornudar sin parar. Apenas vislumbraba el final del pasillo. Se preguntó si allí habría una puerta. Detrás de ella no alcanzaba a ver una salida. Estaba muy oscuro a sus espaldas. Se puso de pie muy despacio. Comprobó que no sentía dolor, sino una inusitada y liviana ingravidez. De tan fluidos, sus movimientos no parecían suyos. Ya de pie, miró de nuevo a su alrededor. Los anaqueles a los lados del galerón se delinearon más claramente. Lanzó su mirada de derecha a izquierda. Los objetos le eran familiares, conocidos, estaba segura de haberlos visto alguna vez. Caminó un largo trecho sin que la distancia entre ella y la puerta disminuyera. Sobre la tosca madera de los anaqueles vio manojos de llaves, libros, un zapato, una toalla, un anillo, un brazalete, una cafetera, anteojos oscuros, anteojos de leer, muchos pares de anteojos, incontables paraguas, suéters, joyas importantes y de fantasía, cosméticos, calculadoras pequeñas y delgadas, monederos, teléfonos celulares, cámaras, la lámpara de bolsillo que solía llevar en el bolso cuando volaba por si acaso el avión tenía un percance y necesitaba alumbrar el camino para salir del estropeado y humeante fuselaje, las gotas para los ojos, paquetes de kleenex, encendedores, muchos encendedores y cigarreras de cuando fumaba, billeteras que le robaron, conectores dejados en hoteles, secadoras de pelo, planchas de viaje, ropa de su hija, el abrigo de Sebastián, paraguas, viseras, gorras, sombreros que nunca usó, capas de abrigo, chilindrujes de cuando le dio por collares pesados y coloridos, almohadas y colchas de fines de semana en casas de amigos, maletas, bolsos, platos y platones, abridores de lata o de vino, cubiertos, vasos, copas de vino de esas que se dejan abandonadas en la playa, fotos enmarcadas o sin marco, peluches de cuando era adolescente, su aparato para jugar solitario, cremas de mano, cremas antimicrobios para las épocas de pestes… Eran cosas que recordaba haber extraviado sin volverlas a encontrar. ¿Cómo habían llegado a parar allí? ¿Qué significaban? ¡Madre mía, pensó, todo lo que dejé tirado, olvidado, en la vida, está aquí!

Sumando y restando especulaciones

José de la Aritmética regresó a su barrio empujando su carrito de vender raspados, dejando a su paso el rastro de agua del hielo derretido. Las botellas de vidrio, al pegar la una con la otra, tintineaban sobre la calle adoquinada.

Le parecía todo mentira. Allí iba él de vuelta a su casa apesarado, lamentando lo sucedido, avergonzado. Uno tenía que reconocer aunque no le gustara, pensó, que era verdad eso que decían las mujeres de que los hombres tenían la maña de la violencia. ¿Qué necesidad había de pegarle un tiro a la Presidenta? ¡Por Dios!

Sería que él tenía sangre de horchata, pero jamás habría pensado hacer una cosa así. Tal vez por haberse criado entre mujeres –fue el único varón entre nueve hermanas– él era medio feministo. Dios guarde que él le levantara la mano a una de ellas. Las demás lo hubieran acabado. Además que ni se le habría ocurrido porque él las quería, les tenía aprecio. Le gustaban las mujeres, aunque fueran como eran. Él en su casa se sintió cuidado por ellas. Cuando creció, el machismo le dio por protegerlas, por cuidar que los otros hombres no se metieran con ellas. Su hermana mayor –él era el segundo– lo mandaba a acompañar a las más pequeñas. La mamá, ella y las demás le vivían sacando aquello de que él era "el hombre" de la casa. Lo decían pero eran ellas las que mandaban; a él lo ocupaban para enseñarlo, como para que la gente supiera que no estaban desprotegidas, porque el papá trabajaba de camionero, viajaba casi todo el tiempo. Ese entrenamiento de proteger mujeres fue el que lo hizo reaccionar cuando vio a la Presidenta irse para atrás.

Le da risa mi nombre, ¿verdad?, pero ande que el suyo también es como inventado, le había dicho a Eva Salvatierra. Bonita la mujer. Flaquita, pero bien formada y además pelirroja. Y se le notaba que era natural el color. Una mata de pelo hermosa como un incendio y los labios tan bien hechitos. ¿Que dónde estaba él cuando los disparos? ¿Que quién habría sido? Lo atosigó a preguntas, porque el colmo fue que no agarraran al pistolero. Con tanta gente y las policías viendo para arriba distraídas, cuando quisieron salir detrás del matón, fue muy tarde. Muchas policías eran jovencitas sin experiencia. Además la Presidenta no se cuidaba lo suficiente. Le gustaba andar suelta. Era bonito eso, pero peligroso. Esa idea suya del CONTACTO ojalá no le costara la vida a la pobre porque bien mal lucía cuando cayó sobre la tarima. Él ni supo cómo llegó a su lado. Saltó encima de su carrito y de allí al estrado como si le hubieran puesto resortes en los pies. Corrió a ver cómo asistirla porque todo mundo quedó inmóvil de la pura incredulidad. Logró inclinarse sobre la Presidenta antes de que la misma Eva Salvatierra le pegara un tirón de la camisa para apartarlo. Por andar de buen samaritano, terminó como sospechoso. Menos mal que después de conversar y preguntarle hasta por qué su mamacita le había puesto el nombre que tenía, la Ministra le pidió disculpas y hasta le pidió que cooperara con ellas.

José de la Aritmética, taciturno, caminaba arrastrando los pies. Él, que rara vez se cansaba, iba muerto de cansancio. No recordaba un día tan largo como aquél en su vida, y todavía no terminaba. Oscurecía detrás del perfil de los volcanes que circundaban la ciudad y en el cielo las grandes nubes lucían ahora desgreñadas, sus redondeces convertidas en extensas cintas difusas, grises. Divisó a Mercedes, su esposa, en la puerta de su casa con sus hijas. Debía ser algo de familia eso de producir mujeres porque las de él eran cinco. Todas con nombres de flores: Violeta, Daisy, Azucena, Rosa y Petunia. La última, la más pequeña, lo señaló con el dedo no bien lo divisó y llegó corriendo, ofreciéndose a empujar el carretoncito de los raspados para que él adelantara camino ya sin aquel estorbo. La cara de Mercedes se iluminó al verlo. Buena era su mujer. Se había casado con ella porque la dejó embarazada, pero nunca se arrepintió. Era comelona, gorda, pero tenía una cara linda y un carácter alegre, plácido y práctico. José le pasó el carrito a Petunia, dándole unas palmaditas cariñosas en la cabeza para agradecérselo. Hombres y mujeres del vecindario estaban en las calles y las aceras, en grupos, comentando lo sucedido. Seguro que ya se había corrido la noticia de que él era quien había saltado a la tarima. Más de alguno lo vería mientras intentaba socorrer a la Presidenta. Sus hijas, menos Azucena, la que era policía, estaban todas allí. Lo rodeó la familia y los vecinos. ¿Qué se sabe, don José? ¿Qué le dijeron? ¿Cómo está la Presidenta, está confirmado que la mataron?

—No se sabe nada todavía —dijo. Ustedes me perdonan pero tengo que sentarme.

Se dejó caer sobre el butaco de madera que Rosa le alcanzó. Sacó un cigarrillo y expelió una larga cinta de humo. Mercedes le pasó un vaso de agua. A ella se le notaba en los ojos que había llorado.

—Es grave esto —dijo—. Grave que le disparen a una mujer, es como si nos hubieran disparado a todas. ¿Agarraron al que le disparó?

—No —dijo José—, se les salió de las manos.

—Nada tenía que ver que fuera mujer —dijo un vecino de camisa holgada y chinelas amarillas—, a los presidentes alguien siempre quería matarlos. Tenían que haberlo pensado mejor antes de poner solo mujeres a cuidarla. Los hombres tenían más experiencia en esas cosas.

—¡Mire usted, como que solo mujeres presidentes mataran! —saltó Daisy molesta por el comentario—. ¿Y a los hombres que han matado, quién los cuidaba? Acuérdese del presidente Kennedy.

–Habrá que ver qué pasa ahora –dijo Violeta, la hija mayor de José y Mercedes, huesuda, adusta, llevaba un vestido de rayas verdes y amarillas y el pelo largo amarrado en una cola con una tira deshilachada–. Espero yo que el gobierno que venga mantenga por lo menos los comedores comunales y las guarderías.

–¿Por qué crees que va venir otro gobierno? –dijo Daisy–. Tienen que volver a ganar las mismas. Eso va a depender de nosotros.

–Yo creo que se están adelantando a los acontecimientos –dijo José de la Aritmética, sorprendido de la rapidez con que cada quién se preocupaba por lo suyo.

–¿Y si no ganan? ¿Vos crees que los hombres van a volver a votar por ellas?

–Yo volvería a votar por ellas para que ustedes sigan trabajando –dijo José, con una media sonrisa.

–Pues yo no sé –dijo el hombre de las chinelas amarillas–. Algunas cosas las han hecho bien, pero a los hombres nos han puesto la vida patas arriba. Antes a uno no le cambiaba la vida cuando cambiaban los gobiernos, pero este se ha metido en la vida privada de uno.

–Pues para mí eso es lo bueno que han hecho –dijo Violeta–. Es lo que ellas llaman felicismo, empezar porque seamos felices en la casa.

Se armó la discusión en medio de un aire de pesadumbre, hasta que sonó la campana del comedor vecinal. Ya hacía un año que funcionaba en el barrio el sistema de cocina rotativa, nacido de la idea de aliviar el trabajo doméstico. Las familias –hombres y mujeres– se turnaban en preparar la cena que se servía en la casa comunal construida entre todos y que funcionaba también como centro de reuniones y aula para las clases de lectura y escritura. El gobierno había suplido los materiales de construcción luego de que los habitantes del barrio firmaran un contrato que comprometía a los adultos que no sabían leer a asistir a clases para alfabetizarse. Los demás iban una vez a la semana a las sesiones de lectura donde uno de los jóvenes del barrio, de los que ya estaban en secundaria, les leía novelas o el libro que alguno de los participantes propusiera.

Durante la comida hubo rezos y llantos por la Presidenta y la mayoría, en vez de quedarse conversando largo rato después de lavar los platos y asear el local, se retiró temprano a su casa con la esperanza de que las noticias de las diez les informaran sobre el estado de salud de Viviana Sansón.

José de la Aritmética esperó las noticias junto a Mercedes, consolándola porque ella se soltaba en llanto de rato en rato, y repetía que no lo podía creer, que no le pasaba lo que había ocurrido. Ella se durmió al fin y él se quedó despierto sumando y restando conjeturas a falta de información oficial. En el noticiero solo habían pasado escenas del atentado y de la aglomeración de gente que se encontraba a la espera de novedades frente al hospital.

La lava

En el tenso silencio del galerón, Viviana iba de un lado al otro anonadada. No lograba explicarse qué hacía allí. Alguien le había disparado, y sin embargo no sangraba, no sentía dolor ni calor. ¿Estaré muerta? No podía estar muerta y sentirse así, tan lúcida. ¿Qué hago aquí? ¿Cómo salgo de aquí? Celeste, ¿con quién estará Celeste? Pensó que debía tranquilizarse. Esperaría quietecita. Quizás era un sueño, un desmayo. Se preguntó si habría orden o propósito en la acumulación de objetos perdidos u olvidados. Se acercó a la repisa de la izquierda. Vio un par de gafas de sol, una bufanda de seda con diseño de floripones, un par de botas blancas, un manojo de llaves y una de las rocas de Martina. Sonrió. Era un trozo de lava volcánica. Martina, tan bromista, se había encargado de crear una suerte de trofeo: la roca estaba pegada sobre un recuadro de madera, adosado al cual había una delgada placa metálica con la leyenda: "Muy agradecidas". Es la lava del triunfo, les dijo, mientras entregaba la presea a cada una de las cinco. Viviana tomó en sus manos el suvenir de la explosión del volcán Mitre.

Las ironías de la historia, pensó. Ellas habían anunciado que la misión del PIE sería *lavar*, desmanchar y sacarle brillo al país. Jamás imaginaron que la madre naturaleza les haría el gran servicio de crear un fenómeno que, literalmente, les *lavó* el camino para pasar del sueño a la realidad.

Al apretar el objeto sintió una ligera cosquilla en los dedos. Súbitamente el recuerdo la envolvió como un holograma que se dejase observar desde dentro y desde fuera. La luz, los olores, el tiempo que evocaba se materializó a su alrededor. De golpe se sintió catapultada al país de su memoria.

Iba mirando sus pies, las sandalias café, la falda amarilla, la camiseta blanca desbocada que llevaba puesta aquel día al entrar a la casa de campaña del partido. La casa que alquilaron era un poco vieja pero acogedora, con un patio donde crecía grama verde enmarcado por arbustos de hojas multicolores. Tenía una fachada colonial y un corredor con arcos. En el piso de arriba, la habitación más grande con balcón era su oficina.

Cruzó el estar familiar que dispusieron como sala de conferencias, miró los afiches del partido en las paredes y entró a la reunión. En el mapa de Faguas extendido sobre el pizarrón, Juana de Arco, su asistente, colocaba pinchos de colores, mientras ella, Martina, Eva, Rebeca e Ifigenia tomaban turnos discutiendo la ruta de la gira electoral. Los datos del último censo indicaban los núcleos con mayor población, pero ellas se habían propuesto visitar los remotos caseríos, llegar donde nadie más llegaría.

—*To go where no man has gone before* —dijo Martina—, como en *Star Trek*.

—Mi mamá era fanática de ese programa: *Rumbo a las estrellas* —dijo Eva, tarareando el tema musical.

¿Cómo era que estaba en su cuerpo de entonces y también fuera, mirándolas?, se preguntó Viviana, y extendió la mano, atravesando la blusa de Martina. Veo un recuerdo, se dijo, lo veo como una proyección. Veo mi propia imagen, pero es solo mi memoria. Pensó que no podía hacer otra cosa más que fundirse con su pasado, volver a vivirlo.

Se estaban riendo cuando oyeron un sonido de terremoto ascendiendo desde las plantas de sus pies. Se envararon al unísono, listas a enfilarse hacia la puerta para correr escaleras abajo. Viviana sintió el golpe de adrenalina por el miedo animal que le inspiraban los temblores.

—Nada se ha movido —dijo Ifigenia—. Sonó como temblor, pero nada se ha movido.

Viviana miró su reloj: las tres y diez de la tarde.

—Temblor auditivo —dijo, respirando, pretendiendo una calma que no sentía—. Extraño, pero sigamos.

Juana de Arco volvió con sus tachuelas, empezó con el dónde, cómo, con quién y para qué de cada visita. Minutos después, la tierra rugió de nuevo, pero esta vez la mesa, las sillas, la casa entera se sacudió como poseída por un violento escalofrío. No salieron corriendo. Se miraron. Martina la tomó de la mano. Se la apretó fuerte. Una de las muchachas del personal de apoyo entró demudada. ¿Sintieron el temblor?, preguntó, como si no pudiese creer que ellas siguieran allí tan campantes.

—Calma —señaló Viviana gesticulando para apaciguarla, a pesar de que oía como retumbos los latidos de su corazón en los oídos—. No corran, caminen.

Eva subió a su oficina a traer la radio esperando escuchar alguna comunicación de la oficina de geología que manejaba la red sismológica. Ifigenia tomó su tableta portátil y dijo que lo miraría en Internet.

—Es el volcán Mitre —dijo Ifi.

Eva entró con la radio encendida. Pasaban un comunicado informando a la población de que se reportaban retumbos y una columna de humo negro desde sitios vecinos al volcán. Viviana dijo que mejor guardaban los papeles. Era inútil que siguieran la reunión. Pensó en Celeste, en Consuelo. Como si se hubiesen puesto de acuerdo, Ifigenia, ella y Rebeca abrieron sus celulares. Las tres tenían hijas, hijos.

Los altos picos de Faguas no contaban con un Principito que los deshollinara periódicamente como hacía este con los pequeños volcanes de su país; se limpiaban solos escupiendo lava y cenizas. El volcán Mitre era un hermosísimo ejemplar que por siglos había vigilado como un alto y cónico paquidermo la ciudad. El volcán era fuente de leyendas en Faguas. Los cronistas de Indias dieron cuenta de la huída de los colonos españoles de los primeros asentamientos en el siglo XVI a consecuencia de la actividad del Mitre. Tras un éxodo desordenado en carretas y a caballo los colonizadores se instalaron en la orilla de la laguna y allí establecieron la capital del país. No fueron muy lejos. De la ciudad que fundaron, y que aún fungía como tal, se veía nítido el perfecto cono gris pintado aquí y allá de vetas rojizas. Cual alto vigía en el horizonte, el Mitre cazaba nubes, se las arrollaba a la garganta, lucía largas estolas rosas y púrpuras en el sol del atardecer.

Pero esa tarde el Mitre dejó su plácido rol de telón de fondo. Para demostrar que estaba vivito y coleando se llenó de venas rojas que lo surcaban desde el pico a las faldas y sopló de la boca del cráter a intervalos primero, como si aprendiera a respirar, y luego, como dragón medieval furioso, una densa nube oscura, cruzada aquí y allá por delgadas líneas de fuego. La radio empezó a emitir el característico pitido de emergencia. Un locutor histérico habló de evacuar las zonas más próximas y de procurarse refugio para la nube de gases. Como era usual en Faguas, ni él ni nadie explicó a qué tipo de refugio se refería.

Viviana se asomó a la ventana. El cielo encapotado empezaba rápidamente a oscurecerse. En menos de quince minutos el sol de las tres de la tarde se ocultó sin dejar rastro. Odiaba sentirse impotente, así que se puso en movimiento.

—Cerremos la oficina y se vienen todas conmigo a mi casa —ordenó, tensa.

Ella vivía sobre la sierra, en la zona alta. Era lógico pensar que estarían más seguras allí que en el valle de la ciudad. Había arreglado con su madre que recogiera a Celeste en la escuela.

A excepción de Ifi y Rebeca que partieron a sus hogares, a reunirse con hijos y maridos, las demás montaron nerviosas en sus vehículos y salieron tras ella. Encontraron largas filas de tráfico moviéndose lentas para salir de la ciudad. Cuando al fin arribaron a la casa, entraron apresuradas. Viviana abrazó a Celeste y a su madre. La oscuridad era densa y espesa y un olor a azufre permeaba el ambiente. Se sacudieron del pelo la ceniza, que como una nieve gris y volátil iba cubriendo los tejados, las carrocerías de los coches y la superficie de las calles.

Tres días duró la noche que empezó esa tarde y tres días estuvo el país entero hundido en la negrura de un hollín malsano cuyos gases, si bien no mataron a nadie, obligaron a la gente a encerrarse en las casas y hervir grandes porras de agua para humedecer el ambiente y lavar de alguna manera las vías respiratorias y los pulmones.

En la sala, dormitorio y estudio de su casa, sobre sofás y mantas, ella acomodó a Eva, Martina, Juana de Arco y las otras muchachas de la oficina. Hubo que preparar comidas, distraer a Celeste y preocuparse por los alcances del inesperado cataclismo. Rebeca e Ifigenia se reportaron sanas y salvas desde sus casas. No quedaba otra cosa más que esperar. Esperar y estar prendidas a la radio, a la televisión. Desde su cuarto, Viviana veía el volcán. Hasta entonces lo había considerado hermoso, parte de un paisaje plácido cuya contemplación alegraba sus atardeceres. Era quizás más hermoso ahora en su furia, pensó, revelando su identidad de caldera, escupiendo destellos de fuego líquido que refulgían en medio de la noche. En qué mala hora, sin embargo, se le había ocurrido despertar. Curiosamente no era el miedo sino la impaciencia la que la consumía. En manos del volcán estaba su carrera política. Se sintió egoísta, absurda, por preocuparse de si no sería aquel el fin de su campaña o un mal pronóstico. No seamos pesimistas, dijo Martina, quien se había dedicado a consolar a Juana de Arco. La muchacha había entrado en un silencio mudo que nadie podía penetrar. Le sucedía a veces, pero Martina tenía su manera de calmarla. La trataba como niña y ella se dejaba, fumando sin parar.

Eva, que era de una calma asombrosa, ayudaba a Consuelo a cocinar, a hervir agua.

Al cuarto día, la humareda empezó a ceder y el color de la columna cambió a gris, a cafezusco y luego a blanco. El cielo empezó a aclararse. La cordura retornó a la voz de los histéricos periodistas. Afortunadamente el volcán no había perdido los estribos; su erupción, además de la densa oscuridad, produjo un derrame de lava que se circunscribió al destrozo de cultivos y caseríos vecinos. Aunque el evento quedó registrado en el habla popular como "la explosión del Mitre", no hubo tal; la integridad de las grandes ciudades no fue afectada. Al ver en los reportajes televisivos el recuento de los daños, las imágenes de la pobre gente llevada como ganado a refugios de champas de plástico negro, Viviana reaccionó. Alistémonos para ir a los campos de refugiados, dijo. Empacaron agua, provisiones, mantas que colectaron de amigos y vecinos. El estado mayor del PIE visitó las comarcas cercanas al volcán. Bajo un sol inclemente, en terrenos baldíos, encontraron a la gente vagando sin rumbo entre las infernales tiendas que, conociendo al gobierno de Faguas, serían sus casas por largo tiempo. Las grandes polvaredas que ráfagas de viento recogían de la tierra seca irritaban los pulmones. Niños, hombres y mujeres, en medio de accesos de tos, se consolaban y ayudaban entre ellos, sus caras y sus cuerpos hasta las pestañas tiznados de una mezcla de cenizas y polvo que los hacía parecer zombis. Apenas tenían que comer. No había agua potable. Una pipa llegaba por la mañana y la gente se alineaba en grandes filas a recogerla en baldes para suplir sus necesidades. Cundían las enfermedades gástricas y la desesperación.

Salieron de allí deprimidas, abrumadas por la impotencia de no poder dar más que el consuelo de sus palabras, de su presencia.

A falta de otro recurso, rabiosa al ver la indiferencia del gobierno ante la tragedia, Viviana, que hasta el inicio de su campaña había conducido un exitoso programa de televisión, reclutó artistas, cómicos y deportistas y organizó un maratón televisivo para recoger dinero para los damnificados. De nuevo, como otras veces en la historia de Faguas, la cooperación internacional destinada a la emergencia terminó siendo usada por funcionarios públicos o gente cercana al poder que, de la noche a la mañana, se hizo rica y se construyó palacetes, tanto en la ciudad como en la playa.

Jamás imaginaron ellas en esos días el regalo que les depararía el volcán.

No fue sino con el transcurrir de las semanas que se enteraron del curioso efecto de la nube negra. Rebeca e Ifigenia, las dos casadas, reportaron una extraña somnolencia en sus maridos. Parece que lo picó la mosca tsé-tsé, dijo Rebeca, intrigadísima. Ifigenia, por su parte, menos discreta con sus intimidades, llegó a su oficina en la casa de campaña y le soltó el cuento: No lo vas a creer Viviana. En medio de mis maromas en la cama con Martín, cuando le estaba dando uno de esos tratamientos que a él más le gustan, que me funcionan como magia, noté algo raro. Levanté la cabeza y ¿qué crees? ¡Estaba dormido! ¡Kaput! ¿Podés creerlo? Es rarísimo.

La libido decaída de los hombres fue la que dio la pista científica de que algo anormal sucedía. Se consultó con las brigadas médicas que asistían a los refugiados. Tras los exámenes correspondientes, resultó que si el índice normal de testosterona en los hombres es de 350 a 1240 nanogramos por decilitro, en Faguas la muestra de hombres de toda edad que examinaron solo registraba 50 o 60 nanogramos. Nuevas e intrincadas pruebas de laboratorio indicaron que los gases del volcán eran responsables del efecto que inesperadamente bendecía a Faguas con una mansedumbre masculina nunca vista.

—¡Voy a creer en Dios! ¡Voy a creer en Dios! —gritaba Martina en el último mes de campaña.

Y es que, entre la dulcificación de los hombres y las estupideces del gobierno, el Partido de la Izquierda Erótica se colocó a la cabeza en las encuestas.

Viviana rehusó atribuir su victoria al Mitre. Prefería pensar que la campaña del PIE, no solo había desafiado los esquemas de hombres y mujeres, sino que había logrado que las votantes (más de la mitad del electorado) vislumbraran al fin una ilusión de igualdad capaz de llevarlas a confiar en la imaginación del PIE y darle la misión de realizar sus deseos. En las tardes, sin embargo, tomando una copa de vino y mirando al volcán erecto sobre el paisaje, alzaba hacia él su copa con un guiño de agradecimiento. Fue ese gesto el que motivó a Martina a recoger los trozos de lava y montarlos sobre madera como suvenir.

El déficit de testosterona en un país más bien iletrado generó derivaciones a cual más disparatadas del nombre de la hormona culpable de la desidia masculina: *tensión*terrona, *tetas*terona, *tedas*terona, *tesón*terona, *terra*terrona, le llamaron. La testosterona se convirtió en el Santo Grial, el Vellocino de Oro de los argonautas de Faguas. Todos los hombres querían que volviera y salían a buscarla por tierra y por mar a los mercados, el ciberespacio y las boticas.

Viviana devolvió la roca a la repisa, sonriendo maravillada por el prodigio aquel de haberse transportado nítidamente al recuerdo, como si el objeto hubiese contenido dentro de sí un trozo de tiempo, un pergamino arrollado capaz de desplegarse y envolverla de nuevo en los olores, diálogos y sensaciones de su pasado.

Martina

Le agradeció a Juana de Arco el empujón que le dio para meterla al baño. Encerrate con llave y no salgás de allí, le dijo la muchacha, tras verla vagar como alma en pena. Juana no estaba ese día para remilgos. Enfundada en su infaltable ropa negra, con su peinado punk y los aretes de arriba abajo siguiendo la medialuna de sus delicadas orejas, la salvó del asedio de los periodistas, amistades, hombres y mujeres que llenaron los pasillos del hospital preguntando qué había pasado. Todos querían saber y ella ya no hallaba qué decir. Nada se sabría hasta que salieran los médicos del quirófano donde metieron corriendo a Viviana.

El baño olía a desinfectante. Adivinó que era un baño para el personal por las cajas de suministros médicos: guantes, toallitas y vasos para exámenes de orina arrimados contra la pared. Cerró la tapa del inodoro y se sentó sobre él. Estar sola la calmó. Ella no era calma de por sí. Tenía demasiada energía: doscientos veinte amperios para un país que, si acaso, funcionaba con cien. Desde niña fue así: hiperactiva según los doctores; diabla según las monjas y su mamá. Mentalmente se forzó a irse de allí. Usó su truco de imaginarse en un tren. Iba en tren, moviéndose a alta velocidad sin necesidad de moverse. Viajaba en el transalpino a su casa en Christchurch. Qué lejos Nueva Zelandia, "la estepa", como le decía Viviana, la única persona capaz de hacerla regresar al telúrico desmadre de su país natal; la única dueña de la marca de cera que usó Ulises para taparse los oídos. De no haberse Viviana empeñado, ella habría sucumbido gustosa a las sirenas, primero porque le gustaban y segundo porque dejar la joya verde de país que era la tranquila Nueva Zelandia fue una hazaña para ella. Nueva Zelandia le permitió ser quien era, dejar de fingir que le gustaban los muchachos y no sentirse por eso olorosa a azufre, desviada o torcida, como gustaban llamar las monjas a las niñas como ella que por más que lo intentaban no lograban que el cine o la literatura les hicieran añorar los apuestos mancebos enfrentándose en duelos de espadas por sus dulcineas. Ella era romántica, pero de otra forma. Su romanticismo se nutría de las complicidades únicas y propias de su mismo género, en la sincronía de alma y cuerpo que solo dos personas del mismo sexo, dueñas del mismo aparataje físico y mental, podían compartir. Menos mal que a estas alturas de su vida ser gay ya no era ninguna novedad. Había sido un proceso largo. En países como Faguas abundaban quienes aún querían taparse los ojos. Tanta gente vivía fuera del clóset en estos tiempos que era trágico que aún perseveraran los perjuicios.

Quiero hacer un ministerio que no existe en ninguna parte –le había dicho Viviana– y vos sos mi candidata para Ministra. Martina se rio, pero Viviana procedió a explicarle su idea de que en su gobierno existiese un Ministerio de las Libertades Irrestrictas, una institución dedicada a promover leyes, comportamientos, programas educativos y todo cuanto fuera necesario para inculcar el respeto a la inviolable libertad de mujeres y hombres dentro de la sociedad. La gente en Faguas se cree libre porque no reconoce la jaula que tiene en la cabeza; una persona como vos, creativa, desenfadada y sin miedo, puede hacer mucho por hacerles entender la libertad. Aquí para muchos ser libre solo significa no estar en la cárcel, y cuando digo cárcel me refiero a la que tiene rejas y guardias en la puerta.

En el baño, en ese momento, Martina extrañó el laguito al lado de su negocio de *bed and breakfast* en la lejana Nueva Zelandia, las ovejas, las caminatas, el silencio. Se arrepintió de regresar a Faguas, de embarcarse en la aventura del PIE. Mierda, ¿cómo dejé que Viviana me convenciera? Cobarde, se reprendió, bien que has pasado feliz. No te echés para atrás ahora y salgás corriendo al son de la estampida; pero es que SOY cobarde, se respondió, y a mucha honra. La cobardía era señal de salud en Faguas, donde, por tantos años, el culto al heroísmo había animado a la gente a morirse por la patria. El martirologio era una patología que se repetía de generación en generación. Los muertos eran respetables, pero los vivos valían un carajo. Por favor. El mundo iba años luz adelante y ellos todavía apegados a esa suerte de necrofilia. ¡Tan masculino el culto de la muerte! Los soldados conocidos y hasta los desconocidos siempre tenían los mejores monumentos, las llamas eternas, los obeliscos, los arcos del triunfo. Las mujeres puja y puja alumbrando chavalos, haciendo de tripas corazón, criando y alimentando a esos hombrecitos tan prestos a morir, y a duras penas les hacían aquellos monumentos desgarbados y patéticos que acababan en los parques más aburridos del mundo.

Pero ella era tan valiente como cualquier muerto. Que no le dijeran que vivir por la patria costaba menos que morir por ella. Que Viviana le pidiera que organizara el Ministerio de las Libertades Irrestrictas, ese ministerio único en el mundo que la mandó a inventar, la había hecho entrar en crisis porque sabiendo que debía decir que no, decir que sí le resultó irresistible. Y no era cierto que se arrepentía de haber dejado Nueva Zelandia, el paraíso de *El Señor de los anillos* y todas las películas que necesitaban enormes paisajes deshabitados. Hizo lo que quiso allí. Pero nada que ver con el púlpito libertario que, en un dos por tres había montado en Faguas, desde donde predicaba como Evangelista de la Nueva Testamenta el fin de la discriminación por razones de género, color, religión o identidad sexual. Si todo era posible en Nueva Zelandia, más era posible en Faguas. El subdesarrollo, el hecho de que nadie prestara atención al minúsculo país era una ventaja cuando se trataba de experimentos sociales. En países como Faguas, pasados de uno a otro colonizador, de la independencia a la sumisión de los caudillos, con breves períodos de revoluciones y democracias fallidas, ni la gente supuestamente educada conocía bien en qué consistía la libertad, ni mucho menos la democracia. Las leyes eran irrelevantes porque, por siglos, los leguleyos las habían manipulado a su gusto y antojo.

Pero aquel vacío era precisamente el espacio para insertar la nueva realidad. Y Martina no perdió tiempo. Fue ella quien introdujo la discusión que llevó a poner en marcha el proyecto piloto de los Votantes Calificados. Estudió tratados sobre la democracia, desde la griega hasta la inglesa, así como las más desaforadas o tramposas utopías, para extraer la fórmula que pensó las acercaría al modelo de las grandes asambleas en Atenas.

Cambiar el universal masculino era otra de sus ideas, una que aún no lograba popularizarse. Con Eva y Rebeca habían trabajado un léxico que sustituiría la "o" por "e". Así "todos" sería "todes", "ricos", "riques", "cuanto", "cuante".

No se oía mal. Lo usaban a menudo en las comunicaciones oficiales, conscientes de que era una transformación que llevaría largo tiempo.

Pero lo que sí impuso fue el fin del lenguaje del odio, el uso de palabras denigrantes para la mujer —y denigrantes para la diversidad sexual humana—, el tratamiento de maricas, cochones, patos, tortilleras, por ejemplo.

La fuerza de la ley, argumentó en la Asamblea, era necesaria para concebir un mundo sin divisiones, un mundo de igualdades efectivas entre los géneros.

Martina era también la autora de una campaña sui géneris de educación ciudadana. Con las mismas técnicas de repetición y saturación con que se vendían jabones, bebidas o películas, puso en los pasillos de los supermercados, en los buses, en los envoltorios de los productos de consumo, conceptos básicos de civismo, cuya mayor innovación fue usar el femenino para lo general e introducir el concepto de la *Cui*dadanía, las y los ciudadanos como *Cui*dadanos, como cuidadores de la Patria, una idea que tomó de un grupo de feministas españolas (Ser cuidadana es pagar impuestos, Ser cuidadana es mejorar tu barrio, Ser cuidadana es cuidar tu salud).

La educación para la libertad, como la llamaba ella, era un trabajo cuesta arriba. Tras tanto gobierno autoritario, la necesidad había enseñado a la gente a sobrevivir a punta de dejarse enjaular, pero no sin antes preguntar: ¿Qué me vas a dar si me meto en la jaula? Le costó creerlo pero bien cierto era lo que le deletreó Viviana durante la campaña: la mentalidad de este país es la de una mujer dependiente y abusada. ¿Te das cuenta? Por eso vas a ver que hasta los hombres van a votar por nosotras. Y así fue. Lograron hacerle ver a muchos hombres que no era mala idea cuidar el país como si se tratara de la casa de cada quién. Cualquiera podía entender el argumento cuando se explicaba bien, y Viviana era una excelente comunicadora. La respetaban. Se había jugado sin miedo en un país acobardado, y la valentía y el arrojo eran contagiosos como el catarro. Bastó levantar la tapa de la olla de presión que llevaba años cociéndose en su propio jugo para que la esperanza dejara sentir su olor a culantro, a hierbabuena.

¡Qué favor les había hecho el volcancito! Lástima que no explotaba más a menudo ni se podían embotellar los gases esos. El efecto había durado aproximadamente dos años, durante los cuales se reformó la Constitución y se montó un sistema que, aunque imperfecto, colocaba a las mujeres y los hombres en una posición de igualdad desconocida hasta entonces.

El retorno de la testosterona no afectó a todos de la misma manera. Hubo quienes reclamaron con violencia su lugar de amos y señores, pero hasta el atentado contra Viviana, Martina pensó que esas personas encontrarían que ni la sociedad ni sus parejas eran ya las mismas. Pero parecía ser que estaba equivocada. En las reuniones del consejo, Eva llevaba varios meses preocupada por el aumento de los feminicidios, las violaciones y las disputas domésticas.

Martina se levantó, se lavó la cara. No quería pensar siquiera en desenlaces fatales. No imaginaba el PIE sin Viviana. Mentira eso de que nadie era indispensable. Ella lo era. Era ella la que se atrevió a confiar en que se podía trastocar la realidad porque después de todo era una construcción como cualquier otra.

Sonrió recordando la cara de Rebeca cuando Viviana pidió un papel blanco y dibujó la bandera del partido: la huella de un pie femenino delineado en negro con las uñas pintadas de rojo. Recordó las banderas ondeando por todo el país en la campaña electoral. Iban en el carro y se reían al pasar por las casas mirando las banderitas moverse al viento. Se echó más agua en la cara. No quería llorar. Viviana habría dicho que salieran todas llorando en televisión. Enfatizar todo cuanto se pensaba como femenino, hacerlo hasta el ridículo había sido su genialidad. Nos hemos pasado demasiado tiempo arrepintiéndonos de ser mujeres —decía— y tratando de demostrar que no lo somos, como si serlo no fuera nuestra principal fuerza, pero no más: vamos a tomar cada estereotipo femenino y llevarlo hasta las últimas consecuencias.

Tocaron la puerta. Oyó la voz de Juana de Arco al otro lado.

—Ya podés salir. Ya desalojamos a los curiosos.

REFORMAS DEMOCRÁTICAS

1. Reformaremos nuestra democracia de manera que se asemeje más al modelo sobre la que fue creada.

En primer lugar:

a. Se establece una lotería que, con base en el censo de población, escogerá 150 000 votantes masculinos y 150 000 votantes femeninas (300 000 en total), o sea el 10% de la población de Faguas. Esos 300 000 votantes se llamarán VOTANTES CALIFICADOS. Las personas seleccionadas tendrán un período de tres meses para presentar razones justificadas en caso de que no pudiesen asumir esa responsabilidad, que será de obligatorio cumplimiento. Cada uno de ellos sabrá leer y escribir al momento de la votación (se les enseñará si no saben). Los *votantes calificados* recibirán cursos especiales de derechos y deberes ciudadanos y de funcionamiento del Estado, así como dos seminarios-talleres anuales sobre los principales problemas del país. El voto de los *votantes calificados* valdrá por dos votos en las votaciones presidenciales.

b. En las discusiones y aprobaciones de leyes tipo A (que afecten directamente la vida de la población) en la Asamblea Nacional, el voto de los *votantes calificados* se recogerá de forma electrónica. La Asamblea tomará en cuenta el resultado, pero podrá no acatarlo por voto de la mayoría.

c. Para votar, tanto los *votantes calificados* como los regulares mayores de 25 años tendrán que presentar su certificado de pago o de exención de impuestos.

d. Podrán votar todos los habitantes que hayan cumplido 18 años.

El complot

Después de que las mujeres llegaron al poder, Emiliano Montero pasó meses sin poder dormir toda la noche de un tirón. Era el presidente del partido que, él no dudaba, habría ganado las elecciones de no aparecer el PIE en el panorama y de no haber el Mitre disminuido la virilidad de sus partidarios. Tenía que admitir, al menos en su fuero interno, que había actuado con arrogancia descalificadora al descartar el impacto del volcán y la preocupación de su equipo de campaña de que su ventaja en las encuestas se esfumara. Según él, lo había calculado todo como un juego perfecto. Ningún escrúpulo lo detuvo. Hizo cuanto fue necesario –y bien sabía él lo que eso significaba– para asegurar su triunfo. La verdad fue que nunca imaginó que un partido con un nombre como Partido de la Izquierda Erótica tuviese la más mínima posibilidad de ganarle. Su esposa incluso, que era clarividente y leía las cartas, lo tranquilizó asegurándole que todos los arcanos indicaban que sería él quien tomaría el poder. Bien que se había equivocado, y ni que reclamarle: no había parado de llorar la noche de la derrota. A las tres de la mañana salió al patio, furiosa, a prenderles fuego a todas las estampas, los sahumerios, los amuletos y hechizos que simpatizantes de todo el país, conocedores de su debilidad por la magia, le mandaron a lo largo de la campaña como testimonio de su adhesión. Pena le daba la pobre, pero para suerte suya, no se arredraba. Además conocía muy bien los entretejidos de la mente femenina. Estaba decidida a encontrar las debilidades de *las eróticas*, cortarles el aliento y ponerle fin a aquella farsa.

Por esos días llamó a sus amigos de siempre, los que consuetudinariamente estaban de acuerdo con él y trataban sus palabras con reverencia. Tendrían que reagruparse y pensar, les dijo. Ese gobierno no terminaría su período sin que ellos demostraran su beligerancia. Para desgracia suya, el asunto de los niveles de testosterona no se remediaba con charlas iracundas. Él remedió medianamente el suyo con suplementos que pedía por Internet, pero impedido de actuar, también entró en un letargo de días repetidos que se le fueron pasando como papeles descartados y en blanco. Las cosas mejoraron con el tiempo. Poco a poco la apatía se disipó, se reanudaron las discusiones. Su mujer ganó de peso, su semblante se recompuso.

Emiliano tenía la costumbre de salir por las tardes a dar vueltas por la ciudad. Con el ronroneo del motor lograba al fin conciliar el sueño. Marvin, su chofer, que sabía que su jefe se dormía en el carro, seguía la misma ruta todos los días. Pasaba por la fuente del centro, bajaba por una larga avenida en cuyas rotondas se alzaban disparatadas estatuas erigidas por diversos alcaldes: efigies de la Virgen de la Inmaculada Concepción, un Cristo al estilo del de Río de Janeiro, una sirena. Las imágenes religiosas eran la cosecha de un alcalde obsesionado con el infierno; la sirena era legado de otro más bien aficionado a la mitología. En el camino de regreso, tomaba la avenida que serpenteaba por la mancha esmeralda de Tilapa, una laguna hundida en el cráter que dejara miles de años atrás alguna violenta explosión volcánica.

—Toda su vida mi mujer ha estado tratando de hacer bien las cosas, ¿sabes Marvin?

El chofer no se había enterado de que su jefe estaba despierto.

—Sí señor, claro que lo sé.

Por asomarse al espejo retrovisor, Marvin no vio la moto que se les cruzó en el camino. Un chirrido de frenos precedió el impacto. El motociclista voló por los aires y se estrelló contra el parabrisas del coche.

Asustados, pero ilesos, chofer y pasajero salieron del carro. Se revisaron, caminaron alrededor del vehículo desorientados. Ya la gente se acumulaba alrededor del accidente. El motociclista yacía tirado en la carretera, rodeado de curiosos. Se agarraba con las manos el casco y tenía una expresión de dolor en el rostro.

—¿Cómo te sentís, hombre? —se acercó Emiliano, inclinándose apenas.

Marvin en cambio se arrodilló a su lado. El hombre empezaba a sangrar por la nariz.

Movía la cabeza de un lado al otro.

—Jefe, creo que mejor lo llevamos al hospital.

—Dale. Montalo adelante.

Ayudado por los curiosos, Marvin ayudó al herido a levantarse. Le quitó el casco. Menos mal que no tenía heridas en la cabeza, pensó el chofer, aunque se quejara de dolor en el hombro y mareo.

Con el parabrisas roto, manejaron hasta la entrada de emergencia del hospital más cercano.

El accidentado se llamaba Dionisio.

Meses después Emiliano Montero comentaría con su mujer:

—¿Te das cuenta? Fue Dios. Dios lo puso en mi camino.

Leticia Montero

La esposa de Emiliano se pasea nerviosa, retornando a su viejo hábito de comerse las uñas. No teme que el actor material de delito, de ser capturado, denuncie a nadie. Lo que le preocupa es que, oficialmente, nadie ha anunciado la muerte de Viviana.

–Te aseguro que no es cosa mía. No fui yo, te repito. Pero no importa quién haya disparado, seguro está muerta. No lo han dicho para ganar tiempo, ¡mujer de poca fe!, le espetó el marido cuando salió con el chofer a dar vueltas por las calles como era su costumbre.

Esta vez iría bien despierto, pensó ella, querría ver con sus propios ojos el silencio funesto que, según comentarios de las amistades que los llamaron por teléfono, estaba posado como una pesada y tóxica atmósfera sobre la ciudad. Las avenidas lucían desalojadas de transeúntes, los bares de parroquianos y los restaurantes de comensales. Como si hubiera caído una bomba de neutrones y quedaron solo los edificios, había dicho Rita –le pareció que lloraba en el auricular–, y eso que su amiga detestaba –al menos hasta esa mañana– aquel reinado por decreto con que *las eróticas*, envalentonadas por su Presidenta, habían en pocos meses trastocado las costumbres y convertido el Estado en un ejecutor de políticas a cual más disparatadas. "Agua gratis para los barrios que se mantengan limpios y mantengan limpios a sus niños", la inauguración, con gran bombo y platillos de la carrera de Maternidad (para hombres y mujeres) en la universidad y en las escuelas secundarias, la alfabetización obligatoria para las mujeres analfabetas del campo y la ciudad; los talleres de "respeto y poder" para las parejas víctimas de violencia doméstica, las ministras "invitadas": mujeres feministas que llegaron de todo el mundo a hacerse cargo de carteras ministeriales y a poner en práctica los sueños que en sus propios países nadie les daba permiso de llevar a cabo. ¡Y las flores, por Dios! Ese invento de Viviana Sansón de exportar flores, de ferti-lizar grandes extensiones con mierda para después sembrar enormes plantíos de flores y hacerle competencia a los proveedores de flores de todo el mundo. Cinco aviones de carga había importado; aviones refrigerados para poder suplir la demanda con abundancia y nunca fallar un pedido. Pero lo peor de *las eróticas* era su falta de moralidad. La ley que permitía el "aborto inevitable" y el hecho de que lograran engatusar a las del movimiento por la vida, habían colmado para ella la copa de la iniquidad.

Era la locura. Una locura colectiva. Para colmo de males, la oposi-ción, asustada por el arrastre demostrado por las féminas en la campaña electoral, se quiso pasar de viva y puso a sus más destacadas mujeres a encabezar las listas de candidatos para las diputaciones. La Asamblea completa quedó así compuesta por mujeres. Bien se lo advirtió ella a su marido: aquello resultaría en un suicidio político. Sucedió tal como lo vaticinó: Viviana engavilló a la mayoría de las diputadas, las convenció de su "misión histórica" y logró que las parlamentarias la secundaran, que le dieran el tal voto de confianza que le pidió a todo el país cuando dijo el tristemente célebre discurso con que intentó justificar el exilio del Estado de los hombres y más tarde la reforma de la Constitución.

En su carro, mirando a través de los vidrios ahumados, su marido se sentiría, a esas horas, el Gran Mago exterminador del famoso "impe-rio del lirio", como llamaba Viviana a su gobierno. Le enfurecía que desconfiara de ella y no le dijera la verdad. No recordaría ya —porque así eran los hombres– que fue ella quien, durante meses, sembró en su conciencia el imperativo de tomar medidas drásticas. Que no le viniera ahora con historias. Había procedido exactamente como ella esperaba –no en balde llevaban veintiséis años de casados. Tan predecible su marido y tan experto en que nadie se enterara nunca de la verdad de las cosas. La gente especularía hasta el fin de los tiempos, abundarían las evidencias para incriminarlo, pero nadie podría probar nada. Emiliano no sería un gran político, pero era ciertamente un magnífico conspirador. En lo que a ella correspondía, su mayor logro era que él no se percatara de lo que ella también era capaz.

La noticia

José de la Aritmética despertó de madrugada de una noche inquieta de sueños complicados. Entró y salió del sueño varias veces hasta que los gritos de Mercedes lo sacaron de la modorra.

–José, vení, la Presidenta está viva. Lo están anunciando en la tele.

Saltó de la cama en calzoncillos. En la televisión Ifigenia Porta, la Ministra de Información, estaba de pie al lado del médico que leía el reporte sobre la situación de la Presidenta.

"La presidenta Viviana Sansón sufrió dos heridas por proyectil de arma de fuego. Los proyectiles, disparados a media distancia, afectaron el cráneo y el abdomen. A su arribo al Hospital de Salud Integral, fue llevada de inmediato al quirófano. En la cavidad abdominal se identificó una herida perforante de arma de fuego que causó una grave laceración del bazo, por lo que hubo que practicarle una esplenectomía, o sea una extracción urgente de este órgano. El segundo proyectil causó laceración del cuero cabelludo y atravesó el hueso frontal del cráneo, alojándose en la zona occipital. El impacto causó un coágulo que fue removido exitosamente. Para evitar la descompresión de la masa encefálica se le practicó una craneotomía. La paciente se encuentra en la Unidad de Cuidados

Intensivos en estado de coma, con ventilación asistida y soporte completo. Dado que el proyectil no afectó directamente la masa cerebral, existe la posibilidad de que la Presidenta recupere sus facultades. Sin embargo, por el momento, su estado es crítico y su pronóstico incierto".

José escuchó en silencio. Cuando el médico terminó, Mercedes y él se miraron. Ella se persignó. Santo Dios, Santo Fuerte –dijo–. Bendito sea que no se murió.

–Me parece que está muerta en vida –dijo José de la Aritmética–. No me gusta eso de la coma. De la goma de las borracheras uno siempre se levanta. Hay que ver lo que hace una letra de diferencia –suspiró.

–Alegrémonos de que está viva, José; mientras hay vida, hay esperanza.

–Es verdad. Y me alegro. Te digo que ni yo mismo sabía cuánto cariño le había agarrado a esta Presidenta. Muy cierto que uno no sabe lo que tiene hasta que lo pierde.

No lo dijo, pero no lograba quitarse de la mente la expresión de Viviana cuando yacía en el suelo. Los ojos abiertos, asustados, la mano de ella aferrada a la manga de su camisa como si se estuviera hundiendo en un pozo.

–Alístame los siropes para irme. Voy a ir a ver si me gano el día.

–A andar de curioso es a lo que vas –dijo Mercedes–, como que no te conociera.

–Es mi trabajo –sonrió–. Ya me ascendieron.

Salió a la hielera donde guardaba los bloques de hielo, les echó agua para despegarlos y, con las pinzas en forma de tijeras curvas, alzó uno y lo dejó caer, con cuidado de no quebrarlo, dentro del carrito. Claro que era curioso, pensó, sonriendo por el comentario de Mercedes; ser curioso era estar vivo. Él no sería ilustrado, pero le encantaba observar a la gente. ¿A vos no te gustan las telenovelas pues?, le decía a Mercedes. Pues yo veo telenovelas en vivo, en la calle. Uno pasa con suficiente frecuencia por un lugar y se va enterando de la vida de la gente, agarra las señas de sus idas y venidas y ve cómo acaban las cosas. Él no era fisgón, pero preguntaba, y cuando uno sabía preguntar, averiguaba hasta más de lo que quería saber.

La mañana era fresca. No era buena hora para vender raspado, pero calculó que hacia mediodía, la hora del calor, estaría llegando cerca del hospital donde, según la televisión, había mucha gente aglomerada. Saludó a las parejitas de muchachos y muchachas escolares que iban bañaditos y limpios a tomar el autobús. Tendrían trece o catorce años, porque en el gobierno de *las eróticas* los niños se quedaban en las escuelitas de los barrios hasta los doce años. Aprendían a leer y a escribir y el resto del tiempo lo pasaban haciendo lo que más les gustara, cualquier asignatura. A saber cómo iba a resultar. Él había oído a la española que era la Ministra invitada de educación echándose un discurso sobre por qué ese método de autoeducación era lo más nuevo. Los mismos niños decidían lo que querían aprender y no sentían que los empujaban a hacer esto o lo otro. Los chavalos podían hasta regresar a sus casas para ayudar al papá o la mamá. Así decía la Ministra. Él recordaba las escuelas sin pupitres de su tiempo, el calor, el aburrimiento. Tenía diez años cuando su mamá se lo llevó a trabajar con ella. Con leer y escribir tuvo que conformarse. Lo demás se lo enseñó la vida. Pero sus hijas sí habían ido a la escuela. Y él se alegraba de haberlas mandado a pesar de la rebeldía de más de una de ellas. Azucena nunca fue buena estudiante, pero era atlética y por eso se hizo policía. Cada chavalo era un mundo y por eso quizás tenía razón la Ministra. Él siempre pensó que era demasiado tiempo el que pasaban en la escuela los niños, cuando en su casa había tantas necesidades. Ahora solo iban al colegio con formalidad de los doce a los dieciocho y era obligatorio mandarlos. Aparte de las asignaturas como gramática y ciencias, recibían clases de "maternidad", fueran hombres o mujeres. Los varones salían duchos en cambiar pañales, sacar erutos, chinear y cuidar cipotes. Les enseñaban que no tenían que pegarles a los hijos y un montón de cosas de esas de sicólogos. No era mala idea.

A él le gustaba el sistema de la Presidenta. Era distinto por lo menos. Allí en el barrio el gobierno les había ayudado pero también los puso a trabajar. Ellos mismos, hombres y mujeres, jóvenes y viejos, construyeron la escuela, las guarderías, el comedor comunal y rellenaron las calles con piedrín. A los que antes eran empleados públicos les venían bien esos trabajos para bajar las barrigas y además sentirse parte del resto. Los más letrados daban clases y alfabetizaban. En el barrio tenían meses, además, de no pagar por el agua porque la labor de limpieza en que se habían afanado bien que dio resultado y ganaron mes a mes los concursos que los premiaban con el servicio gratuito. Ahora los chavalos andaban con palos con un clavo en la punta recogiendo papeles. Las mamás los mandaban a hacer eso apenas llegaban de la escuela. Uno no se daba cuenta, pensó José sonando su campana, de la diferencia que hacía un lugar limpio hasta que lo tenía. La Presidenta había insistido tanto en aquello de la limpieza de las calles porque decía que la suciedad de afuera hacía más fácil vivir con la suciedad de adentro, la suciedad del alma que por tantos años les había hecho perder el norte de la honradez y no tener escrúpulos para aprovecharse del prójimo. Él nunca pensó que una cosa tuviera que ver con la otra, pero tenía que admitir que era cierto: ver las calles limpias y vivir en un barrio sin basura le cambiaba la mente a uno; hacía que dieran ganas de superarse, de vivir más bonito, de arreglar los andenes, las cunetas, los minúsculos jardines. Eso de creer que los hombres no tendrían nada que hacer si dejaban de trabajar en el Estado bien pronto se había disipado. Hilario, su amigo, que antes era policía, hasta le llegó a confesar que sin esa medida de la Presidenta, él jamás se habría percatado del gusto que le daba ver crecer a sus hijos de cerca. Ni se lo digás a nadie, pero es la pura verdad, le advirtió. A varios les pasaba. José se preguntaba si no les pasaría a más de los que se atrevían a admitirlo. Era incómodo, la verdad, aceptar que aquella revolución de las mujeres bien que daba frutos. No fuera a ser que se les subiera a la cabeza. Para él, que mandaran ellas no era el fin del mundo. Las mujeres tenían su gracia para hacer las cosas. Les costó a todos los machos verlo al principio, pero poco a poco el tal felicismo había ido pegando. Tal vez *las eróticas* hasta volvían a ganar si la Presidenta no mejoraba y había que elegir gobierno nuevo.

Él recordaba los disturbios cuando mandaron a los hombres a sus casas. El desalojo de los varones empezó como al mes o dos de instalado el nuevo gobierno y los sorprendió a todos. Aunque solo se aplicó a los empleados del Estado y cada uno recibió, en reconocimiento a los servicios prestados a la nación, el salario equivalente a seis meses de trabajo, la conmoción fue mayúscula. En los ministerios más machos, como el de Defensa y del Interior, algunos cabos y sargentos intentaron alzarse en armas. Sin embargo el amago de rebelión no prosperó. Las generalas que dejara en el ejército una fenecida revolución tomaron las riendas del desorden, les quitaron las armas y los forzaron a cumplir el mandato de la Presidenta. Los soldados salieron de sus cuarteles desarmados, vestidos de civil, sin más mando que el de cualquier cristiano. Pasaron meses antes de que se reorganizaran las fuerzas públicas con el montón de mujeres que se metieron a policías, entre ellas Azucena. Pero bueno, ya los tranques del tráfico, la robadera que se desató y los reclamos de los militares iban cediendo. A las mujeres policías, con la cooperación del gobierno coreano las entrenaron como karatekas y además las suplieron con unos aparatos extraños que electrizaban, *tasers* se llamaban, donados por Suecia, Finlandia, Alemania y Estados Unidos. Los chinos, por su parte, según se decía, contribuyeron con aerosoles, gases inmovilizadores y dardos tranquilizantes. Buen susto se llevaron los pendencieros que creían que con ser más grandes que ellas iban a poder desobedecerles. Eva Salvatierra, que tenía de ingenio lo que le faltaba de corpulencia, logró con esos aparatos crear una fuerza pública eficaz. (No le había fallado sino hasta el atentado, pero como dice el refrán, al mejor mono se le cae el banano.)

Instalado en las aceras de las diferentes dependencias ministeriales, con su carrito de raspado, José de la Aritmética vio a los hombres llorar al despedirse de sus oficinas, sus secretarias y los vehículos del Estado que tan acostumbrados estaban a considerar suyos y usar para sus paseos domingueros. Mientras por una puerta salían los hombres, por la otra, en cada edificio público, entraban las mujeres que se ofrecieron para sustituirlos. Eran muchas, según se enteró él, las que a pesar de los títulos universitarios que tenían, apenas habían trabajado un año o dos antes de casarse. Apenas parían e incluso antes, los maridos las recluían en las casas. Era como vergonzoso para la mentalidad de ellos que la mujer trabajara. No era su caso. Para él, Mercedes era su socia. Si ella no hacía los siropes del raspado, él no tenía nada que vender más que hielo. Pero claro, no era lo mismo trabajar los dos en la casa que, de pronto, verse sin mujer que lavara, cocinara y planchara, todas esas cosas que la Presidenta insinuó que tendrían que hacer los varones y a las que ella llamó "responsabilidades familiares". Nadie se engañó. Los hombres no eran ningunos dundos, aunque estuvieran adundados por la falta de la tesorerona. Por seis meses, nada menos, ellos tendrían las responsabilidades de ellas, según lo dispuesto por la Presidenta en una decisión inapelable.

Buen negocio hizo él en esos días porque ciudadanos y ciudadanas de oficios varios que laboraban en las cercanías de cada ministerio u oficina pública se aglomeraron en las aceras a presenciar aquel trasiego de puestos y a comer sus raspados. Él los oía hablar. No se ponían de acuerdo más que en el pasmo ante aquella extraña disposición, un experimento totalmente nuevo en la historia del país que, por su misma audacia, les paralizaba el entendimiento. Quiero que me den al menos el beneficio de la duda, pidió la Presidenta. El país había sido víctima de la catástrofe de una ristra de gobiernos corruptos e ineptos, explicó en la comparecencia donde anunció las medidas extraordinarias de su flamante gobierno; por lo mismo ella, con la venia que los votos de la mayoría le dispensaban, se veía en la obligación de agarrar fuerte el timón y poner manos a la obra de inmediato para enderezar el rumbo de aquella nación que navegaba como barco a la deriva. La Presidenta había sido muy gráfica explicando con metáforas deportivas por qué iban a descansar de los hombres por una temporada. Dijo que era como cuando en el béisbol había jugadores que se quedaban en el *dog out*. Las mujeres necesitaban que los hombres se quedaran en él temporalmente, porque aquel partido lo tenían que pichar, batear, cachar y correr las mujeres.

El país por esos días se vio invadido por una batería descomunal de periodistas extranjeros que con sus flashes y equipos corrían de aquí para allá fotografiando a los servidores públicos al salir de sus oficinas cargados con las fotos de los hijos y las esposas, las bolas de béisbol firmadas por sus peloteros favoritos, los calendarios, las gorras, las tazas de café y cuanta parafernalia personal contenían sus recién desalojados escritorios. Ninguno de los periodistas fue mejor testigo del cambio que José de la Aritmética. Sonando su campana o cepillando el hielo, escuchó comentarios que iban desde el "Qué le vamos a hacer, hermano, a lo mejor ellas tienen razón y nos caen bien estas vacaciones", hasta los que se las daban de importantes diciendo con rabia: "Quiero verlas solitas, no les doy ni una semana" o los que exclamaban: "Es lo que le faltaba a este país, que nos volviéramos locos. Solo eso nos faltaba, pasar de la corrupción a la locura".

A José de la Aritmética el espectáculo le recordó viejas imágenes de guerras y catástrofes. Pero bien claro estuvo de que estos nuevos desempleados se iban a su casa con sueldo y promesas de otro trabajo en pocos meses. No tenían tanto de qué quejarse. A fin de cuentas, qué más querían que estar todo el día en sus casas, con sus hijos, en shorts y chinelas de hule.

Las gafas de sol

Viviana las reconoció sobre la repisa y se le hizo un nudo en la garganta. Eran sencillas y baratas, pero le habían servido tanto tiempo que aún recordaba la búsqueda desesperada y al final infructuosa que emprendió al percatarse de que las había perdido. Removió cielo y tierra, es decir, casa, coche y oficina, y realizó un peregrinaje desesperado por todos los sitios por donde había andado en los días previos: "¿No han encontrado unas gafas de sol?" y siempre le contestaban que sí, era lo peor. Parecía que las gafas de sol eran omnipresentes entre los objetos perdidos. Llegaban los empleados, las camareras, con dos o tres pares de gafas, pero no eran las suyas.

Asombroso cuánto se podía evocar al mirar ciertas cosas. Sucedía lo que con los perfumes o el olor de las galletas de jengibre que no más percibirlo la trasladaba a su infancia, a la casa de Marisa, la amiga de su mamá con quien ella se quedaba cuando Consuelo se iba de viaje. La casa era grande y oscura y en las tardes se llenaba de neblina. Marisa era buena pero tan pulcra que ella siempre sentía que ensuciaba y que debía andar de puntillas para no molestar. Por eso lo que más le alegraba era salir con la empleada a la venta, una venta rústica donde las galletas de jengibre, redondas, oscuras y esponjosas, se guardaban en anchos recipientes de vidrio con tapa. Compraba dos o tres y se las comía escondida en el baño para no dejar migas en el cuarto.

Las gafas oscuras eran como las galletas de jengibre, solo que el tiempo al que la acercaban era a sus últimos meses con Sebastián. Con él las había comprado en una farmacia en la calle Lexington, cerca del hotel donde se quedaron cuando él la llevó a conocer Nueva York. Las gafas fueron para ella por mucho tiempo una suerte de amuleto que él le dejara, protección contra las lágrimas, contra el sol vertical y quemante. Extendió la mano para tocarlas y se quedó con los dedos en el aire. ¿Se atrevía a volver a ver a Sebastián? Había muerto hacía diez años, un tres de febrero, en un accidente automovilístico. Se estrelló contra un camión destartalado y sin luces aparcado en la carretera. La muerte fue instantánea. No la dejaron ni ver el cadáver. Solo las manos le besó antes de que lo cremaran como él había dispuesto. Siguió mirando las gafas. Su mano se movió rápida. No tendría miedo.

Sebastián le acariciaba la nuca cariñosamente, le ponía las gafas. La miraba para decirle lo bien que le sentaban. Sentir sus dedos le produjo un escalofrío sensual que la recorrió de pies a cabeza. Se volvió de reojo para verlo: un hombre alto, delgado, muy blanco, los ojos marrones, enormes, y la boca larga y fina. Se parecía al Principito. Ella siempre se lo decía, un Principito crecido en la tierra, que la cuidaba a ella de que no se la comieran las ovejas, cubriéndola con cúpulas de cristal como el del cuento a su rosa. Ella había pasado contenta en Nueva York, en las calles de barrios chinos, italianos, comprando tonterías para Celeste y ropa que ponerse. A él le gustaba que ella ostentara sus pechos. Mis volcancitos, les decía. Sabía que no dejaban de incomodarla e insistía en que los luciera y disfrutara. Mirá cómo me envidian, reía cuando alguien la quedaba viendo. La desinhibió tanto que luego a Viviana le costaba contenerse de usar ropa sexy y de que no se le pasara la mano en enseñar las carnes. Pero Sebastián era su principal instigador. Gozaba sus curvas y se inclinaba ante ellas como si fueran producto de una arquitectura anterior a todas las arquitecturas. Le describía en detalle por qué amaba cada pliegue de su sexo, cada curva de sus nalgas, cada doblez de sus orejas. Ella había tenido otros hombres antes de conocerlo, pero fue él quien le descubrió los intrincados pasadizos de su cuerpo.

Sobre ella se convertía en colibrí, en delicado perrito faldero, en delfín. Sus manos de dedos largos, su boca, la recorrían cada vez como si quisiese aprendérsela de memoria, grabarla en sus papilas y en sus huellas digitales.

Dudaba de que existiera en el mundo una capacidad de ternura semejante a la de él, con una intuición casi femenina para saber que un cuerpo de mujer no responde ni se abre ante la rudeza, que mientras más suave la caricia más desmedida será después la pasión de la potranca que cabalgará. Cuánto lo extrañaba, pensó, mientras se veía en el recuerdo caminando a su lado aquel día de primavera en Nueva York.

En la calle apretujada de transeúntes, Sebastián la guiaba por el cauce humano haciendo presión sobre su brazo para este o aquel lado, como si operara el timón de un barco. Ella se dejaba llevar, divertida, aceptando el desafío de abrirse paso en medio de la multitud sin separarse de él. En el semáforo se apretujaba la gente para cruzar: asiáticos, blancos, morenos, negros, indios, gente de todas las razas. Cómo sobrevivían allí, mezclados, era un misterio para ella. Se preguntaba si serían felices tan lejos de sus orígenes, de sus culturas, todos apretados y ocupados como estaban. Entraron a tomar café a un parador en la esquina con un rótulo en italiano. La gente tomaba café de pie, sobre unas mesas altas, redondas. Lo tomaban rápido y salían. Se oía el tintineo incansable de las tazas, los baristas anotando las órdenes: con leche, solo, con leche descremada, venti, half caf-half decaf, moca. Sebastián era fanático del café. Hablaba inglés sin acento porque su padre era británico y la familia había vivido en Los Ángeles. Viviana se sorprendía al verlo en Estados Unidos como pez en el agua. ¿Compramos unos sándwiches y nos vamos al parque a hacer un picnic?, le preguntó. Y ella dijo que sí, que claro. Las calles hiperpobladas habían terminado por darle claustrofobia. Quería ver verde, no oír más el sonido de los coches, los cláxones. Cruzaron a la sexta avenida y bajaron hacia Central Park. Entraron al parque siguiendo el sendero pavimentado. Otro mundo aquel, los árboles, las rocas, los espacios para juegos, los neoyorkinos corriendo con sus audífonos y sus atuendos de colorines, la gente paseando a sus perros. Con solo cambiar de acera uno se adentraba en una ciudad de ardillas y pájaros y gente animada por otra especie de tiempo, un tiempo discreto y bien educado que se negaba a empujar y era más bien indulgente y cómplice. Sebastián la encaminó por un sendero que pasaba al lado del lago hasta llegar al Sheep's Meadow, una enorme extensión verde desde la que se divisaba el Hotel Plaza. Por aquí hay otro prado como este que se llama "Strawberry Fields" –dijo Sebastián–. ¿Crees que sea el de la canción de los Beatles? Seguro, contestó ella, no porque supiera sino porque le gustó la idea. Se echaron en la grama bajo un sol que brillaba sin alardes de calor. Era un día de esos livianos, una brisa tersa y jovial recorría de tanto en tanto la hierba salpicada de parejas y niños con pelotas y frisbees. Viviana puso su cabeza sobre la pierna de Sebastián después que comieron los sándwiches de mozarela, hongos y tomate olorosos a orégano y tomaron vino blanco en sendos vasos plásticos transparentes. Sebastián sabía cuánto le gustaba recostarse sobre él. Se quedaba quieta esperando que él le pasara los dedos por el pelo. La cabeza de Viviana era su zona más erótica. A él le bastaba meterle la mano entera bajo el cabello grueso y crespo para que ella respondiera a la caricia con una efusividad que a él siempre le causaba ternura, pero claro, en el parque, allí sobre la hierba, él la acarició casi fraternalmente, pasándole despacio los dedos por la frente y metiéndose lento por los caminos apretados de su cráneo. Me conocía tan bien, pensó, sintiendo la mano de él íntima y sabia moverse leve sobre sus pensamientos.

Viviana aspiró y exhaló una bocanada de tristeza. Soltó las gafas. Abrió los ojos. Estaba de pie en el galerón y Sebastián ya nunca más la tocaría.

Cuando todavía su muerte era nueva para ella, pensar en él le achicaba el corazón. Sentía que le subía del esternón a la boca. Le daban ganas de vomitar. Si escupo, se me sale, pensaba. Imaginaba el corazón en forma de caja de chocolates cayendo dentro del agua del inodoro.

Lo lloró mucho, inconsolable. Sola con Celeste, que a sus seis años era la perfecta y femenina reproducción del padre, fue a repartir sus cenizas: un poco al mar, otro al jardín de la casa de infancia, otro a un río con el que él tenía una relación de tú a tú. En cada lugar, con la niña sentada sobre las piernas, hablaron de recuerdos y anécdotas, de noches y días vividos al lado del hombre que sería parte de ambas para siempre. Celeste dejó de preguntar cuando volvería el papá. Lo aceptó como un ser invisible, un amigo secreto.

Había sido un matrimonio feliz. Solo el tiempo, la distancia y el pleno uso de su independencia hicieron que Viviana se percatara de cuánto había cedido como mujer para que esa felicidad fuese posible.

Pasó mes y medio en pijamas o sudaderas, con el pelo lleno de nudos y las uñas quebradas, sin que nada, excepto Celeste, le importara. Su madre, que trabajaba coordinando expediciones de la National Geographic y viajaba mucho (cuando logró saber la noticia, al arribar a Montevideo de un crucero por la Antártica, ya él estaba entregado al viento de sus lugares favoritos), regresó y se espantó de ver que la hija no lograba recuperarse del luto. Consuelo era una mujer enérgica, llena de exuberancia y alegría. A los sesenta y pico lucía joven y, si bien su lema era "vive y deja vivir", cuando le tocaba hacer de madre, sabía hacerlo bien. A Viviana la había criado y educado sola, pues del padre no volvió a saber nada apenas le dijo que estaba embarazada.

—Ah no, mijita, no se me eche a morir. Vamos a ir haciendo las cosas despacio pero lo que hay que hacer, se hace. Y lo primero es la operación clóset, que me la vas a dejar a mí —esa fue su cantinela desde que se dio cuenta de que todo lo de Sebastián seguía intacto en su lugar–. ¿Y el carro, mamita? Es morboso que tengás ese carro destruido en el garaje. Podés decidir no salir de esta, le dijo, pero entonces encerrate a piedra y lodo, poné el carro en la sala y vestite con la ropa de él. Lo importante es que decidás, que hagás algo. Tenés que decidirte por él que está muerto o por vos que estás viva. No hay término medio. Nosotras no somos mujeres de términos medios.

Consuelo se trasladó a la casa de Viviana y se hizo cargo de los seguros y los papeleos con que se borra el vestigio de quien ya no puede ni suscribirse a revistas ni pagar cuentas. Ella también se encargó de convencer a Viviana de que cumpliera su sueño de ser periodista, la profesión para la que se preparó y que solo llegó a ejercer pocos meses antes del nacimiento de Celeste.

Racionalmente, ella sabía que su madre tenía razón, pero con cada trapo y zapato de Sebastián del que se despojó, y especialmente cuando se llevaron el coche al depósito de chatarra (de alguna manera torcida y supersticiosa, ella sentía que en ese amasijo de metal estaba impregnado su último grito, lo que quizás él dijera o pensara en la soledad de su muerte), ella sintió que cercenaba las evidencias tangibles de su existencia y que, al hacerlo, dejaba de ser esa que había sido con él, y renunciaba al amor-refugio-cúpula de cristal donde por tantos años estuvo segura y tibia.

Pero así de dura y definitiva era la muerte, y lo mismo podía decirse de la vida. Ella siguió respirando, levantándose cada mañana, acumulando tiempo, días que la separaban de lo que había sido. Y al fin salió de su casa. Se maquilló, se arregló, se vistió. Más delgada pero guapa, a pesar de la pesadumbre interior, fue a la entrevista de trabajo, hizo la prueba ante las cámaras en el canal de televisión y obtuvo el puesto de presentadora de las noticias de la mañana.

El reloj despertador

¿Qué secuencia era aquella?, se preguntó Viviana. Justo al lado de las gafas de sol se topó con el viejo reloj despertador de su época de trabajo en la televisión. Cuadrado, negro, con la cara blanca y los números grandes, las manecillas rojas, marcaba las cuatro de la tarde. ¿Sería la hora correcta? Lo tomó para llevárselo al oído y cerciorarse de que funcionaba, pero apenas alcanzó a preguntarse si ya habría pasado un día en el galerón porque de nuevo la vorágine de los recuerdos siempre presentes la trasladó a otro tiempo: las cinco de la mañana.

A esa hora entraba al trabajo. Odiaba levantarse de madrugada. Leer las noticias con cara de buenos días era un esfuerzo sólo comparable a las desveladas de su maternidad. La mujer es un animal de costumbres; me acostumbraré, se decía, al apagar el agudo sonido del reloj inmisericorde. El sol aún no alumbraba cuando dejaba la casa tras darle un beso en la frente a Celeste, su bella durmiente.

A medida que se adentraba en la ciudad asistía al despertar del día, los cielos que se aclaraban, los repartidores de pan llevando grandes canastas al frente de sus bicicletas, los camiones dejando leche en las pulperías con las dueñas recién bañadas colgando vituallas de las puertas. La ciudad era pobre, pero colorida, con casas antiguas, coloniales, de techos de tejas y pequeños jardines, al lado de barrios pobres de casas hechas de ripios, latas, hojas de zinc traslapadas en vez de paredes. Lo más triste y lo que borraba el contraste entre barrios ricos y barrios pobres era, sin embargo, la basura: papeles, bolsas plásticas, envoltorios de cualquier cosa flotaban sobre las cunetas, las aceras, afeándolo todo. Hacía un esfuerzo para no mirarla. Levantaba la vista para ver el gran volcán Mitre pálido y azul en la alborada, las nubes, pero no podía evitar preguntarse cómo era que ese estado de cosas –la miseria, la basura– existía sin nadie que lo enmendara. Al llegar a la estación de televisión, cerraba los ojos y soñaba con arreglar el país mientras la maquillista le echaba polvos y le realzaba los ojos, los labios, el pelo y le borraba las ojeras. De leer las noticias en la mañana, pasó a leerlas en el noticiero principal de la noche y, ya con más confianza en lo que hacía, empezó a intervenir en la redacción de las notas y a sugerir historias. Faguas era un país descalabrado donde la realidad constantemente desafiaba la imaginación. La nota roja se había puesto de moda. Abundaban las historias de pandillas y narcotraficantes, a la par de trifulcas domésticas y abusos a menores. Las niñas de diez años que el padrastro embarazaba eran tan frecuentes como los robos y desfalcos al Estado de parte de funcionarios públicos que, en vez de ser despedidos, eran trasladados de una a otra dependencia. Ese partido es como la Iglesia, le decía su jefe, a los curas pedófilos no los echan, los trasladan para que hagan sus fechorías en otra parte. Viviana tenía la ventaja de una memoria de elefante. No le costó nada identificar y conocer quién era quién en aquel gobierno desgobernado, cuyo presidente jamás daba la cara a los periodistas ni se sometía a las preguntas incómodas de una rueda de prensa. Cuando quería decir algo se echaba un largo discurso y despotricaba desde las alturas de una tarima. El gobierno daba asco por mafioso y mentiroso, pero en el país la vacuna contra el asco era la risa, el cinismo y la ironía. No había nada que les gustara más a los jefes de noticias que las historias y reportajes divertidos. Uno de estos aterrizó por casualidad en la vida de Viviana.

—No sabe usted lo que vi en la casa de un magistrado, doña Viviana —le dijo Julio—; usted debería sacarlo en la televisión.

Julio era el jardinero meticuloso que llegaba cada mes a atender su jardín. Trabajaba el resto del tiempo en otras casas y llevaba y traía chismes.

—¿Qué viste?

—No me va a creer, pero tiene un pingüino, un pingüino de verdad, no le miento. Así como otra gente tiene peceras, él lo que tiene es un cuarto con hielo con una gran puerta de vidrio por la que se ve el pingüino caminando todo afeminado, como caminan esos animales.

—¿Estás seguro, Julio? —preguntó atónita.

—Se lo juro. Lo vi con estos ojos que se va a comer la tierra.

Viviana había escuchado rumores sobre las excentricidades del Magistrado. Era relativamente fácil en Faguas corroborar sospechas, sobre todo cuando se trataba de algo así, un asunto que, por desmesurado, tendrían que conocer otras personas. Costaba creerlo, pero en Latinoamérica cosas así eran el pan de cada día. Se propuso averiguar la verdad.

Recurrió a una amiga de su club de libros, Ifigenia.

—Ifi, necesito un favor. ¿Sabés quién se encarga de instalar cuartos fríos en Faguas?

Ifi era un genio organizativo. Manejaba un negocio de exportación de carne y camarones. Estaba conectada con líneas aéreas, compañías de barcos, de transporte de carga terrestre. Le dio nombres y se ofreció a ayudarle.

—Nada es secreto en este país —le dijo tras una semana—. Es cierto que le instalaron un cuarto frío al magistrado Jiménez en su casa. Lo del pingüino es cierto también. Lo introdujeron al país como perro desde Chile. Aparentemente el señor este tiene una "amiga" muy rica en Chile. El "perro" viajó como pachá en LAN. Lo mejor Vivi: es un regalo de amor: ella le dice "Pingüino" a él.

El siguiente paso de Viviana fue contactar a Eva Salvatierra. Eva era subdirectora de una compañía de servicios de seguridad residencial y corporativa.

—Necesito que me prestés a alguien de absoluta confianza para un trabajito.

Luego habló con Julio, su jardinero, y le pidió que se declarara enfermo y recomendara un sustituto a la esposa del Magistrado.

—Te prometo Julio que, si te echan, yo te consigo trabajo.

Una semana después, uno de los trabajadores de confianza de Eva, con aspiraciones de detective, se hizo pasar por jardinero. Fotografió no solo al pingüino en su cuarto frío, sino a los amigos del Magistrado en una parranda con muchachas, tirándole pescados al animal.

—Más habría retratado —dijo el advenedizo detective—, pero me pidieron que me fuera cuando se calentaba la fiesta.

Viviana montó con todo cuidado el reportaje, que se anunció como exclusiva con vistosos despliegues visuales, sin especificar de qué se trataba. No querían alertar a los involucrados, no fuera que impidieran transmitirlo. Los directivos de la estación de televisión, aunque les diera risa y pasmo la historia, temían represalias. Con tacto, pero con firmeza, ella dejó bien claro que o salía el reportaje o se lo llevaba a otra parte.

La noche señalada, con Ifi y Eva, se fue a un bar de la zona rosa de la ciudad, donde conocía al dueño. Me vas a prometer poner el volumen a la tele cuando pasen el noticiero de las nueve. Te juro que no te vas a arrepentir, le dijo.

Llegaron temprano y se sentaron en la barra. Invitaron a unos amigos a reunirse con ellas allí. A las nueve de la noche, el bar estaba lleno. Viviana apenas podía con su efervescencia. Se sentía eufórica y nerviosa a la vez. Cumpliendo con lo prometido, el dueño subió el volumen. Apareció ella en pantalla. "Los pingüinos son unos simpáticos animales que viven en una de las regiones más frías del planeta: la Antártica, en el Polo Sur. Nadie imaginaría un pingüino aquí, en los calores tropicales de Faguas. Nuestro pobre zoológico, que apenas puede alimentar a los jaguares de nuestras selvas, tendría que contar con unas instalaciones muy caras para mantener un pingüino en cautiverio. Sin embargo, señores, el noticiero estelar de TV 1 ha logrado develar la existencia de un pingüino en Faguas, un pingüino aquí en nuestra ciudad, la mascota más cara de nuestra historia patria…". Mientras Viviana narraba fuera de cámara, en la pantalla fueron apareciendo las fotos del animal, la casa del Magistrado, él y sus amigos junto a la descomunal pecera. Las exclamaciones de los parroquianos del bar no se hicieron esperar. Las risotadas, la incredulidad, los improperios. Qué bárbaro, increíble, qué hijo de puta, ladrón, con nuestros impuestos, miralo… y en manos de gente como esa está la justicia de este país, qué insulto, qué vergüenza, exclamaban intercalando coloridos exabruptos.

Aplaudieron a Viviana al terminar el reportaje. Hombres y mujeres se acercaron para abrazarla y felicitarla. Bien hecho, así me gusta, por fin alguien se atreve a sacarle los trapos al sol a estos desalmados. Tanta gente muerta de hambre y este haciéndole cuartos fríos a un pingüino como millonario excéntrico.

Infortunadamente, pensó Viviana, por muy ridículo y absurdo que fuera lo del pingüino, resumía irónicamente la perversa corrupción y descaro de los funcionarios públicos de Faguas. Ella y sus amigos podían reírse, pero no serían quienes rieran por último o rieran mejor. Aun así, bien valía la pena celebrar esa pequeña victoria. Ifi, Eva y ella siguieron la reunión en casa de Rebeca, otra de las amigas del grupo.

Al día siguiente, una batería de periodistas asaltó al magistrado Jiménez, un tipo ofensivamente gordo y desagradable, cuando este llegó a sus oficinas de la Corte Suprema. Con increíble sorna y descaro, Jiménez pretendió presentarse como protector de los animales y contó una historia inverosímil: el pingüino había naufragado frente a las costas de su casa de playa en el Pacífico tropical de Faguas. Él lo había rescatado.

—Capítulo dos —dijo Viviana a su jefe al otro día—: tengo pruebas de que miente. El pingüino se lo mandó una novia desde Chile. Propongo que hagamos otro programa para desmentirlo. Además, Rebeca de los Ríos, una amiga economista, está preparada para mostrar cifras de lo que ha costado y cuesta mantener ese pingüino.

Montados en el barco como estaban —y con el ego acariciado por numerosas felicitaciones y un repunte en los ratings de audiencia del canal—, los directivos accedieron. En el segundo programa, Viviana dejó el tono irónico y castigó al Magistrado con un reportaje callejero que mostraba inequívocamente el repudio general por el cinismo con que este intentó justificarse.

El escándalo del pingüino fue mayúsculo y trascendió a todos los medios. Sin embargo, a pesar de la grita popular pidiendo la remoción de Jiménez, el Magistrado, que era protegido del Presidente, permaneció en su puesto.

Era una de las fichas claves del gobierno. Hábil leguleyo torcía cualquier ley o sentencia para que se adaptara a las necesidades políticas de sus jefes.

Si hasta entonces, en su vida cotidiana, igual que la mayor parte de sus conciudadanos, Viviana jugaba a la avestruz o a los monos aquellos de "no ver, no oír, no hablar", la historia del pingüino la radicalizó. A veces se reía sola pensando que, de escribir su biografía, tendría que dividirla en un antes y después del pingüino. Tras el reportaje recibió una avalancha de correos en su buzón electrónico. Algunos eran escuetas felicitaciones, halagos a su "valentía", pero otra gran cantidad eran testimonios tristes y dolorosos de injusticias, solicitudes de ayuda, historias del desamparo generalizado y el asco impotente de una ciudadanía que no atinaba a ver ninguna luz al final del túnel en ese país desgraciado. Necesitamos gente como usted en Faguas. ¿Por qué no se lanza como presidenta?

¿Presidenta ella?, sonreía, ¡A quién se le podía ocurrir semejante cosa!

Pero las historias que, ávidamente, empezó a seguir en los diarios, los correos que continuaron llegando, la gente que la detenía en el supermercado y le narraba desmanes sugiriéndole que los investigara, ocupaban cada vez más sitio en su mente. Observar y callar cesaba paulatinamente de ser una opción para ella.

Era triste, pensaba, leer en las encuestas que la mayor ambición de los jóvenes era emigrar. O escuchar el lamento de un magnífico poeta que había escrito:

"Quisiera ser extranjero para irme a mi país". Un país sumido en la desesperanza, con un pueblo resignado a aceptar cualquier ignominia, despedía olor a carroña. Y ella no quería que su hija creciera rodeada del cadáver de la civilidad, de los valores humanos, de la alegría.

Trabajó varias noches en una propuesta de programa para presentarla a su jefe. Tenía a su favor la curva de los sondeos.

—Creo que un programa semanal como el que propongo para los domingos a las ocho de la noche tendría una audiencia que atraería anunciantes —le dijo.

Una semana después recibió la respuesta afirmativa. Aprobaron el nombre: *Un poco de todo,* un presupuesto para el set, una productora para que la asistiera.

Llegó a su casa feliz esa noche. Llamó a sus amigas. Celebró en la cena con Consuelo y Celeste.

—¿Sabés? —le dijo su madre cuando ya Celeste terminó sus tareas, se lavó los dientes y se fue a dormir—, una vez en mi vida me leí las cartas. Estaba desolada después de que tu papá desapareció y una amiga me llevó a la casa de una famosa quiromántica. Su hija está destinada para grandes cosas, me dijo la señora.

—¿Y por qué nunca me lo habías contado? —sonrió Viviana.

—No sé. No le di mucho crédito, pero últimamente he recordado esa frase. Creo que es verdad. Alguien como vos debe tomar la vida de frente, sin miedo. El miedo es un mal consejero.

Viviana retornó el reloj a la repisa y pensó en la suerte de tener una madre como la suya.

Petronio Calero

Tenía hambre pero se resistía a ir a la cocina. Sentado en la sala de la pequeña casa, acalorado, miraba el atardecer colarse rojizo por la ventana. Tras la puerta abierta, el pequeño jardín se quejaba doblado sobre sí mismo. Tendría que regar las plantas. Hacía dos días que no les echaba agua. Se les notaba sedientas. Hasta las plantas le hacían reclamos en esa su maldita casa. Había que ver al perro. No bien cambiaba él de posición, el animal alzaba las orejas o se montaba sobre sus rodillas, suplicante. Se miró los pies metidos en las chinelas de hule negras. Qué asco. Él tampoco se había bañado en dos días. No tardaría en llegar su mujer del trabajo y lo encontraría igual como lo dejó, la misma expresión de aburrimiento, la pereza, la desidia. Se enojaría y le mentaría la madre por las plantas y el perro. ¿Cómo se las ingeniaría ella para mantenerse ocupada los años que permaneció en la casa sin ir a trabajar? Porque no tuvieron hijos. La naturaleza no les hizo el favor. Olga no se lo tomó a mal. Tenía espíritu de monja: sacrificada, silenciosa. Hasta en la cama era así. Hacerla echar un suspiro era una proeza. Pero era inteligente. Más inteligente que él. Ahora ganaba más de lo que él nunca había ganado. Vivían mejor. Vivirían mejor, se corrigió, si él se ocupara de la casa, pero lo consumía la pereza. Después de la siesta se iba de ronda por el vecindario. Se le caían encima las paredes, lo agobiaba el silencio. Ni los celos lo entretenían ya. Cuando eran jóvenes nunca dejó que Olga trabajara. ¿Qué iban a decir sus amigos, la gente, si él no podía mantenerla? ¿Pero mis estudios? Soy ingeniera industrial y el país necesita gente preparada como yo. Más te necesito yo. Eso le respondió. Ella lloró unos días pero después se acomodó. Mantenía la casa nítida. Aprendió a cocinar. Ahora le recetaba lo mismo a él: ya ves lo que yo hice. ¿Por qué no aprendés vos a cocinar? Algo aprendió los primeros meses. No era ninguna ciencia, la verdad. No le agarró gusto al oficio, pero aprendió a cocer el arroz, los frijoles, freír plátanos, asar carne. No fue tan difícil al principio. Se ocupó en el barrio. Construyeron aulas, limpiaron los patios, instalaron los techos y los pisos para las guarderías que administraban las madres vocacionales que, en cada cuadra, cuidaban los niños de las que salían a trabajar y no tenían marido. Dos veces a la semana él daba clase en una de las guarderías. Enseñaba el abecé, leía cuentos. Mientras tuvo con quién platicar —y eran incesantes los comentarios sobre los cambios en el país— no le fue mal. Pero últimamente le tocaba estar demasiado tiempo en la casa y no lo soportaba. La soledad, pensar sin ton ni son. No tenía mucho en la cabeza, la verdad. O lo que tenía no le interesaba revisarlo, darle vueltas. Las mujeres al menos, como eran sentimentales, podían pasar horas pensando en sus problemas y en los ajenos, pero a él el silencio lo deprimía. Se levantó. De mala gana salió al jardín, desenrolló la manguera y se puso a regar. En eso estaba cuando escuchó la campana del raspado y vio a José de la Aritmética en lo alto de la calle caminando en su dirección.

—Qué noticias, maestro —preguntó Petronio.

—Sigue en coma.

—¿Qué pasará ahora?

—Nadie sabe, Petronio, nadie sabe.

—Las otras se sentirán envalentonadas. La Presidenta era la que las mantenía a raya.

—Eso me gustaba de la Presi. No perdía mucho tiempo queriendo contentarlas a todas.

—Sin ella las cosas cambian.

—Está por verse. Yo ya me estaba acostumbrando a que mandaran las mujeres, a dejarme querer... —rio José enseñando una hilera de dientes irregulares.

—Yo ya no puedo con el aburrimiento. Mire que me he estado preguntando cómo aguantó mi mujer encerrada en la casa tantos años.

—Tenía su razón la Presidenta pensando que nadie aprende en zapato ajeno.

—Ya aprendí. Ahora lo que quiero es trabajar.

—Caramba, Petronio, has trabajado toda tu vida. ¿Por qué no te relajás?

Petronio pagó el raspado que José de la Aritmética le entregó bañado en el espeso sirope de caramelo. Empezó a lamerlo.

—No sé relajarme —sonrió con una mueca—. Salúdeme a Mercedes.

—Y a doña Olga.

Eva Salvatierra

Eva casi no podía con la furia contenida que, desde el atentado, la había tornado en un huracán de carne y hueso. Andaba torpe, tumbando los vasos sobre las mesas, los floreros y ceniceros, y tropezándose con las esquinas de los muebles; sus manos y piernas traicionaban su intención de lucir calma, de no perder la compostura.

Que ellas, dueñas de estadísticas puntillosamente actualizadas sobre la violencia contra las mujeres en Faguas y el mundo, no hubiesen tomado extremas precauciones para salvaguardar la vida de su presidenta, era imperdonable. Y sin embargo, la seguridad a su alrededor no había sido menor aquella tarde. El redondel en medio de las masas era un alto riesgo, pero Viviana dispuso que, al igual que en su campaña, ese fuera el símbolo de su presidencia. No hubo manera de hacerla desistir. No cedió ante las presiones de ella ni de otras oficiales con experiencia militar. En áreas abiertas, el cordón policial alrededor del estrado no era suficiente protección, ni tampoco la cantidad de agentes vestidas de civil insertas en medio del montón.

Como supuso, los fuegos artificiales agravaron el asunto. Previendo la dificultad de ejercer control entre tanto petardo y distracción (las jóvenes policías, no le cabía duda, no se habían perdido el espectáculo), Eva intentó mantener en secreto la sorpresa. Pero era el tipo de secreto que quienes tenían que guardarlo no veían la razón de no decírselo a sus amigos y parientes para que no se perdieran del show. Podía haberse filtrado por los operarios de los cohetes, o por los que los llevaron al sitio, o por los que arreglaron la secuencia, o incluso a través de los empleados nacionales de la Embajada china. De cualquier manera, era de suponer que para quienes planearon el atentado, la información tuvo que ser decisiva; tomarían en cuenta el ruido de los cohetes y la distracción de las policías, cuanto ella intuyó sería difícil de controlar. Dio órdenes de revisar los listados de trabajadores y de investigarlos. No era la mejor pista quizás, pero era la única hasta el momento. Las oficinas de la Inteligencia Militar parecían dispensario médico por la aglomeración de gente que esperaba en la antesala para pasar a dar declaraciones, pero hasta ahora no se lograba sacar nada en claro.

Se sintió sola. No tenía familia. Su padre había muerto el año anterior, muy anciano. Había sido combatiente de la revolución, pero murió triste, sus sueños hechos añicos. En su juventud, en los recuerdos de ella, sin embargo, fue un hombre jovial que, tras la muerte de su madre cuando ella era adolescente, le dedicó su amor y su tiempo. No era un hombre letrado, pero sí íntegro. Un poco paranoico quizás. Decía que era siempre importante conservar un cierto grado de paranoia. Por eso, como diversión de los domingos, le transmitió lo que mejor sabía: el arte militar. La entrenó en arme y desarme y en las prácticas de la guerrilla urbana. Nunca se sabe, le decía. Algún día puede que necesités de estos conocimientos. Ciertamente que le fueron útiles. No para lo que él imaginó, pero sí para montar su empresa de servicios de seguridad.

De su padre lo que nunca supo, lo que algunas noches la mantenía despierta, era el misterio de su rol en la desaparición del único hombre que ella amó sin medida, un magnífico ejemplar que conoció en sus clases de judo y que fue dulce y buen marido hasta que dejó de serlo, hasta la noche en que la empujó contra la pared, la pateó, le dio una paliza ante la cual ella no atinó a defenderse. ¿Qué hizo ella más que preguntarle dónde había estado, un poco molesta quizás porque regresó tarde oliendo a ron? La reacción de él le produjo espanto. Olvidó su entrenamiento, su físico ágil. Como un fardo dejó que él se ensañara con ella, atónita y sin comprender. Después no le aceptó llantos ni excusas. Lo dejó. Abandonó todas sus pertenencias en la casa. No se llevó nada. Él empezó a acosarla, a buscarla, a aparecerse de súbito en los estacionamientos, a golpearle las puertas a medianoche, a llamarla por teléfono. La sometió a un cerco de terror. Se vio obligada, a su pesar, a recurrir a su padre. Recordaba bien el temblor incontrolable con que llegó a refugiarse en el pecho grande y cálido de ese hombre bueno y solidario, que la mantuvo apretada contra él hasta que ella fue quedándose quieta. ¿Qué te llevé a hacer, papá?, pensó. Nunca lo supo, pero a Ricardo se lo tragó la tierra. Jamás regresó a molestarla. Confrontó a su padre innumerables veces. ¿Lo mataste, solo decime si lo mataste? Él la miraba. Negaba con la cabeza; jamás lo admitió, pero ella estaba segura y la certeza se la fue comiendo por dentro. La noche en que su padre murió, la pasó a su lado, hablándole, diciéndole que lo quería, pidiéndole que antes de marcharse la dejara tranquila diciéndole la verdad. Pero él no dijo nada. No abrió los ojos. En la madrugada, oyéndolo respirar como un fuelle, puso la música que él prefería en el equipo de sonido y lo acurrucó en sus brazos hasta que expiró. Su papá no dijo palabra. Se llevó a la tumba el paradero de Ricardo que ella no logró descubrir por más averiguaciones que hizo. La pista se perdía en un bar una noche y un comentario dicho al pasar sobre un futuro viaje a México. Quizás estaría en México. Lo preferiría, pero a ella algo le decía que no, que jamás llegó a marcharse.

Viola, la secretaria, entró de puntillas al despacho. Su jefa miraba la ventana con los ojos fijos, como en trance. Sintió pena, pero no tenía más remedio que recordarle a su superiora las funciones que debía cumplir.

—Hoy es jueves —dijo plantándose frente al escritorio—. ¿Sacamos a los violadores o no?

Eva alzó la mirada. Frunció el entrecejo. Los violadores. Era jueves.

—Y ¿por qué dejaríamos de sacarlos? —preguntó.

—No sé —respondió Viola—. Se me ocurrió que quizás por el luto…

—La Presidenta no ha muerto. No sabemos si se recuperará, pero está viva. Y seguirá viva hasta nueva orden, ¿entendido?

—Sí, claro.

—Entonces, nada se interrumpe. Que se proceda como de costumbre. Gracias Viola —añadió suavizando el tono.

La muchacha salió.

De Eva fue la idea de exhibir a los violadores en sitios públicos, en celdas abiertas como jaulas. Los sacaban los jueves y los dejaban en exhibición todo el fin de semana en mercados, plazas, en los barrios donde vivían las víctimas o en las rotondas con mayor circulación vehicular. La gente estaba autorizada a acercarse y muchos lo hacían. Cada vez era mayor el número de mujeres de toda edad que se paseaba frente a las jaulas para mirarlos y decirles cuanto les dictaba el repudio. A cada reo le ponían sobre la jaula un rótulo describiendo la razón de su encierro. "Juan Pérez. Violador. Edad de la víctima: 5 años. Relación: hijastra"; "Ramón Alduvinos. Violador. Edad de la víctima: 13 años. Relación: vecino". Frente a las jaulas, en una urna, la población dejaba notas y sugerencias de cómo debía castigarse el crimen. En general, sugerían crueles castigos: castración, prisión perpetua, flagelación, linchamiento, muerte. Pero ellas habían abolido la pena de muerte y reformado las penas carcelarias de manera que los presos dejaran de ser una carga social. Todos trabajaban. De lunes a miércoles, por ejemplo, los violadores limpiaban cementerios y cavaban sepulturas (idea sugerida por un colectivo de mujeres que bien argumentó que no los dejaran acercarse a los vivos), mientras los presos por delitos menores recogían basura.

A los violadores, Eva habría querido exhibirlos desnudos, con la palabra *violador* tatuada en el estómago en grandes letras (Juana de Arco tomó la idea de Lisbeth Salander, le heroína de *Milenio*, la trilogía del sueco Stieg Larsson). Hacerlos pasar vergüenza era someterlos a de la revista de la mañana. Viviana lo saludó, salió del camerino y regresó a su oficina.

La rodeaban amplios ventanales. Uno de ellos miraba a un pequeño engramado entre dos edificios y el otro a un pasillo por donde pasaban los artistas o los personajes que iban a grabar al estudio. Llovía a cántaros. Sonó el teléfono. Era tal el estruendo del aguacero, que apenas logró escuchar a su interlocutor. No se oye, dijo. Cortó. Pidió que llamaran más tarde.

Se recostó en la silla. Con las manos detrás de la cabeza, tranquila, saboreó el café caliente y el momento de relax después del programa. Una mujer delgada, muy joven, con un vestido tallado al cuerpo, de lunares negros sobre fondo blanco, tocó con los nudillos el vidrio. La miró interrogante. Viviana notó cierta incongruencia entre su rostro y su atuendo. Parecía tener urgencia, prisa. Usualmente la llamaban de la recepción antes de pasar alguien a verla. Pensó que sería esa la llamada que no pudo escuchar. Se levantó, la hizo entrar.

—Soy Patricia. Necesito que me ayude —dijo la muchacha. Se quedó con la espalda pegada a la puerta. Jadeaba—. No quiero que me vean aquí.

Viviana no supo qué decir. Arrugó el entrecejo, inquisitiva.

—Tiene que ver con el caso del pingüino. Yo la puedo llevar a un lugar…

Viviana le hizo señas de que no se moviera. Fue hacia las persianas que la aislaban del corredor. Las cerró.

—Podés sentarte —dijo—. Ya nadie te ve.

La muchacha se sentó. Tenía aspecto de fugitiva; era eso o padecía del complejo de persecución. Viviana se sentó al lado de ella. La miró con simpatía. Le sonrió. De cerca le calculó dieciocho, diecinueve años. El maquillaje la hacía verse mayor. Cuidado, es una trampa, se dijo.

—Vamos a ver. Estás nerviosa. ¿No? Tratá de calmarte y me explicás lo que te pasa. ¿Cuántos años tenés?

—Dieciséis.

una pena moral similar a la que sufrían sus víctimas, sobre todo las que optaban por callarse, que eran, por fortuna, cada vez menos, pues aquellos castigos las habían envalentonado a denunciar a sus victimarios. Al fin se sentían comprendidas en su agravio y en la intimidad admitían que les gustaba ver aquellos hombres encerrados en jaulas como monos. Eva creía ferozmente en las bondades del escarnio social, convencida de que aun la siquis más retorcida guardaba el rastro de humanidad requerido para la vergüenza y el arrepentimiento.

Sin embargo, la exhibición de los violadores generó grandes controversias. Las autoridades eclesiales y los figurones políticos advirtieron sobre el nocivo efecto de la venganza en las almas y se pronunciaron en el sentido de que la deshonra de unas no se aliviaba con la deshonra de los otros. A sus prédicas reaccionaron en masa las mujeres. Aparecieron en avalancha en los programas de radio y en las secciones de opinión de los diarios para escupirles en la cara la doble moral que los llevaba ahora a defender a maleantes cuando jamás habían tomado cartas en el grave problema de la violencia contra las mujeres. Los acusaron de ignorar esta epidemia silenciosa y mortal y de venir ahora a querer lavarse las manos como Poncio Pilatos. Con este impulso, Eva logró que la Asamblea aprobara el uso de un tatuaje —menos espectacular pero igualmente útil— para los violadores reincidentes. Era, según dijo en un encendido alegato, el único sistema de alerta que no le costaría una fortuna al Estado ni aumentaría los impuestos que pagaban los contribuyentes. Las diputadas aprobaron la moción por mayoría. Se acordó que se les tatuaría una pequeña V en la frente en lugar de la palabra completa en el estómago, pues los violadores, usualmente, ni siquiera se quitaban los pantalones.

La taza

Viviana miró la taza. Tenía el emblema de su programa *Un poco de todo*. Decía:

UN POCO
DE TODO

en dos renglones y a todo el derredor su nombre: VIVIANA SANSÓN. Lástima no encontrar café en la taza. Aspiró para imaginar el aroma de tantas mañanas de su vida. ¿Cómo se resignaba uno a no vivir, a no sentir jamás hambre, morder un bistec, comerse un helado? El cuerpo, los sentidos, ¿cómo sería carecer de ellos? ¿Qué cielo podría existir sin tocar, ver, oler, escuchar, sentir la lengua del ser amado en la cavidad de la boca, sentir la piel de otro restregarse contra la propia, oír en la noche, entre las sábanas, el suave gemido del placer que uno brindaba a otro ser humano? ¿Qué estaría pasando afuera mientras ella estaba allí retenida por sus recuerdos, recorriéndolos uno a uno? Esa taza, por ejemplo, ¿a qué sector de sus memorias la trasladaría? Aún no la tocaba. La tomó del asa. No más tocarla sintió el calor de las luces del camerino. Se desmaquillaba tras grabar el programa. Vio su cara en el espejo, su piel lisa y brillante, sus ojos grandes. Lindo su rostro, su pelo enmarañado, sus hombros y brazos torneados y fuertes. La naturaleza había sido generosa con ella. Alguien entró, un invitado

—Pensé que eras mayor —la joven se encogió de hombros, sonrió sin ganas.

—¿Podría ir conmigo ahora? Yo la puedo esperar afuera y usted me recoge en la esquina. Créame. Es importante —le temblaba la voz. Estaba mojada por la lluvia. Se estremecía de frío de tanto en tanto. Se comía las uñas.

Viviana miró hacia fuera. Seguía lloviendo.

—Necesito saber más —dijo Viviana—. No puedo salir de mi oficina y seguirte si no sé de qué se trata.

—Mire, si usted me ayuda, yo le puedo contar cosas del magistrado Jiménez como para arruinarlo.

—Ajá. ¿Y por qué no me las podés contar aquí mismo?

—Porque hay más como yo. Y me comprometí a recogerlas… con usted.

—Más como vos. ¿Qué querés decir?

—Que queremos escaparnos. Nos tienen secuestradas —casi lloró la muchacha—. No me pregunte más. Ayúdeme, se lo suplico.

Viviana tomó la decisión. Intuyó que la joven no mentía.

—Ok —dijo—. Te recojo en la esquina.

La muchacha salió con la cabeza baja. Viviana llamó a Eva.

—Voy tras una pista que tiene que ver con el magistrado Jiménez —le dijo—. Si en dos horas no me reporto, llamás a mi jefe, ¿de acuerdo?

—Puedo mandarte a alguien —dijo Eva, preocupada.

—No hay tiempo. Tengo la corazonada de que esta muchacha no miente. Esperá mi llamada.

Colgó. Metió las llaves en su cartera. Apagó las luces.

Recogió a la muchacha en la esquina. Estaba remojada. La lluvia arreciaba.

—Decime qué hay con el magistrado Jiménez —preguntó Viviana—; indicame hacia dónde me dirijo.

—Siga el camino al aeropuerto —dijo la otra—. El magistrado Jiménez es un malvado. Me tiene encerrada con otras dos muchachas en una casa. Nos compró de un chivo. Nos usa. Para escaparnos, limamos los barrotes de la ventana. Yo me salí pero las otras dos se quedaron. Nos van a estar esperando. Nosotras le podemos contar cosas que usted ni se imagina.

—¿Y hay alguien más en la casa?

—El que nos cuida no estaba cuando yo salí. A veces sale a comprar cigarrillos.

—¿Por qué no fuiste a la policía?

La muchacha se rio.

—¿Para que me llevaran de regreso? Tienen comprada a la policía.

La muchacha tiritaba. Viviana la observaba con el rabillo del ojo, sin distraer la atención de la carretera.

—Hay una toalla que uso para limpiar los vidrios en el asiento de atrás. No está muy limpia, pero podés secarte un poco –dijo–. ¿Cómo te llamás?

—Patricia.

—Contame tu historia, Patricia. Nos queda un buen rato antes de llegar.

Viviana metió la mano en su bolso, buscó la grabadora, apretó el botón para grabar.

Patricia seguía temblando. A Viviana se le ocurrió poner la calefacción del carro. Nunca era necesaria en Faguas, pero no soportaba ver temblar a la muchacha.

—No tengás miedo –le dijo–. Tratá de respirar hondo, despacio.

—Tengo mucho miedo –rompió a llorar Patricia.

—Yo no voy a dejar que te pase nada –dijo Viviana dándole palmaditas en la pierna. Habría querido abrazarla. En la luz de las luminarias de la carretera, encogida en el carro, lucía frágil, adolescente.

—¿Cómo conociste al magistrado Jiménez?

—Es largo. Usted me dice si le resulta muy pesado…

—Andá, empezá.

—Soy del norte. Mi mamá me mandó a trabajar en la tienda donde un tío en Cuina. Me fue bien al principio, pero cuando cumplí
los trece varios clientes empezaron a preguntarme si ya tenía pelitos,
que les enseñara la cosita. Mi tío se dio cuenta. Me dio una gran
apaleada. Dijo que era mi culpa. Un día de tantos, se me metió en la
cama. Mejor que supiera cómo era la cosa, mejor él y no otro, dijo. Se
me tiró encima. Me forzó. Me dolió mucho. Yo lo pateé, lo mordí, me
defendí como pude. Al día siguiente me dejó amarrada en la cama,
yo llena de sangre. Después me soltaba en el día para que atendiera
la pulpería y en la noche me amarraba a la cama otra vez. Dejaba
entrar a los hombres que me tenían ganas. Todas las noches llegaban
hombres. A veces hasta diez. Les excitaba que yo estuviera amarrada
a la cama. A mí me dolía todo. No hacía más que llorar, gritarle al
tío que se las iba a pagar a mi mamá, pero quién sabe qué le dijo él
a ella, porque cuando al fin mi mamá llegó, me agarró a bofetadas,
no me creyó nada de lo que le dije y se fue. Después un día oí al tío
con un hombre haciendo negocio conmigo. El hombre le ofreció
doscientos dólares y cerraron el trato. Mi tío hizo que me bañara y
me dio ropa nueva.

"Me vine con ese otro hombre a la ciudad. También me violó. Me
llevó a una casa lujosa donde había dos muchachas más. Un día nos
dijeron que nos pintáramos y nos arregláramos. Nos llevaron donde el
Magistrado. Ya yo estaba vencida. Nada me importaba. Allí donde
el Magistrado a mí me metieron en el cuarto frío ese del pingüino,
con el animal. Me metieron desnuda y se reían de verme.

"Después me sacaron. Dijeron que me iban a calentar. Uno por
uno pasó por mí. Ay Dios. Y eso ha sido todos los sábados y otros
días más, ni sé, perdí la cuenta. Después nos llevaron a otra casa, pero
siempre regresábamos donde el Magistrado, y siempre nos metían primero a la jaula del pingüino. Como que disfrutaban martirizándonos.
Decían que heladas éramos más ricas, como aire acondicionado portátil. Nos mataban de frío y al pingüino tampoco le gustaba vernos en
la jaula, se ponía arisco. Hace unos días oímos que nos iban a vender

a unos colombianos. Nos iban a cambiar por otras. Nos trajeron a la casa por el aeropuerto. Nos dio mucho miedo. No nos queremos ir a otro país. Como lo único que nos permitían era la televisión, vimos su programa. Por eso cuando me salí, no se me ocurrió más que ir a buscarla. Solo le pido que no me lleve a la policía. Ellos llegaban a la casa. El jefe hasta se acostó con una de mis amigas. Dijo que era su propina".

Patricia no lloró mientras le relataba su historia a Viviana. Había entrado en calor. Sonaba despechada, rabiosa, como si necesitara distancia para poder hablar de eso.

Viviana le puso la mano en el brazo. Oía historias como esa, las leía en el diario, pero jamás se había topado con alguien que las conociera desde dentro. Se sintió inadecuada para consolarla, más bien con ganas de llorar de asco, de imaginarse ella en esa situación...

Patricia la guio por calles lodosas. La lluvia había amainado, por las cunetas corrían arroyos de agua sucia. Se aproximaron a una zona de casas humildes, pero cuidadas, paredes de adobe con tejas. Parecía un barrio tranquilo cerca de la laguna. Patricia se puso un dedo en los labios pidiendo silencio. Viviana bajó la velocidad. Patricia señaló una casa en medio de la cuadra y le hizo señas de dar la vuelta. Cuando Viviana intentaba hablar, la callaba poniéndose un dedo sobre los labios.

—No nos oye nadie, Patricia —dijo Viviana, dulcemente—. Vamos en el carro —la muchacha se rio bajito.

—¡Qué tonta! Es la costumbre. Perdone. Dé la vuelta a la manzana.

Se suponía que las otras dos estarían esperando detrás de unos tachos de basura. Era el lugar convenido, pero no había nadie. Patricia se bajó. Era un predio vacío.

Volvió al carro. Gemía como la criatura que era. ¿Qué pasaría?

—Ay, Dios mío, ¿qué les pasó? Por favor dé una vuelta por aquí. Tal vez se escondieron en otro lugar.

Viviana fotografió la casa con su teléfono móvil. Tras media hora de recorrer calles, empezó a oscurecer. No había rastro de las muchachas.

—Creo que tus amigas no tuvieron tu suerte, Patricia —dijo al fin—. Te vas a venir a mi casa y después vamos a ver qué hacemos.

—Son mis amigas.

—Pero ya hicimos lo posible.

—Otra vuelta más, por favor.

Una hora más tarde, se rindió.

—Tiene razón —le dijo—. Vamos adonde usted quiera.

La casa estaba a oscuras cuando llegaron. Viviana abrió el sofacama de su estudio. Le prestó una camiseta, cepillo de dientes. Fue a mirarla antes de irse a dormir. Sobre las almohadas blancas, el rostro de la muchacha sin maquillaje era terso e inocente. Menos mal que uno jamás imaginaría, mirándola, lo que esa niña había vivido, pensó Viviana. Suerte que el infortunio no se leía a flor de piel, suerte que las caras no poseyeran el don de la elocuencia.

Llamó a Eva. Cuando oyó su voz pensó que despertaba de una pesadilla. Aliviada, lloró mientras le contaba lo sucedido.

—¿Cómo pueden pasar cosas así? Eva, ¿cómo es posible? —Eva lloró también—. ¿Qué hago con ella?

—Llevala a Casa Alianza mañana. Allí le darán refugio.

—No creo que pueda —le dijo—. No puedo dejarla ir. Tengo que protegerla. Y denunciar a ese cochino de Jiménez.

Dio vueltas en la cama sin poder dormir. Se levantó y se sentó frente a la computadora. Buscó datos en Internet. Veintisiete millones de personas en el mundo, cuatrocientas veces más que el número total de esclavos forzados a cruzar el Atlántico desde África, eran víctimas del tráfico humano. El ochenta por ciento mujeres.

Patricia apareció la semana siguiente en su programa, con el rostro distorsionado por un filtro para resguardar su identidad. Habló con aplomo. Dio detalles que eliminaron cualquier duda sobre la veracidad de su testimonio.

La Prensa

SE HUNDE JIMÉNEZ

El Presidente de la República, Paco Puertas, aceptó hoy la renuncia irrevocable del magistrado Roberto Jiménez. Su renuncia se esperaba desde ayer, tras una reunión privada del Presidente con los Magistrados de la Corte Suprema en el Palacio Presidencial. Jiménez ha sido implicado en una red de tráfico de menores que exporta niñas a toda la región con el fin de explotarlas sexualmente. La periodista de TV I, Viviana Sansón, dio a conocer la historia en la edición del telediario del día 8 de julio. El magistrado Jiménez ha sido indiciado por la Procuraduría General de la República y deberá presentarse a los tribunales para responder por la causa de la que se le acusa. Mientras tanto el Juez ha dictado que permanezca en su casa de habitación con cárcel preventiva.

SE HUNDE JIMÉNEZ

La cafetera

De la taza, Viviana pasó a una cafetera que brillaba sobre la repisa. Sonrió al reconocerla. ¿Quién la habría pulido? La última vez que la vio fue dentro de su carro cuando pensó llevarla a reparar. Tenía la manía de tratar de burlar los mecanismos que la tecnología incorporaba sutilmente a los electrodomésticos para dotarlos de un límite preciso de vida. Era ridículo que las antiguas cafeteras duraran años y que estas, supuestamente tan eficientes, no tuvieran remedio una vez que fallaban. La cafetera había presidido las reuniones del club del libro y después las del grupo de amigas que evolucionó hasta convertirse en el consejo político del PIE.

Vos te la llevaste, le dijo Ifigenia, cuando ella preguntó si no la habría dejado olvidada en su casa.

Viviana se acercó a la repisa. Tocara lo que tocara flotaba en el tiempo, viajaba a zonas de su vida súbitamente iluminadas. Olía, percibía el clima, las yemas de sus dedos registraban lo áspero, lo suave de pieles y superficies. Viajaba por su memoria y la observaba como si estuviese tras uno de esos espejos donde se puede ver sin ser visto.

Tomó la cafetera en sus manos. Era un cuerpo metálico, color plata. La pastilla de café se introducía al frente, el agua en el receptáculo posterior. En un tris, el café caía sobre la taza perfecto y espumoso.

Concluyó que alguien la habría sacado del carro. A menudo olvidaba cerrar las puertas con llave. Sintió un cosquilleo.

Estaba al lado de la mesa en la casa de Ifigenia, el aroma del café brotaba de la taza. Junto a esta vio el plato con galletas danesas de mantequilla que Martina llevaba a las reuniones en la caja de lata redonda y roja y que a ella le recordaba la que usaba su abuela para guardar sus cosas de costura.

Viviana dijo que le gustaría lavar el país. Lavarlo y plancharlo. Se rieron todas. Estaban sentadas, descalzas, meciéndose en las sillas de balancines, fumando y tomando ron o vino, al lado del pequeño jardín de helechos crespos del estudio de Ifigenia, con la discreta fuente al fondo y dos hermosas higueras que daban sombra. Le envidiaban los dedos verdes a la Ifi, aunque ella siempre protestaba y decía que el jardín no se debía al color de sus dedos, sino al tiempo que le dedicaba. Ifigenia administraba muy bien su vida, sus hijos y su marido. A las demás les encantaba llegar a su casa. Era grande, pero acogedora, un reflejo del orden y calidez de su personalidad. Dentro de ella, Ifigenia consideraba el estudio y el jardín su "cuarto propio". Mientras estaba allí, ni hijos ni marido la interrumpían.

—Nunca imaginé decir esto, pero estoy empezando a pensar que una golondrina sí puede hacer verano. ¿Qué tal si aprovechamos que ahora soy tan conocida y estas cinco golondrinas que estamos aquí hacemos algo de verdad por este país? ¿Lo lavamos en serio? La indiferencia me está matando y para todo lo que se me ocurre se necesita tener poder… ¿Qué tal si creamos un partido que quiebre todos los esquemas? preguntó Viviana.

—Vos ganarías en unas elecciones —rio Eva—, ni lo dudés. Estás en el primer lugar del hit parade. Vimos la encuesta. La gente te ama, pero… ¿hacer un partido?… esas son palabras mayores… ¿Por qué no le ofrecés tu candidatura a alguno de esos de la oposición?

—¿Cómo? —saltó Martina— ¿Vas a mandar a nuestra estrella a que la atropelle esa manada de canallas de la oposición? Sobre mi cadáver.

–A ver, ¿cuál es tu idea? –intervino Ifigenia–. Se me ocurre que le has estado dando vueltas. Vos no sos de las que hablan al peso de la lengua.

Eva y Martina que empezaban a discutir entre ellas, callaron.

–¿Cuál es mi idea? Vamos a ver. Ya hay mujeres presidentas. Eso no es novedad. Lo que no hay es un poder femenino. ¿Cuál sería la diferencia? Yo imagino un partido que proponga darle al país lo que una madre al hijo, cuidarlo como una mujer cuida su casa; un partido "maternal" que blanda las cualidades femeninas con que nos descalifican, como talentos necesarios para hacerse cargo de un país maltratado como este. En vez de tratar de demostrar que somos tan "hombres" como cualquier macho y por eso aptas para gobernar, hacer énfasis en lo femenino, eso que normalmente ocultan, como si fuera una falla, las mujeres que aspiran al poder: la sensibilidad, la emotividad. Si hay algo que necesita este país es quién lo arrulle, quién lo mime, quién lo trate bien: una mamacita. Es el colmo, ¿verdad? ¡Hasta la palabra "mamacita" está desprestigiada! Una palabra tan bonita. ¿Qué tal entonces si pensamos en un partido que convenza a las mujeres, que son la mayoría de votantes, de que actuando y pensando como mujeres es que vamos a salvar este país? ¿Qué tal si con nuestras artes seductoras de mujeres y madres, sin falsificarnos ni renunciar a lo que somos, les ofrecemos a los hombres ese cuido que les digo?

–Las feministas nos acabarían diciendo que vamos a eternizar todo lo que se piensa de las mujeres –dijo Eva.

–Depende qué feministas. El feminismo es muy variado. El problema para mí no es lo que se piensa de las mujeres, sino lo que nosotras hemos aceptado pensar de nosotras mismas. Nos hemos dejado culpabilizar por ser mujeres, hemos dejado que nos convenzan de que nuestras mejores cualidades son una debilidad. Lo que tenemos que hacer es demostrar cómo esa manera de ser y actuar femenina puede cambiar no solo este país, sino el mundo entero –dijo Viviana.

–¿Qué vamos a defender? ¿La lavada, la planchada, el cuido de los niños?

—Te repito: lavar, planchar, cuidar los niños no es el problema; el problema es que se menosprecie la mentalidad que hay detrás de eso; que se restrinja esa actitud femenina al terreno de lo privado, que no entiendan que eso hay que hacerlo con todo y entre todos; que cuidar la vida, la casa, las emociones, este pinche planeta que estamos arruinando, es lo que todos tendríamos que hacer: se trata de socializar la práctica del cuido en el que somos especialistas y presentarnos como las expertas, las más calificadas para hacerlo.

—Yo me apunto. A mí me parece una idea brillante —intervino Martina—. Y lo llamamos PIE: Partido de la Izquierda Erótica. Así se llamó un partido que jamás existió como tal, pero que fundaron mujeres que nos han inspirado a nosotras. Varias de las viejitas que lo formaron todavía están vivas. Una de ellas, amiga de mi mamá, me contó la historia. Le pusieron así por un libro de la poeta Ana María Rodas que se llama *Poemas de la Izquierda Erótica*. Un libro fantástico. El primer poema termina con esta frase: "Hago el amor y después, lo cuento". El escándalo es importantísimo. ¿Se imaginan el escándalo de que saliéramos con un Partido de la Izquierda Erótica?

—No votaría nadie por nosotras —dijo Rebeca, que recién llegaba, dejándose caer en un sillón y volando los zapatos.

—Por llegar tarde, no tenés derecho a opinar —dijo Martina, sonriendo maliciosa—. Nuestra Viviana aquí quiere hacer un partido.

Viviana puso al corriente a Rebeca y continuó.

—Desde Ronald Reagan hasta Oprah Winfrey, sabemos que estar en los medios, ser una "celebridad", puede llevarlo a uno a la presidencia. En mi caso, la gente me percibe no solo como una periodista, sino como alguien que está interesada por el país. De no ser así, no saldría en las encuestas. Creo que la idea de ustedes, mis asesoras ad honórem, de que hiciera reportajes sobre la vida diaria de la gente, además de los de denuncia política, fue muy acertada. Lo mejor de todo es que nos abrió los ojos a nosotras. Desde el reportaje de Patricia, hemos aprendido mucho escuchando a hombres y mujeres, ¿no es cierto? Nos hemos vuelto sociólogas, antropólogas, economistas, intentando entender por qué pasan esas cosas. No sabemos menos que los políticos que se presentan a elecciones en este país. Hemos leído que da miedo…

—Y hemos elevado cometas utópicas que da miedo también… —dijo Eva.

—Eva, no es utopía pensar que las mujeres tendríamos un enfoque diferente —insistió Viviana—. Si nos ponemos a pensar en la experiencia de vida que tenemos cada una, nos damos cuenta de que no hay igualdad. Miren el trabajo, por ejemplo: La mujer ha hecho enormes avances en los países desarrollados, pero a mí que no me digan que no les toca a ellas el mayor peso de la casa y los hijos. Por eso es que existe ese techo de cristal que solo unas pocas traspasan. ¿Por qué creen que Alemania, Italia, España, se están quedando sin gente? Si no fuera por los inmigrantes, solo ancianos habría… Las mujeres no quieren reproducirse porque hacerlo significa dejar de vivir para dedicarse a criar. La maternidad en todo el mundo está penalizada; la mujer es penada por quedar embarazada, por parir y por cuidar a los hijos. Y es que entramos al mundo del trabajo, pero el mundo del trabajo no se adaptó a nosotras. Está pensado para hombres que tienen esposas. Si las mujeres hubiéramos organizado el mundo, el trabajo no estaría segregado de la familia, estaría organizado *alrededor* de la familia: habría guarderías maravillosas y gratis en los propios centros de trabajo. Podríamos estar con los hijos a la hora del café. Nos llevarían a los bebés para que les diéramos de mamar. Nos darían bonos productivos por cada niño que trajéramos al mundo. Ustedes habrán oído la teoría del eslabón más débil: por ser pobre y pequeña, Faguas puede ser el plan piloto de un sistema diferente propuesto por nuestro partido: el "felicismo". La felicidad per cápita y no el crecimiento del Producto Interno Bruto como eje del desarrollo. Medir la prosperidad no en plata sino en cuánto más tiempo, cuánto más cómoda, segura y feliz vive la gente.

–Te leíste a Amartya Sen –dijo Rebeca–. Me encanta ese hombre. Eso que vos decís es lo que hace la ONU, es el índice de calidad de vida.

–Bueno, vos sos economista y sabés de esas cosas, pero ¿no te parece que es interesante mi idea?

–¿Interesante? ¡Fenomenal! –dijo Rebeca–. Yo creo que has dicho cosas muy ciertas. El potencial que podemos aportar las mujeres y que está sin utilizar es enorme. Aquí, excepto por Martina y Eva, las demás ya sabemos lo que es querer tener vida de trabajo además de hijos. Yo he envidiado más de una vez a las que pueden quedarse en su casa. Claro, yo no aguantaría la rutina esa, pero desde que nacieron mis gemelos, vivo agotada.

–Y eso que tenés suerte porque podés pagar una niñera. La mayoría no puede. A mí me angustia ver cómo se desperdician las mujeres. Debería ser posible para todas salir de las casas, ir a trabajar sin que eso las parta por la mitad, como quien dice.

–Lindas palabras –dijo Eva–, pero eso no se logra de la noche a la mañana. No, chicas, estamos fritas. El machismo es forever. Ya ven cuánto ha durado. Además, ahora con tanto desempleo, ¿quién va a querer la competencia de más trabajadoras?

–A mí me gusta la idea –dijo Rebeca–. Tiene razón Eva sobre el desempleo, pero Faguas apenas ha desarrollado su capacidad productiva. Vivimos de préstamos. Habría que pensar en un plan nacional de empleo, pero la competencia nunca es mala. Está claro que hay obstáculos, pero imaginar no cuesta nada. Siquiera a imaginar deberíamos atrevernos. A mi manera de ver ese es uno de los problemas: la falta de imaginación. Más tiempo hemos perdido hablando de cuanto está mal. Pero no me gusta eso de Izquierda Erótica –añadió–. La izquierda ya no es lo que fue según mi abuela. ¿Qué tal Partido de la Invención Existencial? Es PIE también.

Se rieron.

–Pues yo pienso que el nombre no está mal –dijo Viviana–. De una vez asumimos todos los prejuicios: nos declaramos putas, locas e izquierdosas. Cuando terminen de hablar del nombre –y estoy de acuerdo con Martina en que sería un escándalo, pero también una manera de darnos a conocer en tiempo récord–, tendrán que ocuparse de lo que proponemos. Eso es lo que tenemos que trabajar: el programa, la propuesta de lo que haríamos diferente.

–El fin del ejército –dijo Ifigenia.

–Yo siempre he soñado con un desfile militar con tanques, cañones y toda esa maquinaria de guerra pintada en rosado clarito, rosado de ropa de bebé, ¿se imaginan? –dijo Viviana, riéndose.

–¡Eso sí le quebraría los esquemas a la gente!

–La bandera del piecito que vos habías propuesto es genial –dijo Martina.

–Pues si usamos las siglas más que el nombre completo, podemos decir que PIE es la metáfora de poner un pie delante del otro… para avanzar –dijo Rebeca.

–Caminante no hay camino, se hace camino al andar… –gritó Martina.

Las poseyó el gozo de imaginar. Se pasearon por la sala, tomaron vino, cocinaron espagueti a la boloñesa, fumaron. A la madrugada, Viviana propuso un estado ginocrático, ni un solo hombre en las dependencias de los ministerios, los entes autónomos, los órganos de poder, al menos por seis meses.

–Muy radical –dijo Rebeca–. Nos acabarían. Y además ¿qué haríamos con ellos?

–¿Te imaginás lo bien que les sentaría a los hombres estar de amos de casa por seis meses? –rio Martina–. Eso sí que sería un cambio fundamental.

–Pues podrían construir escuelas o guarderías en sus barrios… –sugirió Ifigenia– … hacer trabajo comunitario.

–Es locura eso –sentenció Eva–. No seamos locas, por favor. Dejar un montón de hombres desempleados sería un golpe para las familias, ¿de qué van a vivir?

—Les pagamos adelantado… pero tienen que admitir que sería diferente hacer cualquier cosa sin que ellos traten de dirigirnos —rio Viviana—. Hacerlo todo nosotras sería verdaderamente revolucionario.

—Lo triste es que no podríamos llenar todas las vacantes con mujeres. Por mucho que creamos en nosotras mismas, hay que reconocer que pocas mujeres tienen la educación, la experiencia o el don de mando de los hombres.

—Rebeca —gritó Martina, que cuando se excitaba subía el volumen—, no digás eso.

—Pero es que es verdad.

—Pues podríamos importar mujeres expertas de otras partes del mundo —dijo Martina—, tener ministras invitadas.

—Eso de las Ministras Invitadas me gusta —dijo Viviana—. ¿A quién le importan las fronteras en estos tiempos de globalización? Si invitamos mujeres altruistas, capaces, ¿por qué no? Les ponemos una local a aprender a la par.

—Yo querría cambios en el lenguaje —dijo Martina—. Odio ciertas palabras.

—A mí, la idea de las guarderías me enloquece —dijo Ifigenia—. Son carísimas y a mí me gustaría tener a mi hijos cerca y que pasaran el día con gente entrenada de veras para atenderlos, para estimularles el aprendizaje. No saben lo que he sufrido con mi hija y mi hijo. No llega la muchacha a cuidarlos y mi vida entra en crisis.

—Sería un sueño rediseñar este mundo —dijo Viviana, antes de quedarse dormida sobre el sofá.

Un mes después, sin más partido que sus agallas, el grupo publicó el primer manifiesto del Partido de la Izquierda Erótica.

Viviana rio calladamente en el silencio del galerón. ¡Qué gran atrevimiento fue! Pero qué hermoso atreverse. Por lo menos una vez en la vida cada mujer merecía enloquecer de esa manera; apropiarse de una idea y salir cabalgando sobre ella lanza en ristre, confiada en que, cualquier fuera el resultado, el esfuerzo valía la pena.

Al lado de la cafetera que devolvió a la repisa, Viviana vio el libro amarillento de Virgina Woolf: *Un cuarto propio*. El rostro de Ileana se materializó como si la amiga se personara a su lado con sus ojos oscuros y tranquilos fijos en ella. Viviana sintió el calor de ese lejano mediodía. Se vio en la puerta de la casa de Ileana cuando esta tuvo la inspiración de pedirle que esperara un minuto, ya las dos de pie, despidiéndose, y corrió a su cuarto y regresó con el ejemplar un poco raído, el canto amarillento y se lo puso en la mano. Llévatelo, le había dicho, leelo. Ella lo echó en su cartera, le dio un beso en la mejilla. Al llegar a su casa, como era sábado y Celeste andaba donde amigas, se echó en su cama y se leyó el libro. Lloró al final cuando Virginia imagina cuál habría sido la suerte de la hermana de Shakespeare; una Shakespeare femenina inhibida de entrar al mundo del teatro por ser mujer, incapacitada para mostrar su talento; un final trágico, triste, que le dio rabia. Entonces empezó mi 'hembrismo', pensó. Fue la primera vez que se le ocurrió que al feminismo le faltaba otro empujón, meterle pimienta, crema batida y fresas, no sabía bien qué, pero algo seductor, muy hembra. Había que desarmar y armar de nuevo el rompecabezas de la crianza de los hijos que era el pegón más grande con el que se topaban las mujeres cuando intentaban liberarse: ser madres a la par de mujeres de éxito. Cargar con casa y oficina era un fardo pesado. Las que tenían la opción a menudo optaban por guardar sus diplomas para convertirse en madres profesionales, obsesivas y perfectas. Pensó que se necesitaba un estruendoso alto en el camino, algo que pusiera fin al desperdicio de talento que iba aparejado con el azar de nacer mujer.

MANIFIESTO DEL PARTIDO DE LA IZQUIERDA ERÓTICA (PIE)[1]

1. Somos un grupo de mujeres preocupadas por el estado de ruina y desorden de nuestro país. Desde que esta nación se fundó, los hombres han gobernado con mínima participación de las mujeres, de allí que nos atrevamos a afirmar que es la gestión de ellos la que ha sido un fracaso. De todo nos han recetado nuestros ilustres ciudadanos: guerras, revoluciones, elecciones limpias, elecciones sucias, democracia directa, democracia electorera, populismo, casifascismo, dictadura, dictablanda. Hemos sufrido hombres que hablaban bien y otros que hablaban mal; gordos, flacos, viejos y jóvenes, hombres simpáticos y hombres feos, hombres de clase humilde y de clase rica, tecnócratas, doctores, abogados, empresarios, banqueros, intelectuales. Ninguno de ellos ha podido encontrarle el modo a las cosas y nosotras, las mujeres, ya estamos cansadas de pagar los platos rotos de tanto gobierno inepto, corrupto, manipulador, barato, caro, usurpador de funciones, irrespetuoso de la constitución. De todos los hombres que hemos tenido no se hace uno. Por eso nosotras hemos decidido que es hora de que las mujeres digamos: SE ACABÓ.

2. De todas es conocido que las mujeres somos duchas en el arte de limpiar y manejar los asuntos domésticos. Nuestra habilidad es la negociación, la convivencia y el cuido de las personas y las cosas. Sabemos más de la vida cotidiana que muchos de nuestros gobernantes que ni se acercan a un mercado; sabemos lo que está mal en el campo y lo que está mal en la ciudad, conocemos las intimidades de quienes se las dan de santos, sabemos de qué arcilla están hechos los varones porque de

---

[1] Este manifiesto fue el primero que publicó el PIE.

nosotras salieron aun los peores, esos que la gente libra de culpa cuando los llama hijos de mala madre.

3. Por todo lo anterior, hemos considerado que para salvar este país las mujeres tenemos que actuar y poner orden a esta casa destartalada y sucia que es nuestra patria, tan patria nuestra como de cualquiera de esos que mal han sabido llevar los pantalones y que la han entregado, deshonrado, vendido, empeñado y repartido como se repartieron los ladrones las vestiduras de Jesucristo (q.e.p.d.).

4. Por eso lanzamos este manifiesto para hacer del conocimiento de las mujeres y hombres que pueden ya dejar de esperar al *hombre* honrado y apostar ahora por nosotras las mujeres del PIE (Partido de la Izquierda Erótica). Nosotras somos de izquierda porque creemos que una izquierda a la mandíbula es la que hay que darle a la pobreza, corrupción y desastre de este país. Somos eróticas porque *Eros* quiere decir VIDA, que es lo más importante que tenemos y porque las mujeres no solo hemos estado desde siempre encargadas de darla, sino también de conservarla y cuidarla; somos el PIE porque no nos sostiene nada más que nuestro deseo de caminar hacia adelante, de hacer camino al andar y de avanzar con quienes nos sigan.

5. Prometemos limpiar este país, barrerlo, lampacearlo, sacudirlo y lavarle el lodo hasta que brille en todo su esplendor. Prometemos dejarlo reluciente y oloroso a ropa planchada.

6. Declaramos que nuestra ideología es el "felicismo": tratar de que todos seamos felices, que vivamos dignamente, con irrestricta libertad para desarrollar todo nuestro potencial humano y creador y sin que el Estado nos restrinja nuestro derecho a pensar, decir y criticar lo que nos parezca.

7. Prometemos que, en breve, publicaremos nuestro programa explicando cuanto nos proponemos. Invitamos a todas las mujeres a apoyarnos y a sumarse a nosotras. A los hombres los invitamos a pensar y recordar quien los crio y a meditar si no les habría convenido más tener una madre que la ristra de padres de la patria que tras todos estos años nunca les cumplieron. Únanse al PIE y no sigan metiendo la pata.

Ifigenia

Tenía enmarcado el primer manifiesto del PIE en la pared de su oficina.

Debía revisar los correos en la computadora, el centenar de solicitudes de entrevistas apiladas sobre el escritorio, pero se recostó en su silla y se quedó mirando el famoso documento, los piecitos.

Nunca imaginó cómo cambiaría el PIE su vida, su amor por Martín, la relación con sus hijos. No es que ella fuera desamorada. Pero sí muy controladora. Manejaba su vida y la de su familia, incluyendo al marido, como un reloj suizo. A punta de rutinas y el ejemplo de su propio sentido de responsabilidad, los mantenía bajo una disciplina espartana. El control de lo cotidiano era su manera de conferir propósito y sentido a su existencia. Muy a su pesar no lograba evitar la vocecita en su cabeza argumentando que la puntualidad, el esmero, los planes minuciosos, solo eran una manera de consolarse del vacío que en el fondo sentía. Pero esa era historia antigua ahora. El PIE pasó a ser el puerto en el que ancló su búsqueda existencial. Resuelto esto y en contacto con las demás, se relajó. Afloró su ser lúdico. Su espíritu de madre espartana se vio forzado a replegarse. Descubrió cuán tensos mantenía a los suyos y los resentimientos que el marido calladamente acumulaba. Empezó a hacer enmiendas que él aceptó con un entusiasmo conmovedor. Le sorprendió darse cuenta de que era posible volver a enamorarse de la misma persona. Ahora, a media tarde a veces lo llamaba. Se escapaba a hacer el amor con él.

Martín soportó, con cara de inocencia, la chacota de amigos y conocidos cuando se publicó el manifiesto del PIE porque desconocía que su esposa era una de las firmantes. Su secretaria se lo puso sobre el escritorio en la mañana.

—Valiente su esposa, don Martín —le dijo, apuntando al titular con el dedo índice, con una sonrisa pícara.

Llamó a Ifigenia. Podría haberle advertido, le dijo. Ella, poseída por el espíritu diletante y atrevido de las demás, dijo que había preferido sorprenderlo. Hemos hablado tanto del asunto, ya era hora, ¿no te parece?

—Está simpático —le dijo él—. No creo que nadie se lo tome en serio, pero está simpático.

—Quien ríe por último, ríe mejor —dijo ella. Le entristeció la manera despreocupada con que él descalificó el manifiesto, llamándolo "simpático", pero optó por no enfrentarlo. Pensó que sería mejor aprender a ponerle buena cara a ese tipo de comentarios. De allí en adelante, se dijo, serían el pan nuestro de todos los días.

Al manifiesto siguió una conferencia de prensa. La ofrecieron en un hotel, vestidas todas muy sexis, con estilo de motociclistas o rockeras para llamar la atención de los jóvenes. Ifigenia temió sentirse incómoda vestida de una forma que les era más familiar a las otras que a ella. Pero cuando se vio al espejo, pensó que era una idiota por no sacarle antes más partido a la genética que talló sus largas piernas, la cintura pequeña, los pechos altos y redondos. La ropa le ayudó a encarnar el rol sensual, desafiante e inteligente que se proponían proyectar.

La conferencia, el manifiesto y lo que dijeron se reprodujeron en periódicos, blogs, facebook, twitter y cuánta red social existía. La fauna política y los medios amigos del escándalo hicieron fiesta con la noticia, usando la ironía para descartar abiertamente sus pretensiones de crear un partido de la izquierda erótica. Cuando más se necesitaban personas serias en el país, decían, aparecían ellas –mujeres como Viviana, dignas de mejor causa– burlándose no solo de los hombres sino de las mismas mujeres que jamás se unirían a un partido desquiciado y superficial como el que ellas anunciaban con despliegue de tetas y piernas.

Ifigenia y las demás aparecieron en entrevistas de televisión, radio y periódicos. En un dos por tres, no hubo en el país quien no supiera lo que era el PIE. La modorra política de Faguas, el *business as usual*, se sacudió. En los programas de opinión se polemizaba a favor y en contra. Se discutió si el poder ejercido por las mujeres sería diferente, si el erotismo era distinto a la pornografía o si la izquierda tenía aún razón de ser. Lo mejor de todo fue que cuando los comentaristas y periodistas se revelaron como trogloditas, traicionando sus esfuerzos por sonar como hombres modernos, las mujeres se tomaron la discusión y expusieron con vehemencia y apabullante sencillez su disgusto y su incredulidad por lo natural que les parecía a los varones la división de los sexos que les recetaba a las mujeres la exclusión, la explotación y un sinnúmero de desventajas. En los debates se producían verdaderos pugilatos verbales. Mujeres de delantal, modelos, madres, santulonas, intelectuales, profesionales y putas llamaban a los programas para defender los derechos de la mujer, quejarse de las soledades de la maternidad o indagar sobre la explosión del volcán y el déficit de testosterona.

Viviana y las demás afinaron sus discursos y respuestas: hablaron de reformas a la democracia, a la constitución, a los métodos educativos y a los centros de trabajo. En sus diatribas incluyeron retazos de filosofía popular y usaron el arsenal de su memoria nombrando citas que abarcaban desde las teorías de Deepak Chopra, Fritjof Capra y Marx hasta las tesis feministas de Camille Paglia, Susan Sontag, Celia Amorós y Sofía Montenegro.

Martín veía salir a Ifigenia a las entrevistas, vestida con pantalones negros, camisas gitanas, anchos cinturones y botines y, aunque temía el precio que ambos pagarían por una aventura política que él consideraba destinada al fracaso, agradecía el retorno de la liviandad de espíritu a su casa. Ella dejó de preocuparse por los zapatos fuera de lugar, el estricto cumplimiento de un horario que incluía las comidas, el esparcimiento y el sueño, y la planificación mensual de fines de semana y cenas con amigos.

A pesar de su déficit de testosterona, Martín volvió a sentir la atracción que lo enamoró. Contemplaba a Ifigenia con nostalgia y se las ingenió para hacerle el amor con el fuego de una pasión antigua donde no cabía la tibieza.

Como profetizó Viviana, el estrambótico nombre del partido, una vez que ellas dieron cuerpo a sus ideas y sus sueños, dejó de tener importancia. Lo que caló como santo y seña fueron las siglas, el PIE. No hubo mujer que no indagara de qué se trataba o se uniera a la ola de alta cresta que, inesperadamente, puso a las féminas a la cabeza de un tsunami político cuya vitalidad y novedad superaba con creces las propuestas conocidas y desacreditadas de los partidos machos tradicionales.

Ifigenia tomó bajo su responsabilidad la tarea de organizar el resultado del escándalo. Con hojas de afiliación y un sitio web enhebró el tejido nacional de membresía y colaboradoras.

Siguiendo el modelo de reunión de las feministas en los años sesenta en Estados Unidos, las mujeres afiliadas se reunían para comparar sus experiencias, contarse sus cuitas y hasta llorar juntas. Se organizaron grupos para ir a los barrios y hacer pedicures. Pintando las uñas de rojo a las mujeres, les hablaban del partido que velaría para que dejaran de ser dependientes de los maridos y dueñas de sus destinos y decisiones.

Desde su programa de televisión, Viviana continuó sus denuncias y sus revelaciones. Incluyó un segmento femenino donde mujeres de todos los estratos sociales dieron rienda suelta a sus sentimientos de impotencia y a sus deseos de que las tareas del hogar no les cayeran encima como norias que tenían que jalar como mulas.

Por aquellos días, Carla Pravisani, dueña de una agencia de publicidad cuya revolucionaria creatividad también había dado mucho que hablar, se ofreció, no solo a dirigirles su campaña, sino a conseguirles el patrocinio de varias de sus clientas entusiasmadas con el PIE. Carla, que era una argentina escultural, de brazos torneados y largas piernas de atleta, y que, desde la nariz hasta el peinado pertenecía al club de las Virginias Woolfs del mundo —en su caso con el desenfado y el sexappeal de varios siglos de autoafirmación—, se paró en el salón de la casa de Ifi, encendió su computadora y proyectó en la pared un powerpoint que las dejó riendo y con la boca abierta ante su ingenio. Por último les dijo que no le dieran las gracias, que era ella quien les agradecía que la sacaran de los promos y las latas de atún.

Pegatinas del pie empezaron a aparecer en cajas de pastillas del dolor de cabeza, en bolsas de toallas sanitarias, en los tarros de leche en polvo para bebés, en cajas de detergente.

Con la energía de tantas mujeres que, como Carla, se sumaron al esfuerzo y al jolgorio colectivo, el PIE logró colocarse al centro de la dinámica electoral, desafiando los pronósticos y las risas de los exacerbados políticos machos que las llamaban "las eróticas", como si el erotismo fuera objeto de vergüenza.

Ifigenia recordó la camiseta con que ella anduvo día tras día, a pesar de que su jefe amenazaba con despedirla (como al final lo hizo), acusándola de soliviantar a todo el personal femenino. Era una camiseta blanca con la línea de un poema de la poeta nicaragüense Gioconda Belli, que decía simplemente: YO BENDIGO MI SEXO.

Muchas mujeres bendijeron su sexo aquellos días. El sexo femenino apareció dibujado en las paredes, igual que todas las flores con connotaciones sexuales: anturios, orquídeas. El Partido de la Izquierda Erótica se tomó la imaginación de la gente y la perorata de los partidos políticos tradicionales se dedicó a menospreciarlas de tal manera que se olvidó de sus propias propuestas.

Ifigenia retornó a los papeles que tenía sobre su escritorio. Suspiró. Desde el atentado contra Viviana se sentía como un árbol talado a punto de caer desplomado en medio del bosque, un árbol sin fe en sus raíces. Hasta entonces no tuvo dudas de que el proyecto del PIE, el pueblo de Faguas, hombres y mujeres, fueran merecedores del esfuerzo sobrehumano de ganar las elecciones y gobernar, pero ahora iba por las calles, miraba a la gente y se preguntaba cuántas personas realmente lo agradecían; quizás el felicismo era una quimera y terminarían, como antaño, quemadas en la hoguera de otra de las muchas utopías.

Le dolía Viviana. En el hospital, los médicos les explicaron que el coma era un estado misterioso. Viviana era sana y fuerte, y con ayuda de la ciencia y de la capacidad extraordinaria del cerebro para regenerarse, eventualmente tendría que despertar. Ella iba a visitarla a diario. Sin saber si la escuchaba o no, le daba reportes de cómo andaban las cosas, le acariciaba la mano, contemplaba su rostro pálido con la esperanza de una señal de retorno. Al salir, se topaba con los montículos de flores y velas que cubrían la cuadra entera; la gente en grupos que se acercaba para saber noticias. No atinaba a saber si los animaba el amor, el oportunismo o la curiosidad.

Cada mañana su Ministerio de la Información emitía un parte. Cada mañana se quebraba la cabeza para que no fuera igual al del día anterior. Habría querido suspender el ejercicio pero la movía el recuerdo de Viviana y su insistencia de mantener a la población informada. Desde su inauguración, la Presidenta había establecido una política de puertas abiertas a los medios: "Desde niñas sabemos que quien se esconde es porque hace travesuras; en esta administración los medios podrán cubrir hasta las reuniones de gabinete". Aquella práctica, las facilidades de comunicación que proveían la gran cantidad de estaciones cibernéticas abiertas en todo el país, facilitaron la participación de los ciudadanos. Veían las reuniones e inmediatamente escribían sus opiniones, desmentían afirmaciones o aportaban ideas y soluciones. Ifigenia, con un numeroso equipo de jovencitas, se encargaba de que, al menos, supieran que se les escuchaba.

Volvió a su correo electrónico. Empezó a revisar la avalancha de mensajes.

Primera propuesta de campaña publicitaria

PIE (Partido de la Izquierda Erótica)

ESTRATEGIA GENERAL: Lo que la campaña del PIE pretende es utilizar a su favor aquellos estigmas que han colocado a la mujer al margen de la vida política, con el objeto de producir un cambio de paradigma que ponga fin a los desgastados esquemas machistas de dominación.

CAMPAÑA: Lanzamiento del partido

OBJETIVO POLÍTICO: Afiliaciones

OBJETIVO DE COMUNICACIÓN: Dar a conocer el partido

TARGET: Mujeres amas de casa

ESTRATEGIA: Campaña de mercadeo directo dentro de diferentes productos de uso exclusivo femenino

Volanteo

1. En las instrucciones de las cajas de Dorival

Quitate ya los dolores de cabeza

Da el primer paso. Unite al PIE, Partido de la Izquierda Erótica.

2. Adentro de los pañales

El país está más cagado que tu hijo.

Da el primer paso, venite con el PIE, Partido de la Izquierda Erótica.

3. En las instrucciones de los Evatest

Sea cual sea tu resultado, necesitamos cambiar el mundo para los que vienen.

Da el primer paso, venite con el PIE, Partido de la Izquierda Erótica.

4. Adentro del jabón en polvo
Si nosotras no limpiamos la corrupción, ¿quién lo va a hacer?
Da el primer paso, venite con el PIE, Partido de la Izquierda Erótica.

5. En el paquete de toallas femeninas. (Acá van dos enfoques)
a. Los hombres sangran en las guerras. Nosotras sangramos todos los meses para la vida.
b. Las hormonas adelante.
Da el primer paso, venite con el PIE, Partido de la Izquierda Erótica.

Señalética

1. Rótulo detrás de la puerta del baño de mujeres
Lo único que los hombres hacen bien de pie es orinar.
Da el primer paso, venite con el PIE, Partido de la Izquierda Erótica.

2. Rótulo en los espejos de los vestidores de tiendas de ropa femenina
Sí, tus ideas lucen preciosas.
Da el primer paso, venite con el PIE, Partido de la Izquierda Erótica.

Activaciones

1. Organizar falsas demostraciones de Tupperware para dar la información sobre el partido y que se la lleven adentro de los *tuppers*.
2. Organizar falsos té de canastilla como excusa para redactar los programas de gobierno.

Acciones políticas

OBJETIVO POLÍTICO: Lograr un cambio de paradigma.
OBJETIVO DE COMUNICACIÓN: Demostrar el cambio.
TARGET: Hombres / mujeres
ESTRATEGIA: Acciones políticas para despertar el interés de la prensa y ser noticia

1. El tamponazo

Convertir el tampón en un símbolo, un arma de defensa con la que se podría generar una especie de "Intifada" contra los abusos de los políticos.

2. Las panzas de la patria

Hacer cordones de embarazadas alrededor de instituciones públicas tomadas por la impunidad, como por ejemplo el Consejo Supremo Electoral, la Corte de Justicia, etc. Convocar a la prensa internacional.

3. Gira de los pies pintados

Caminatas en los barrios para dar a conocer el partido. Llegan a las casas y le pintan las uñas del pie a las mujeres.

4. Activación de mujeres acostadas en las plazas con las piernas abiertas o de rodillas en cuatro

Se me ocurre que en las plazas públicas Viviana Sansón dé un discurso que podría ser algo así: *"Las mujeres queremos un cambio de posición. No venimos al mundo solo para traer hijos o para tener sexo o limpiar el piso. Mujeres, pongámonos de pie, hay mucho camino por recorrer, y necesitamos empezar a limpiar la historia que nuestros líderes han manchado una y otra vez…"*.

Campaña "sucia"

OBJETIVO POLÍTICO: Lograr el voto masculino
OBJETIVO DE COMUNICACIÓN: Convencer a los hombres
TARGET: Hombres
ESTRATEGIA: Intervenir los espacios masculinos latinoamericanos de la manera objetual con la que se ha cosificado a la mujer en la publicidad. 1. Utilizar el cuerpo de la mujer como estrategia de persuasión. 2. Utilizar el amor, el cariño y el deseo para convencer.

¿Por qué es necesaria la campaña "sucia"?

No nos dan el control remoto, menos que menos nos van a dejar controlar el país. Necesitamos ser más estratégicas que ellos. Nuestro problema eterno ha sido el exceso de inteligencia emocional. Por eso la única forma de abrirnos lugar en el terreno político es –como en el judo– *utilizar su misma fuerza para derribarlos. Hacer que los mecanismos de dominación se les vuelvan en contra.*

Racional creativo

a. Durante el partido, el hombre no piensa. En la cama, el hombre no piensa. Cuando maneja, el hombre no piensa. Está comprobado que el hombre no puede pensar en más de una sola cosa a la vez. Entonces hay que aprovechar sus espacios de "concentración" para "convencerlos" del cambio que puede lograr a la par de una mujer.

b. La publicidad ha utilizado a la mujer por décadas para persuadir y vender productos. Quizás sería válido que lo haga el PIE para comunicar sus mensajes. Históricamente los hombres siempre se han fijado en las tetas y en el culo de una mujer, no en sus ideas. Los hombres les tienen miedo a las mujeres inteligentes, quieren sentirse protegidos y cuidados, no amenazados ni cuestionados.

Actividades

- Quitar las pilas en todos los controles remotos para forzar a ver un solo canal y que vean el *spot* de nuestra candidata dando su primer discurso en *topless.*
- Durante los programas de fútbol, que una mujer con voz muy sensual relate el partido como si estuviera sumamente excitada. Y que el " ¡Goooooooool! " lo grite como en un orgasmo.
- Guerrilla: una cuadrilla de mujeres plantan esténciles con la forma de un beso sobre los afiches de vía pública sobre la cara de los otros candidatos a la presidencia, y si está de pie, sobre la pinga.

- En la ruta poner a mujeres guapas con la llanta estallada pidiendo auxilio. Objetivo: hacer sentir útil al hombre. Luego darle un beso y una invitación a la sede del partido.

Algunas ideas para un posible gobierno del PIE

1. Eliminar el ejército. Reemplazarlo por "el ejército de la vida".
Formar un ejército de mujeres uniformadas de camuflaje rojo (para ser bien vistas) que se ocupan de que los jóvenes (preadolescentes) no caigan en drogas o en maras, de la educación sexual.

2. Estatuas
La mayoría de las estatuas son de hombres (conquistadores, libertadores, héroes de la guerra), pero casi no hay estatuas que glorifiquen la vida. Desarrollar estatuas del alumbramiento, sobre dar de mamar, sobre un niño dando sus primeros pasos, sobre una mujer campesina cargada de hijos.

Atentamente,
Carla Pravisani

La toalla

Arrollada, limpia, Viviana encontró en la repisa la toalla que le dio a
Patricia la noche en que la rescató para que se secara la lluvia del cuerpo.
La reconoció porque era color turquesa, con dibujos de peces; una toalla
barata, comprada a un vendedor ambulante. Le pasó la mano encima
sonriendo para sí. Los regalos que le daba a uno la vida, pensó antes de
abandonarse a las imágenes precipitadas que le ocuparon la mente.

Quizás fue esa misma noche, viéndola dormir tranquila en el sofá de
su estudio, cuando decidió hacerse cargo de ella, no enviarla a Casa
Alianza. No supo qué vio en ella de sí misma, de cuanta mujer conocía. Le dio vergüenza su ignorancia, su indiferencia de mujer feliz que
miraba historias como las de ella en los periódicos, en la televisión,
en los blogs, dondequiera, y se conformaba con sentir ese instante de
compasión de quien jamás imagina vivir algo semejante.

Patricia se levantó al día siguiente y al otro y al otro en la casa de
Viviana. Callada, casi reptil en su discreción. Desayunaba y luego se
pasaba el día durmiendo o viendo televisión. Ni una palabra sobre lo
que quería hacer. Ni una palabra más sobre el desencuentro con sus
compañeras.

Viviana le explicó a Celeste que la muchacha necesitaba refugio para evadir a un padrastro que quería hacerle daño. A sus doce años, Celeste era intuitiva, muy avispada, pero si percibió algo más complejo, no lo demostró en su actitud. Se posesionó de Patricia con un prematuro instinto maternal. Le regaló un perro de peluche y le preguntaba apenas llegaba de la escuela si estaba bien, si tenía hambre.

A Viviana la compulsión de ayudar a Patricia, de salvarla, la obsesionó. Quería darle de comer, comprarle ropa, llevarla al médico, acunarla. Le costaba creer que apenas tenía dieciséis años. Se recordaba a esa edad, rebelde sin causa en el colegio, haciendo travesuras, los primeros enamorados, el primer beso, el primer trago de ron, escaparse por la ventana para cruzarse donde su amiga la vecina, tomar cerveza como si fuera pecado mortal, iniciarse en el sexting en el móvil, en la terminal de su cuarto. Su mamá había sido una combinación: estricta y liberal. Le puso límites pero le dio responsabilidades sobre sí misma.

—En última instancia, lo que te pase es cosa tuya. La que va a pagar los platos rotos sos vos. Eso es lo que no se te debe olvidar. Yo ya soy una mujer hecha y derecha. A mí, mí, mí —repitió señalándose el pecho—, me puede doler lo que hacés, pero no es mi vida la que se está decidiendo, es la tuya. Yo tengo la responsabilidad de darte buenos materiales para que construyás el edificio, pero la arquitecta sos vos.

Viviana había percibido el precio que su mamá pagó por la aventura con su padre que resultó en ella. Aunque jamás la hizo sentir que no había valido la pena, se percataba de las dificultades de Consuelo como madre soltera. Este negocio de los hijos no está hecho para una sola persona, la oía decir a menudo. Su trabajo en National Geographic significaba viajes frecuentes acompañando grupos a sitios remotos. Buscaba con quién dejarla apelando a su red de amigas, más no faltaban los imprevistos. Pero de esos años de su vida, Viviana no guardaba más que los habituales recuerdos: sufrimientos de adolescente, de inadaptada, sentirse a veces como un paquete que le estorbaba a la madre y que esta dejaba en consignación por aquí o por allá. Nada que ver con la experiencia de Patricia. ¿Cómo se reponía uno de algo así? ¿Quién convencía a la muchacha de que la vida valía la pena, que tenía un propósito? Cuando Sebastián murió, ella perdió la capacidad de encontrarle sentido al tiempo que mediaba entre el nacimiento y la muerte. Para qué tantos días, se preguntaba, si era inevitable terminar en polvo, en nada, un nombre bajo la tierra. Paradójicamente el pensamiento que la sacó del luto fue precisamente ese, la sencilla realización de que estaba viva, de que el único propósito de la vida era la vida misma.

Para entender cómo se sentiría Patricia y tirar un madero en su mar de náufraga, empezó a leer del tráfico de personas y otros horrores modernos ante los cuales las mujeres eran especialmente vulnerables. Las historias eran como picaduras de alacrán en su cuerpo. Dolorosas y tóxicas. En pocos días se llenó de un feminismo rábido incapaz de comprender la tolerancia del mundo y de las mismas mujeres ante lo que vivían sus semejantes. Leyó documentos feministas y le molestó el tono doctoral, el lenguaje inaccesible de algunos. ¡Caramba, hijas, pensó, no se pasen ahora de inteligentes! Por demostrarles sapiencia a los hombres, tanta letrada perdía contacto con sus naturales oyentes. Le sorprendió el peso que el aborto ocupaba como centro de las reivindicaciones, en un mundo en que tantas vidas eran irrespetadas. Claro que era un irrespeto reclamar soberanía sobre las decisiones de un ser autónomo que tenía derecho absoluto sobre su cuerpo, pero qué hacer con los vivos nacidos de las mujeres le parecía más urgente. Pensando en el aborto se le ocurrió la idea de adoptar a Patricia, protegerla legalmente. En el estado en que estaba, ardorosa y justiciera, no vaciló en planteárselo.

Llegó al mediodía a su casa después del programa de televisión y fue a buscarla a la sala. Patricia hojeaba un diccionario.

—Patricia, vos necesitás quién te proteja. Si te adopto, no podrán amenazarte. Podés quedarte aquí.

La muchacha no se lo esperaba. La miró desconcertada, incrédula.

—¿Pero qué tengo yo que ver con su vida? —le preguntó, sin salir de su asombro—. No, Viviana. Le agradezco el gesto, pero no.

Fue poco lo que le dijo Patricia, pero su gesto, su manera de responderle, fue de una elocuencia tal, que Viviana se dio cuenta de que traspasaba un límite infranqueable y de que su impulso bien intencionado podía dar al traste con cualquier esperanza de llegar a tener la relación que aspiraba con la joven. Reculó a toda velocidad.

—Entiendo. Perdoná. Te podés quedar aquí el tiempo que querás.

—Gracias.

Viviana se metió en su habitación. Le ardían las mejillas. Vieja tara de ella ser impulsiva. En ocasiones le era útil, pero con las emociones era desastroso. Sin embargo, repetía el comportamiento una y otra vez: quería ser tan empática que hablaba más de la cuenta, proponía soluciones como si el mundo le estuviese pidiendo siempre que arreglara lo que estaba roto. Por el camino, a veces, ofendía a quienes quería ayudar, pensaba por ellos, no les daba oportunidad de que buscaran sus propias soluciones. Se tocó la cara. Fue al lavamanos y se echó agua. Se llamó estúpida al espejo. Pero no bien entró a su habitación, lo hizo de nuevo. Llamó a Martina a Nueva Zelandia.

—Me dolió que me respondiera así, pero la verdad es que tiene razón. Fue prematuro de mi parte proponérselo, ingenuo. Me pasa por impulsiva. Vos me conocés, sabés que tengo complejo de Hada Madrina.

—Mandámela para acá. Necesita salir de allí, cambiar de aire. Yo la pongo a trabajar en mi posada —lo siento, amor, que mi negocio no es como quien dice el más indicado para la criatura—, pero te prometo que aunque sea un *bed and breakfast*, ella solo verá el *breakfast* y nada de las *beds*, ¿ok?

—¿Estás segura? ¿No te parece que mandarla hasta Nueva Zelandia es exagerado? Lo más lejos que ha viajado es aquí a la ciudad.

—Convencete de que es una mujer adulta, no importa la edad que tenga. Ya ella puede hacer eso y más.

A Patricia esta propuesta sí que le interesó. Se le agrandaron los ojos.

Viviana prestó dinero en el banco para el pasaje, le sacó pasaporte, la llevó al aeropuerto, pagó extra para que viajara como menor, cosa de la que Patricia no renegó, porque aunque no quisiera admitirlo le apabullaba la idea, el riesgo de perderse. Se le notaba en la cara, en el porte formal con que empezó a comportarse desde que supo que viajaría a los confines del mundo.

Al año siguiente, Martina volvió con ella, harta de las ovejas, los turistas, el *bed and breakfast* y la paz de Nueva Zelandia. Patricia se había cambiado el nombre a Juana de Arco. Iba vestida de jeans apretados y camiseta negra, el pelo pintado de azabache, argollas en el contorno de las orejas. Era un desafío andante, pero estaba contenta.

–No le digás que te dije –le comentó Martina risueña–, pero se enamoró de la Lisbeth Salander. Es su heroína ahora.

Cuando empezó la campaña del PIE, Viviana le propuso a Juana de Arco que fuera su asistente. La muchacha poseía una feroz determinación, era rápida y tenía un aguzado sexto sentido para medir a la gente.

(Materiales históricos)

Sujeto: Programa
De: Viviana
A: mm@sonajero.com, rebecadelosrios@celulares.com, eva@ss.com, portaifi@gg.com

Si queremos que nos tomen en serio, en medio de todas las bromas y el jolgorio que hemos acordado sea nuestro sello, tenemos que tener una propuesta original, lo cual no deja de ser difícil (por algo todos los programas se parecen).

Pienso que debemos darle cuerpo a lo que planteamos en el manifiesto, o sea definir hasta donde sea posible lo que entendemos por felicidad y felicismo.

Eso para el preámbulo del programa, algo como:

Definimos la felicidad como un estado donde las necesidades esenciales estén resueltas y donde el hombre y la mujer, en plena libertad, pueden escoger y tener la oportunidad de utilizar al máximo sus capacidades innatas y adquiridas en beneficio propio y de la sociedad.

La propuesta del PIE no es una suma de planes económicos ni un listado de promesas, como el que acostumbran los partidos políticos que, por años, nos han venido ofreciendo el oro y el moro para después fallarnos. Nuestra propuesta es una reforma integral para cambiar la manera en que fuerzas económicas y sociales anteriores a nuestro tiempo organizaron nuestras vidas.

La propuesta del PIE tiene seis aspectos fundamentales:

a. Reformar el sistema democrático (propuesta de Martina)

b. Reformar el mundo laboral para terminar la segregación familia-trabajo.

c. Reformar el sistema educativo.

d. Establecer un sistema de rendición de cuentas que garantice la transparencia en el manejo del capital y fondos públicos.

e. Enfocar la productividad del país a lograr la autosuficiencia alimentaria y energética, y a la producción de dos productos básicos de exportación: flores y oxígeno.

f. Reformar el concepto y el sistema tributario para que responda a la idea de la responsabilidad que cada ciudadano tiene para con su país y con sus paisanos.

Lo del mundo laboral, como saben, es una obsesión mía. Creo que no habrá igualdad entre hombres y mujeres mientras no cambie el modelo de organización del trabajo que presupone la separación del trabajador del hogar y por tanto la existencia de una persona que atienda los hijos y la casa (responsabilidad que tradicionalmente ha asumido la mujer). Cómo atender a los hijos y el hogar sin que esto signifique desventajas y la interrupción o fin de la vida laboral de la mujer es el reto no resuelto de la sociedad moderna.

Hasta ahora las mujeres han ingresado en grandes números a las universidades, pero la vida laboral, cuando hay hijos, introduce un sinnúmero de obligaciones adicionales que las sobrecargan de responsabilidad y atentan contra su eficiencia en ambas áreas. No es de extrañar entonces que, de tener la posibilidad, opten por permanecer en sus casas. Esto significa que pasan a ser dependientes económicamente de quien provee el sustento de la familia y por tanto son vulnerables al abandono y la violencia y pierden autonomía y la posibilidad de autorrealización en un terreno distinto a la maternidad.

Hay que separar la asociación automática mujer-maternidad, y convertir ese oficio en una labor neutra, una función social genérica.

Hacerlo es una cuestión de poder. Quien tiene el poder pone las reglas del juego, crea las razones que justifican un determinado modo de organización.

Recuerden que necesitamos:
    1. La idea para una bandera o emblema (si es posible que alguien haga el dibujito, mejor)
    2. Un eslogan

Por allí va la cosa, mariposas.
Besos,
Viviana

Juana de Arco

Se removió en la silla. Martina le había pedido que hiciera un turno al lado de Viviana en el Hospital. No le gustaba verla así, quieta, dormida, pálida. ¿Cómo saldría de donde estaba?, se preguntó. No quería pensarla perdida. Andaría por su cerebro, paseando de lóbulo en lóbulo. Ausente, pero presente. Ella conocía el truco. Lo había empleado muchas veces.

Estar sin estar estando, lo llamaba para sus adentros. Así resistió las violaciones, los atropellos. Se ausentaba de sí, hacía de cuenta que no era ella la que sentía.

Lo hizo desde la primera vez, cuando la violó el tío. Pero esa vez todavía no era ducha en la materia. No pudo evitar gritar, retorcerse, que le doliera; el horror de sentir un hombre encima, sudando, jadeando, desesperado por meter esa cosa dura dentro de ella. Fue la primera vez que se dio cuenta de lo que pasaba con el pene. Había visto muchos de pequeña. Ella y sus amigos y sus hermanos se bañaban desnudos en el río por la casa de su mamá. Y le daba risa ver el pito que tenían los chavalos, un carrizo, una flauta chiquita e insignificante colgada con los saquitos esos. ¿Cómo sentís andar con eso colgado?, le preguntó una vez al hermano. Debe ser raro, incómodo, ¿no? ¿No te duele cuando andás en bicicleta?

Él se había reído. Dolía si le pegaban allí, dijo, pero nada más. Uno se acostumbraba. Y mirá, ustedes las mujeres con las tetas colgadas. ¿No te has fijado en la tía Eradia cuando corre? Chocoplos, chocoplos, se le hacen, rio, poniéndose las dos manos en el pecho y moviéndolas de arriba abajo, como se movían los pechos de la tía. Por lo menos el aparato de nosotros queda bien guardado en su estuche mientras no se ocupa.

El aparato. Así le decían sus primos y sus hermanos. Pero ella nunca vio el aparato funcionar sino la noche que la violó el tío. Por eso se llevó un susto mayúsculo cuando él la obligó a tocarlo y ella sintió la caña de bambú esa, el tronco sin hojas, la carne de pronto hecha piedra. Y peor fue cuando él se le montó encima y hundió esa estaca dentro de ella; ella que apenas tenía pelitos, que recién había reglado por primera vez. Le ardió como chile. Fue un ardor indescriptible, como si le hubieran insertado una tea encendida en las entrañas. Y para colmo, él empezó a moverse, a frotar el lugar que ardía; frotaba y jadeaba y ella no podía pensar en otra cosa más que el ardor y el asco de que el hombre la estuviese tocando allí, sudando encima de ella, haciendo esos ruidos de animal, de mono. Y el tío la agarraba de la cabeza para impulsarse y mecerse dentro de ella, dentro del ardor que era ella atrapada como una mosca debajo de él. Así hasta que se vino (nunca había entendido por qué llamaban "venirse" al orgasmo, ¿adónde van que vuelven?) y gritó y se desplomó encima de ella. Pensó que su peso le reventaría los pulmones porque apenas podía respirar. Cuando no pudo más, lo empujó pensando que se arriesgaba a que él le pegara, pero él estaba como un saco pesado, como muerto en vida, y sólo se dejó caer sobre la cama y al instante empezó a roncar. Allí fue que aprovechó ella para levantarse (la sangre le corría por las piernas) y agarró un pedazo de leña y le dio tan duro como pudo en el mero pito, en el estómago, en la cabeza. Sentía que el odio se la comía, que quería matarlo. Se acordó del quinto mandamiento. Se detuvo. Él se retorcía, se agarraba entre las piernas.

—Tío, tío —le dijo, asustada de su propia rabia, pensando si no lo habría dejado paralítico.

Pero apenas se acercó, él la sujetó del brazo, la tiró sobre la cama y la agarró a trompones, en la cara, en el pecho, en el estómago, en el vientre.

Entonces fue que ella se ausentó. Estoy sin estar estando, se repetía. La frase se le ocurrió de pronto, no supo de dónde la sacó, pero la siguió repitiendo. Le dolían los golpes, pero no hizo nada, ni siquiera se tapó la cara. Y él se cansó en cierto momento.

—Me las vas a pagar, hija de puta —le gritó—. Te voy a hacer puta te guste o no. Vas a ver.

Ni sabía cuántos hombres habían pasado por ella. Daba lo mismo. Ella nunca estaba. Era como Viviana, acostada en la cama; un cuerpo. Seguro que Viviana no estaba consciente de todos los aparatos que tenía conectados: el suero, la pantalla que seguía los ruidos de su corazón, la sonda por la que hacía pipí, el oxígeno. Pobrecita, pensó, porque al menos yo me despierto cuando quiero, reacciono, pero ella no puede moverse. Sintió una ola de compasión. Se alegró.

Se dio cuenta de que era la primera vez que sentía lástima verdadera por otra persona que no fuera ella misma.

Cuando llegó Martina, le dijo que no quería irse. Quería quedarse allí con Viviana, alguien tenía que cuidarla.

—No, Juanita, te venís conmigo. Emir está por llegar. Aquí hay enfermeras, doctores, nada hacemos.

—Ella está allí —dijo—. Está sin estar estando.

Martina la miró sin comprender.

—Yo sé lo que te digo —afirmó Juana de Arco.

—Podés venir todo el tiempo que querás cuando terminemos el trabajo —dijo Martina—, pero vos sos indispensable, sos la que mejor conoce dónde están todas las cosas de Viviana.

El anillo

En el galerón, Viviana Sansón encontró un anillo cuya pérdida lamentó por varias razones. El anillo no era de gran valor material, pero así como ciertos abalorios se identifican con quien los luce, este era su sello personal de tal modo, que la presentación de su programa de televisión *Un poco de todo,* era una toma en primerísimo primer plano de sus manos. El punto focal era el óvalo de ámbar sobre cobre bruñido que ocupaba al menos la mitad del dedo anular de su mano izquierda.

Era un regalo de su madre, comprado en una tienda de Estambul.

A diferencia de otros objetos, ella recordaba muy bien dónde había olvidado este. Echó de menos el anillo cuando regresaba de llevar a Emir al aeropuerto. Lo había dejado en la mesa de noche del hotel donde él se hospedó en su primer viaje a Faguas. ¡Hijueloscienmilparesdeperrerreques!, maldijo, porque inmediatamente se dio cuenta del entuerto: en el hotel sabrían con quién se había acostado el susodicho. Llegar a reclamarlo era delatarse. Por días esperó que alguien la llamara, que le pidieran una recompensa, pero nada. ¿Quién lo habría guardado? Quería pensar que quizás la camarera, con cariño, como un pequeño trofeo de su labor oscura y rutinaria, se lo llevaría a su casa; que cuando la veía en la televisión sonreiría sabiendo que conocía su secreto.

Tomó el anillo en sus manos. Lo olió. Olía a cobre viejo, ese olor metálico inconfundible. El rostro de Quijote moreno de Emir le sacudió la memoria.

Ella había sido invitada, como personaje mediático, al Foro de las Sociedades en Montevideo. Era el 50 aniversario del primer foro y asistirían los más destacados representantes de los estados unidos y desunidos de América, Europa, Asia y África. Los chinos eran los grandes patrocinadores. El tiquete de avión que le enviaron a Viviana era de primera clase. En la sala de espera del aeropuerto se le acercaron varias personas a saludarla; eran muchos sus admiradores y a ella le gustaba ser amable con todos, aunque justo antes de subir al avión prefería estarse quieta. Una vez que el avión tomaba altura disfrutaba del vuelo, pero hasta entonces le parecía que jugaba a la ruleta rusa. Hasta Miami logró dormir. Allí se embarcó en el Ultra-Jumbo a Uruguay. Asiento de pasillo, fila dos. Acomodó el lector electrónico y su tableta sobre la silla. Subió su maletín al portaequipajes. Fue al baño a la parte del fondo, solo para ver el avión. Era impresionante. Quinientos pasajeros. Aviones de esa magnitud no volaban a Faguas. Su país permanecía en un interregno entre la Edad Media y la modernidad. Le sucedía al Tercer Mundo. Convivían lo antiguo y lo más avanzado. Menos mal. En muchos países la televisión era ya casi inexistente, pero no en Faguas. Existían todavía comarcas sin conexión con Internet para cada casa. Increíble pero cierto. Pero la vigencia de la televisión era buena para su trabajo. Llegó a la galería de servicio al lado del wc. Una mujer joven estaba sentada en el suelo llorando, apoyada contra la galería, con las piernas contra el pecho. Una aeromoza intentaba consolarla. Por los altavoces una voz preguntó si había un médico a bordo. Resultó que la joven pasajera era presa de un ataque de pánico. Quería bajarse del avión y el piloto se negaba a permitírselo. Viviana se convirtió inmediatamente en su abogada. Después de discutir acaloradamente con el capitán, hacerse pasar por sicóloga y avergonzarlo por su comportamiento, dejaron bajar a la muchacha lloriqueando al lado del joven esposo. El vuelo se aprestó para salir y Viviana retornó a su asiento. Pidió vino. Respiró hondo. Emir le sonrió. Su sonrisa la desarmó. (Pero si es un gato, un gato risón.) Oyó la frase del cuento de Lewis Carroll en su cabeza. La sonrisa de Emir era dulce y revelaba de inmediato una persona noble, inteligente, todo eso que uno piensa del otro cuando está flechado, a punto de enamorarse. Claro que en ese momento Viviana no se percató del juego que le jugaban las hormonas o el corazón porque siempre es complicado distinguir entre ambos. Lógico fue que él le preguntara lo sucedido y que ella le narrara el ataque de pánico de la joven recién casada que tenía fobia de volar.

—Al piloto le preocupaba el retraso para bajarles el equipaje... por las regulaciones, ¿sabés? No viaja el equipaje sin el dueño, no vaya a ser que lleve una bomba. Lo convencí de que la chica no fingía y que se olvidara de lo del equipaje. Es que el ritmo cardíaco no puede acelerarse a voluntad y yo le tomé el pulso a la muchacha. Tenía 160 pulsaciones por minuto.

—¿Sos médico?

—No. Pero sé de ataques de pánico. Son comunes en mi país.

—Pero, ¿y si es una estratagema? No está mal como idea. Una joven, linda y buena actriz finge el ataque de pánico, logra bajar de la nave y pum, todos volamos por los aires —dijo él fingiendo preocupación—. Estoy pensando en bajarme yo también.

—No es una mala manera de salir del planeta —sonrió ella—. Muerte rápida con trazos de cielo azul.

Tomaron vino. Y mientras conversaban, sus ojos adelantaron terreno aceleradamente. (Los de Emir fueron muy claros: le gustaba, la pensaba hermosa, su sonrisa le encantaba, igual que su hablar, sus gestos, la manera suya de pronunciar ciertas palabras: monstruo por ejemplo, era *mounstro* para ella; el gozo que le dio verla comer con gusto, untarle una enorme cantidad de mantequilla al pan, tomarse el vino hasta la última gota, alzando la copa y mostrando el cuello largo que hizo que él se imaginara el trayecto de este navegando por el precipicio que ella tenía en medio de la blusa.) (Los ojos de Viviana, por su parte, no dejaron dudas de que disfrutaba el tono de su voz, sus palabras haciéndole cosquillas al pasar para dentro de su oído, la mirada cenital de él, ausente del entorno como si ella fuera lo único en el mundo, el placer de hacerlo reír y de la ironía de sus respuestas, la confianza de una intuición que le decía que debía ser un hombre bueno con los niños y las plantas, un hombre noble con las manos largas que igual tocarían violín que las melodías nacidas del cuerpo; le gustaba que le hiciera preguntas, asombrado de que ella apareciera a su lado salida de quién sabe dónde.)

El juego de rondarse y seducirse se dio inicialmente sobre una larga y divertida discusión sobre la seguridad de aviones, trenes y otros medios de transporte y pasó al tema de los medios de comunicación, el papel que desempeñaban, si podían o no ser objetivos, si el mercado los definía. Comieron y a la hora de los postres, Viviana le habló del PIE. El se rio, divertido, del nombre.

—Buena idea, ¿no te parece? Así es como se hace camino, poniendo un pie delante del otro —rio ella.

—Brillante idea. ¿Son siglas? ¿Qué quiere decir?

—Partido de la Izquierda Erótica —dijo Viviana, calculando el efecto.

Él se tiró una carcajada.

—Genial —dijo—, genial. Considerame miembro desde ya.

Emir no paraba de sonreír a medida que ella, entusiasmada por su reacción y pensando que sería un buen ensayo para el Foro, le expuso la historia y la propuesta del partido.

Hacía años, dijo Emir, que él predicaba su convicción de que el problema de la política era un problema de imaginación. Que, de pronto, literalmente atrapada en el aire, apareciera ella con esa creatividad, era un regalo.

—Es descabellado también —añadió—, pero soy un terco convencido de la idea de que hay que cambiar el mundo. Me he dado con la piedra en los dientes muchas veces, pero no me rindo. Ahora al menos de cada intento o cada fracaso logro por lo menos una tesis, un libro. ¿Ya es algo, no? —sonrió burlón—. Y mirá que he sido líder estudiantil, guerrillero, secretario político de un partido.

—¡No!

—Sí. Una paradoja, espíritu de contradicción quizás. Sigo enamorado del siglo XX, las revoluciones, los grandes sueños. Eran lindos esos tiempos cuando uno creía a ciegas. Ahora está muy mal visto. Mirá la literatura: el escepticismo y la ironía son la moneda de cambio de las novelas hoy en día. Los escritores latinoamericanos, que sacudieron el mundo cuando el *boom*, ahora quieren reírse de lo que fueron. No los culpo. La piedra en los dientes cae muy mal. Yo me resisto a esa moda del cinismo, aunque debo confesar que escéptico sí soy. A estas alturas, podría calificarme como un escéptico que constantemente anda en la búsqueda de la razón para dejar de serlo. La encuentro de vez en cuando. Es lindo lo que me contás, por ejemplo. Justo lo que me gusta. No sirvo para lo práctico. Soy bueno para pensar y para proponer. Lo mejor que he hecho es abrir un *think tank* en Washington. Allí paso la mayor parte de mi tiempo. Me ha tomado años labrarme una reputación como conocedor de la región, pero ha dado frutos. Veo mis opiniones en los análisis de los medios y de gente influyente y eso me hace sentir útil. Últimamente me toca atender negocios. Murió mi padre y dejó pozos de petróleo en Maracaibo, fundos en Uruguay y la Patagonia. Una fortuna. De mí depende ahora mucha gente. He tenido que adaptarme a estas obligaciones. No administro, pero superviso. Hago crecer la plata y ocasionalmente la utilizo para ser quijote. Así me purgo de culpa. ¿Dónde vas a quedarte en Montevideo?

—En el Plaza, en el centro. Pagan los chinos.

—Lo renovaron recientemente. No quiero parecerte atrevido, pero tengo una casa con muchos cuartos.

—Soy viuda —dijo ella.

—Yo divorciado.

Lanzaron juntos una carcajada. Qué pena, dijo Viviana, no sé ni por qué te lo dije. Era tiempo, dijo él.

Quizás ella habría rechazado su oferta de hospedarla si la aeromoza no hubiera pasado tantas veces rellenándoles el vaso de vino, pero asintió. Un quijote millonario no se le atravesaba todos los días a uno en el camino, pensó también. Vida, vida, ¿qué quiere decir todo esto?, se preguntó, sintiéndose ligeramente perversa.

La casa de Emir miraba al mar y era una mansión bien conservada en Carrasco, un barrio hermoso donde casas antiguas se mezclaban con modernas, oficinas y negocios. Era una casa muy formal, bella, con grandes espejos y no muchos muebles. Se notaba que la visitaba poco, pero estaba impecablemente limpia y había flores frescas en los floreros. El ama de llaves que los recibió en la puerta y abrazó a Emir con grandes muestras de alegría le dijo que había estado con la familia por no sé cuántos años. Conocía a Emir desde niño. La llevó a una habitación grande, con muebles gráciles de estilo austríaco y una cama imponente. Abrió de par en par las puertaventanas que daban a un balcón desde el que se veía Mar del Plata. Solo aquella vista bien valía el viaje, pensó Viviana. A ese punto, sin embargo, estaba arrepentidísima de haber aceptado la invitación. Se recriminó por impulsiva, por no pensar que permanecer horas sin poder hacer otra cosa en la intimidad de dos asientos de avión no era lo mismo que estar metida en aquel caserón con un hombre que casi no conocía. ¿Cuándo dejaría de dejarse llevar por los impulsos? Era como una maldición. Después se encontraba en situaciones como aquella, sin saber cómo salir. Aparte, le sabía mal haber pensado lo de quijote millonario y lo que él podría significar para el PIE. Tenía claro que sin dinero todo se quedaría sobre el papel, pero Emir le habría gustado también sin plata; que le gustara y que fuera un posible mecenas del PIE, enredaba lo que surgiera entre ellos. Si algo surgía, no quería que él lo atribuyera a un interés mercenario de su parte. Se metió al baño, un baño hermoso; el lavamanos empotrado en una cubierta de mármol. Se miró al espejo. Las ojeras.

Tendría que haber dormido en el avión. Se aplicó el aclarador de ojeras, se pintó los labios gruesos, carnosos. Los consideraba su rasgo más perfecto. El arco de cupido perfecto en el labio superior. ¡Qué nombre!, se dijo, ¡arco de cupido! Cursi anatomía.

En esas estaba ella cuando tocaron a la puerta. Salió del baño. Abrió. Emir apareció con su sonrisa; una sonrisa que pedía disculpas.

—Estarás arrepentida.

—Un poco, sí, la verdad.

—No te culpo. Esta casa es familiar para mí, pero supongo que te parecerá extraña. Pero mirá el mar, vení, asomate.

La tomó de la mano, la llevó al balcón y allí mismo le dio un beso tan largo que cuando la soltó, ella perdió el equilibrio. Rieron. Él la abrazó, la pegó contra él, le metió la nariz en el pelo. Abrazados miraron el mar. Le gustaba Uruguay, dijo Emir, él había nacido en el Brasil, pero se había criado entre Venezuela y Montevideo.

Hacía mucho que Viviana no estaba con un hombre. El abrazo de Emir lanzó su sangre al galope. Sintió la peculiar sensación de deseo en el vientre. Él no la soltaba. Abrazada la llevó hasta la cama. Ella se sentó al borde. Él le quitó el saco. Le bajó una de las hombreras de la blusa, le besó levemente los hombros. ¿Cuál sería su ponencia?, le preguntó mientras la besaba suavemente esta vez en la boca. Las maneras femeninas del poder, dijo ella desabrochándole un botón de la camisa. ¿Y qué esperaba ella de la conferencia?, preguntó sacándole la blusa por la cabeza, rozando con su índice el borde de los pechos. Quiero conocer gente que me ayude, dijo ella mientras él le desabrochaba el brasier. ¿Gente que te ayude?, dijo él tomándole los pechos en las manos, mirándolos como si fueran un tesoro recién descubierto. Sí, que me ayude a financiar el partido y a establecer contactos, dijo ella sintiendo que se desmadejaba toda bajo sus besos cortos, húmedos, picándola toda, aleteando sobre su piel como un colibrí. Me lo vas a dejar a mí, dijo él deslizándole el pantalón por las caderas, besándole el ombligo. Te lo voy a dejar a vos, dijo Viviana, ya desnuda, terminando de desnudarlo a él. Sí, dijo él, me lo vas a dejar a mí, yo cabalgaré con vos en esta quijotada, susurró apretándola contra él, suavemente restregando su cuerpo contra el de ella, besándole los hombros, el cuello, las orejas. Hablemos mejor mañana, dijo ella riéndose bajito, totalmente expuesta, las mejillas ardiendo, la piel despierta de principio a fin. Como quieras, dijo él empujándola suavemente hasta dejarla horizontal sobre la cama, besándole las piernas, las rodillas, lentamente haciendo camino hasta su entrepierna donde se perdió goloso, reconociéndola despacio, dibujando el anturio de su sexo suavemente en círculos, suave y pacientemente, con una delicadeza magnífica que ella asimiló casi sin moverse, temerosa de cortar el ritmo lento y perezoso de sus movimientos que a ella le recordaron, por alguna razón, el pan con mantequilla, la jalea, todas las delicias y los manjares de la vida. Finalmente él apuró el paso, el colibrí picoteó rápido y leve la flor más escondida y con un gemido ella se arqueó mientras el temblor del orgasmo la recorría de punta a punta.

Viviana se asombró de lo fácil que fue para ambos cruzar las tramposas puertas de la intimidad. Igual que ella, Emir tenía una relación muy libre y feliz con su cuerpo y una vocación nativa para el placer. Como viejos amantes que algún infortunio hubiese separado, o como las mitades que los antiguos imaginaron se buscarían incesantemente, se reencontraron en la ternura y en el deseo. Menos mal que la casa permanecía sola durante la noche y no hubo que preocuparse ni por carcajadas ni gemidos. Hacía mucho que ella no se reía con abandono de niña. Hicieron el amor en cada cama de la casa, cuyas habitaciones él insistió en mostrarle. Era un rito suyo al regresar, le dijo, visitar cada cuarto para aliviarle el aire de encierro. Desnudos anduvieron por pasillos, subieron y bajaron escaleras. Emir le contó historias de sus ancestros que rivalizaban con las de García Márquez: un tío que se hizo el muerto para cobrar un seguro, la tía gorda que nadie supo que estaba embarazada. Casi a la madrugada regresaron a la habitación del balcón. Se dijeron que debían revisar sus ponencias del día siguiente, pero terminaron hablando de posiciones y se durmieron juntos, medio borrachos y contentos.

Durante el foro multitudinario y bullicioso que tuvo lugar en el Salón de Convenciones de la ciudad, se persiguieron con los ojos y cada cual atendió la presentación del otro. En la de Viviana hubo un lleno total, la mayoría mujeres. A pesar de su facilidad de palabra ante los medios masivos, se sintió nerviosa. Era la primera vez que se dirigía a un público tan nutrido de pares. Antes de subir al estrado fue al baño para tener un rato de soledad. Dentro del cubículo, cerró los ojos. Pensó en Faguas. Imaginó que apretaba al país contra su pecho. Pensó en la mujer que quería encarnar. La visualizó, se cubrió con su imagen. Llevaba el discurso escrito por si le fallaban la memoria o el aplomo, pero no bien empezó a hablar, la pasión de la confianza en la idea del PIE hizo que se olvidara de sí misma. Afirmativa, fuerte y con humor, despertó un clamoroso entusiasmo en el público. Cuando terminó la rodearon decenas de personas. Aliviada de obligaciones, se sintió eufórica. Emir logró abrirse paso. La abrazó fuerte. Magnífico, le dijo, y se fue a brindar su ponencia. Ella logró al fin zafarse de la gente y entró a la conferencia de Emir ya cuando él había empezado.

Con qué facilidad se expresaba, pensó Viviana, mirándolo con la camisa de mangas volteadas hacia arriba, la camisa de rayas blancas y celestes, impecable. Su análisis sobre la relación de Estados Unidos y América Latina era abundante en datos. América Latina era ahora el territorio que le quedaba a Estados Unidos para compensar el dominio de China sobre Asia y partes de África, pero la política de la que era ahora la segunda potencia mundial distaba mucho de ser la de los años de la Guerra Fría. Emir la había visto entrar y le guiñó el ojo casi imperceptiblemente. Quería sentarse al frente. Caminó por un lado del salón sin importarle que la miraran porque era llamativa y sabía que eso sucedería.

Estaba segura de que él no perdería el hilo. Era un don masculino controlar las emociones, un don que ella admiraba secretamente. Pero Emir calló. Los tacones de ella resonaron en el auditorio. La gente se volvió.

—Quiero que conozcan a Viviana Sansón —dijo Emir—. Ella es una joven periodista de Faguas y una persona que parece tener clara la idea de la que he venido hablando largamente: la política como desafío a la imaginación.

Ni corto, ni perezoso, el público aplaudió. Viviana saludó con la mano, enderezó la espalda. Touché, pensó, confundida. No supo si Emir lo hacía para devolverle la interrupción o de manera genuina para que la gente la conociera.

Almorzaron juntos. Lo hice por las dos cosas, dijo Emir. Tenés que admitir que querías interrumpirme y yo te di gusto —dijo con ironía, besándole la mano.

—Lo que quería era probarme a mí misma que tendrías, como cualquier hombre, la capacidad de mantener el hilo de tu discurso sin inmutarte —dijo ella.

—Yo me inmuto por mucho menos que eso —sonrió Emir—. Pero fue bonito. Me gustó lo que hiciste. Me desconcertó, pero me gustó. Y tu discurso... fue excelente.

—El tuyo también —dijo ella.

—Qué modestos que somos, ¿no?

—La modestia es una virtud mediocre —dijo seria Viviana.

—Fírmese y ratifíquese. Lo adopto como lema desde este momento —rio Emir.

En una entrevista pública ella habló del PIE y arrancó sonoros aplausos. Al día siguiente, la noticia del partido apareció en los principales diarios.

Emir la llevó a reunirse con los más influyentes dirigentes políticos que asistían al foro. El nombre del partido era un arma de doble filo, le dijo. Por eso ella era necesaria para darle contenido. Tenía razón.

Era un riesgo calculado, aclaró ella. Las personalidades la recibían con un aire de duda y cautela, pero la despedían con entusiasmo las mujeres, y con respeto y buenos deseos los hombres.

—Usted es temible —le dijo un boliviano—, pero le deseo buena suerte.

Tras el día de andar por el foro, oír discursos y conversar de política, estaban cansados. Emir, sin embargo, insistió en llevarla a cenar. Después, en el balcón de la habitación frente al mar, descalzos y sentados en el suelo, con la espalda apoyada en la pared y los pies apoyados en la balaustrada, Emir se ofreció para organizarle el plan para recoger fondos. Irían a Estados Unidos a visitar mujeres hermosas y valientes, partidarias de causas perdidas y del Tercer Mundo, feministas de la Cuarta Onda, le dijo. "Con las que yo conozco será suficiente".

Viviana se quitó el anillo del dedo, lo pegó a su mejilla. Emir, Emir, ¿dónde estaría Emir? Sintió ganas de correr. No alcanzaba a entender qué hacía ella allí, ni en qué lugar se encontraba.

El paraguas

No eran uno sino muchos los paraguas sobre la repisa. Verlos amontonados le sacó a Viviana una sonrisa de incredulidad. Imaginé que serían bastantes, pensó, pero esta realidad supera mi imaginación. Las gafas de sol y los paraguas se llevaban la palma en aquella colección de objetos perdidos. Eran el símbolo de las dos estaciones de Faguas. Llovía seis meses del año y los otros seis el sol se ensañaba sobre el país resecándolo, tornando el paisaje en un yermo de árboles sedientos y pasto amarillo y moribundo. Emir le había llevado capotes de regalo, pero ella nunca se acostumbró a las ropas de lluvia. Prefería el simple y útil paraguas. Infortunadamente los perdía. Los olvidaba en el instante en que emergía el sol entre las nubes. Y era lo usual. Se oscurecía el cielo, soplaba un viento huracanado, las nubes negras enfilaban sus cañones y el aguacero se desplomaba como un edificio de agua sobre la ciudad. Sin embargo, el derrumbe no duraba demasiado. Pasado el chaparrón, el sol barría con sus rayos los restos de cielo díscolo, y retornaba la tarde a su existencia clara y azul. El crepúsculo lavado y fresco era suficiente razón para que el paraguas quedara olvidado detrás de la puerta, en el suelo o dondequiera que la dueña posara sus varillas a descansar de la inclemencia del aguacero.

Tomó del montón uno de los paraguas. Se sentó en el suelo. Lo abrió. Era verde olivo. Recorrió con sus dedos la tela tensa entre los rayos. Llovía cuando decidió sacar a los hombres del Estado. Conjuró la memoria hasta que pudo oír el aguacero cayendo y ver la luz de los relámpagos iluminando las ventanas del extraño despacho presidencial que heredara de sus antecesores.

Allí estaba ella, detrás del escritorio en un momento de rara quietud. Era tarde en la noche. Había despachado a Juana de Arco. Solo las guardas de su seguridad personal esperaban afuera. A dos meses de su gobierno, no lograba avanzar. Había intentado incluir a quienes fueran capaces, hombres y mujeres, pero la realidad de siglos se les venía encima. Aun con bajos niveles de testosterona, deprimidos y cansados, echando barriga y poniéndose flojos, los hombres no dejaban volar la iniciativa femenina. No se lo proponían conscientemente, pero una y otra vez, en las reuniones sus comentarios caían como baldes de agua fría: Ah, es que ustedes no saben de estas cosas; Ah, es que ustedes no tienen experiencia. El efecto era legible en los rostros de magníficas mujeres que recién aprendían los alcances de su poder. Las achicaban; hacían que se cerraran como anémonas asustadas.

Durante la campaña, incluso, el empuje de Emir, cuyas gestiones de mago y midas facilitaron los fondos, causó incomodidad no entre las del PIE, pero sí entre colaboradoras que la acusaron de convertir a un hombre, su hombre, en el financiero de la campaña. No le habrían dado un centavo si yo no hubiera sido convincente. El crédito es mío, él solo facilitó los contactos, repitió ella. Más que las acusaciones, le molestó la amargura que le causaron. ¿Cómo descartar su trabajo, cuanto habían logrado con un argumento semejante? Y, sin embargo, a pesar del radicalismo de las que se quejaban, en su fuero interno algún eco tenían esas quejas. No solo a Emir, sino a varios de sus más leales colaboradores, constantemente debía recordarles que ellas eran las heroínas, las amazonas de aquella historia. En los días de febril preparación para inscribir el partido en la campaña electoral (había que terminar de recoger firmas, llenar todos los requisitos legales engorrosos e interminables), más de una vez Viviana lamentó con rabia el que las líderes e indiscutibles creadoras del PIE carecieran de la erudición que a flor de labios poseían Emir y los otros. Ellos conocían el argot político, manejaban cifras y cálculos económicos de memoria, sabían de geografía y política exterior. Si bien ellas no se dejaban apabullar por la sapiencia masculina, la codiciaban; lamentaban el tiempo que ellos habían ganado mientras ellas se vieron forzadas a reducir la longitud de sus horizontes para que cupiera en ellos el amor, los hijos, la casa, todo eso que, socialmente, era apenas valorado. Viviana les repartió a los hombres una copia de *Un cuarto propio* de Virginia Woolf, la Gran Loba. Lectura requerida, les dijo. Lean allí porque estamos en desventaja de erudición con respecto a ustedes y modérense. No nos enreden con sus palabras. Mucha sapiencia tendrán, pero la verdad es que, a juzgar por cómo está el mundo, de poco les ha servido, así que no intenten dirigirnos; observen, ayuden y aprendan.

—Tenés absoluta razón —decía Emir—. ¿Pero por qué dejás que este asunto te moleste? Los hombres en este país no pudieron armar un partido como este, ustedes sí. Úsennos, no nos aparten porque les causa inseguridad.

Fácil decirlo. La inseguridad que convertía en compulsión la tendencia a ceder ante la autoridad masculina parecía estar impresa en la siquis femenina, como el alcoholismo en los hijos de alcohólicos. Viviana leyó sobre las maneras de romper las dependencias sicológicas: era esencial apartarse de la causa: cigarros, alcohol, drogas. ¿Cuánto tiempo sería necesario? Dio vueltas por su oficina. Imaginó escenarios. Decidió.

Llamó a Juana de Arco. Siento despertarte Juanita, pero necesito que convoqués al Consejo del PIE para mañana a primera hora.

Ahora o nunca, les dijo. Para cambiar las cosas de fondo, ellas necesitaban estar solas un tiempo, gobernar sin interferencias masculinas.

—Ay Dios mío —rezongó Rebeca—. A falta de problemas, hay que crearlos…

—A la prueba me remito, Rebeca, mirá lo que pasó con la reunión donde expusiste lo de las flores…

Vestida de blanco, Rebeca llegó a una reunión con su proyecto piloto de convertir Faguas en un jardín y exportar flores. Era un negocio redondo. Tenía muy estudiado el caso de Colombia. Pero también se había documentado sobre los invernaderos en Almería, en España. De ser tierra árida y pobre, Almería había pasado a ser gran productora de hortalizas. Rebeca hizo su presentación. Las flores iban a producirle más al país que el café y otros cultivos tradicionales. Además, miles de mujeres tendrían empleo. Se sentó acalorada por el apasionamiento y entusiasmo con que expuso su convicción. Viviana secundó de inmediato la idea, puesto que la habían discutido al elaborar el programa del PIE. Uno a uno, los hombres presentes objetaron con estadísticas, números y algoritmos que ellas no entendían. La reunión se alargó por horas.

—Sí, pero al final vamos a llevar adelante el proyecto, les guste o no —dijo Rebeca.

—Pero ¿cuántas horas perdimos? A este paso, nos vamos a quedar rezagadas con los planes y promesas y de los cinco años que tenemos vamos a pasar cuatro discutiendo… Además, te voy a decir una cosa: estoy convencida, total y absolutamente convencida de que estos hombres solo obligados van a aprender la domesticidad —siguió Viviana.

—Y hay que aprovechar que están modositos y dóciles —dijo Martina—. Yo estoy de acuerdo con Viviana.

—A mí me falta la testosterona para pelear esto —dijo Eva—. Me preocupa a quién pondré a lidiar con los violadores y los presos.

—Arlene, la lanzadora de discos —dijo Rebeca—. Hay varias que tienen ese temple.

Eva asintió sin mucho entusiasmo.

Viviana pareció no percatarse del intercambio.

–Otro caso les expongo: el Ministro de Energía y Agua ha objetado el concurso del Barrio Limpio, y si yo prometí que limpiaría el país, el país se va a limpiar. La gente está encantada con la idea, pero él me amenazó con poner su renuncia. Está preocupado por los ingresos y egresos.

Viviana había echado a andar el plan nacional de limpieza en la modalidad de concurso, inspirada en un programa de televisión. El concurso Barrio Limpio disponía de un panel de jueces que visitaba casas, calles y emitía opiniones hasta sobre qué tan limpias se mantenían las narices de los niños en la zona. Los barrios ganadores recibían gratis por un trimestre los servicios de agua y luz. Cierto que el éxito era tal que muchos barrios iban quedando sin pagar.

–Yo debo decirle algo más, Presidenta, si me permite –dijo Juana de Arco, desde la esquina donde escribía las actas en su laptop–. A mí me parece irrespetuoso que Emir entre a su despacho cuando le dé la gana. Yo le digo que no entre y él ni caso me hace.

–¿Se fijan? –miró a todas Viviana–. Son miles de años de dominio los que nos contemplan.

–Pero sacarlos solo del Estado, ¿crees que logre algún efecto? –preguntó Ifigenia.

–Es como la teoría de Debray de la mancha de aceite –dijo Viviana–: se crea un núcleo y el efecto se derrama. Los que permanezcan en la casa hablarán de su experiencia y yo confío en que descubran aficiones y se sorprendan por sí mismos. A mí se me ocurría que podríamos hacer uno de esos *reality shows* que sigan el proceso del hombre que se queda en la casa y atiende los hijos y las tareas domésticas. Una especie de "Sobreviviente", con permisos incluidos.

–Muy buena idea –exclamó Ifigenia–, Carla lo puede montar.

–No sé si hay shows como esos en Suecia, pero allí hay amos de casa, subvenciones del Estado para guarderías y normas que rigen para el tiempo compartido entre la pareja. Las estadísticas de participación de la mujer demuestran que el asunto funciona –dijo Rebeca–. Sobre estas medidas drásticas, sin embargo, yo acepto la opinión de la mayoría, pero dejo sentada mi preocupación. Con los hombres tenemos que vivir. ¿Y si logramos trabajar maravillosamente bien solas, después qué? ¿Exilio perpetuo?

—Absolutamente no —dijo Viviana—. Pero, ¿no te das cuenta Rebeca? Nos van a respetar de otra manera. Más aún, ¿no pensás que las mujeres necesitamos esa experiencia? Los hombres la han tenido. Han dirigido solos el mundo de los negocios, de la política. Han probado de lo que son capaces por sí mismos. Nosotras siempre hemos estado a su sombra o a su lado. Nos merecemos hacer la prueba.

—No se diga más —dijo Martina, siempre impaciente y poco dada a las reuniones (le daba claustrofobia estar sentada en una reunión, decía).

—¿De dónde sacamos dinero para pagarles seis meses? —preguntó Rebeca.

—De las reservas.

—Nos quedaremos en rojo —dijo—. No es conveniente.

—Nos quedamos en rojo. Prestaremos dinero. Pero mañana mismo redactamos y publicamos la ordenanza. Y el salario se lo entregaremos a la mujer de la familia. Así les durará más.

—Las mujeres de la oposición en la Asamblea van a poner el grito al cielo.

—Es mi gobierno. Y yo decido cómo lo voy a organizar. Ellas no pueden interferir en esto. Además, ya que tenemos la suerte de que haya solo mujeres representantes, lo entenderán. Se los explicaré personalmente si es necesario.

Votaron. Todas votaron a favor de la ordenanza que Viviana emitió al día siguiente.

Por la tarde, Juana de Arco entró y se plantó frente a su escritorio.

—Presidenta —dijo—. La felicito. Es la mejor decisión que ha tomado, pero se va a armar la de San Quintín. Pase lo que pase, cuente conmigo.

Dicho esto, dio la vuelta y salió.

Bien se dice que el poder es solitario, pensó Viviana, tras el enorme escritorio de su despacho, recogiendo sus cosas para salir: el bolso, el paraguas. No se acostumbraba a ser Presidenta todavía. Cuando llovía el chofer la recogía bajo un toldo en la salida privada de la Presidencial; un guarda la protegía con una sombrilla. Descartó su paraguas en una esquina.

¿Quién lo habría recogido? ¿Cuál habría sido su destino?, se preguntó mirándolo, dándole vueltas antes de devolverlo junto con el recuerdo a la repisa.

THE NEW YORK TIMES

A NEW CHALLENGE FOR THE FEMINIST
GOVERNMENT IN FAGUAS

In the last hundred years, Faguas has seldom been on the American radar screen. That changed last November when a woman's party, the now famous PIE, won a landslide victory in the presidential elections.

The PIE (Spanish for "foot") ran with a most original, feminist but all inclusive platform, which offered to "mother" the country, promising to "scrub the motherland" and leave it "shiny and spotless". Given the poor record of past administrations, "mothering" might be just what Faguas needs, except that President Viviana Sanson recently announced her decision to appoint only women to fill every position in her newly inaugurated administration. The unusual directive states that even menial government jobs are only to be given to women. Female cadres will take over and oversee the dismantling of the military establishment. Even janitors will be women. President Sanson has indicated she considers this a temporary and necessary measure to assure that a new feminine ethic of caring and solidarity will have a chance to flourish in a country where machismo has historically had the upper hand. Original and revolutionary as it might sound, we cannot but disagree with President Sanson's radical views. In a world populated by both men and women, one gender cannot assert itself by eliminating the other. We would hope that the Faguan people –and especially Faguan men– exercise their right to disagree. It would be a sad statement for Faguas' democracy to go from a past of ideological discrimination to an unprecedented form of genre discrimination. The United States whose economic support President Sanson so desperately needs, will certainly not consider this just another antic of her humorous approach to politics.

EDITORIAL DE *THE NEW YORK TIMES**

UN NUEVO RETO PARA EL GOBIERNO FEMINISTA DE FAGUAS

En los últimos cien años, Faguas ha merecido poca atención de Estados Unidos. Esa situación cambió en noviembre pasado, cuando un partido de mujeres, el ahora famoso PIE, ganó una aplastante victoria en las elecciones presidenciales de ese país.

El PIE se presentó a la contienda electoral con una plataforma muy original, feminista pero incluyente, ofreciendo maternizar el país, lavarlo y limpiarlo hasta dejarlo brillante y sin mancha. Dado el lamentable desempeño de las administraciones anteriores, la atención de una madre parecía ser exactamente lo que Faguas necesitaba, excepto que la presidenta Viviana Sansón recientemente anunció su decisión de emplear solamente mujeres en su administración. Esta inusual medida establece que todos los puestos en el Estado, desde los más importantes hasta los menos significativos, serán ocupados por mujeres. Cuadros femeninos supervisarán así mismo el desmantelamiento gradual del ejército. Hasta la vigilancia de los edificios públicos será ejercida por mujeres. La presidenta Sansón ha declarado que considera que esta es una medida temporal pero necesaria para asegurar que una nueva ética femenina de cuido y solidaridad pueda prosperar en una nación como Faguas, tradicionalmente dominado por el machismo. Por muy originales y revolucionarias que parezcan estas medidas, no podemos sino estar en desacuerdo con la radical decisión de la presidenta Sansón. En un mundo poblado por hombres y mujeres, un género no puede afirmarse a expensas del otro. Nos gustaría pensar y esperar que el pueblo de Faguas, sobre todo los hombres, manifestara su derecho a disentir. Sería un triste sino para la democracia fagüense transitar de un pasado de discriminación ideológica a uno de insólita discriminación por razones de género. Estamos seguros de que Estados Unidos, cuyo apoyo económico Faguas necesita, ciertamente no considerará esta acción simplemente como una demostración más del sentido de humor político que ha caracterizado al gobierno de la presidenta Sansón.

---

* Publicado a pocos días del decreto presidencial que declaraba que los puestos del Estado serían ocupados únicamente por mujeres.

Emir

Emir era vicioso del café. A las tres de la tarde sorbía su alto americano caliente, mientras conducía el coche siguiendo el lento movimiento del tráfico sobre Massachusetts Avenue en Washington, D.C. Llevaba puesta NPR, la estación de radio pública, la mejor del mundo según él, y fue a través de la voz de Reneé Montagne, su locutora favorita, que se enteró del atentado. Anonadado por el súbito torrente de adrenalina que a duras penas le permitió razonar, giró en la primera bocacalle accesible. Se estacionó en una calle donde el otoño apilaba las hojas doradas de magníficos robles en las cunetas, los patios y los techos de las casas típicas de los barrios tradicionales de clase media en Estados Unidos. No soltaba el volante. Lo sacudía. Embrocado, pegó su frente a la parte superior de la rueda. ¡No, no, no!, repitió. No Viviana, no puede ser, ¿quién, quién maldito pensaría hacer una cosa semejante?

Sacó el celular de su bolsa. Estaba apagado. Lo apagaba cuando trabajaba y había trabajado toda la mañana en su casa. Al encenderlo, vio la cantidad de mensajes en su buzón de correo de voz. Los escuchó. Celeste, Martina, Eva, Juana de Arco, cada una a su manera repetía la noticia, suplía detalles. La conmoción era evidente en el tono de sus voces. Viviana en coma, en el hospital, se recuperaría, el pronóstico era incierto, le habían extirpado el bazo, la operación había durado cinco horas, una trepanación del cráneo, hemorragia intracraneal. Contuvo las lágrimas. Devolvió las llamadas una a una. Juana de Arco estaba en el hospital, al lado de Viviana. Al oír a Emir se le quebró la voz. Llego en el primer vuelo, dijo él.

A una velocidad que solo el amor o el miedo imprimen a los seres humanos, dispuso lo necesario en la oficina, en su casa. Tomó un vuelo de American a Miami. Temprano al día siguiente saldría para Faguas. Era la única conexión.

Siete horas de vuelo, una noche en Miami. Me voy a enloquecer, pensó. Se sirvió un vaso entero de vino antes de salir al aeropuerto. Se lo bebió casi sin respirar.

Los atentados políticos no eran una tradición en Faguas. Las guerras y revueltas, sí. Pero obligar a los hombres a retirarse a sus casas fue una medida extrema para un país machista, lo habría sido para cualquier país.

Viviana, Viviana, impulsiva, incontrolable Viviana. El animal erótico más bello del mundo, su mujer entre todas las mujeres. Ella se había atrevido a tanto. Y él podía no estar de acuerdo, pero le reconocía la audacia, la valentía, en el mismo aliento en que criticaba sus decisiones precipitadas, lo que ella llamaba intuiciones infalibles. Había legalizado el aborto, por ejemplo. Llamó a la ley, la Ley del Aborto Inevitable.

La ley había sido aprobada tras lograr ella votos clave de la oposición, convenciéndola de que era inútil prohibir el aborto. Ocurría de todas formas y era la incapacidad de hacerlo en las condiciones adecuadas la responsable de las muertes. La Ley del Aborto Inevitable preveía no dejar piedra sobre piedra hasta garantizar que por razones económicas, de opciones de trabajo, de preocupaciones sobre el cuido futuro del hijo, ninguna mujer viese el aborto como una opción necesaria. Tanto mimo les ofreceremos, explicó Viviana, que, tal como debía siempre haber sido, la mujer sentirá el embarazo como algo que enriquecerá su vida, que le dará ventajas sociales, no como lo que la obligará a la pobreza o a la renuncia de sus opciones. Para abolir el aborto lo que falta no es prohibirlo, sino dejar de penalizar la maternidad. Pero si una mujer corre riesgos de muerte por un embarazo, o es una niña violada, lo siento, pero es ella la que decide por su vida y la del feto. Nadie más. La decisión es siempre e irrevocablemente de la mujer porque su cuerpo es suyo.

Por fortuna, los cambios en la Iglesia católica, con el fin del celibato, permitían a la jerarquía tener una visión real y no burocrática de las necesidades y retos de la vida cotidiana entre hombres y mujeres. Aunque aún se resistían a ordenar mujeres, las mujeres estaban dentro de la iglesia porque compartían el quehacer de sus maridos. Así que condenaron la decisión, pero en privado aceptaron observar el plan piloto que ella planteó.

El número de abortos se redujo en Faguas dramáticamente y el modelo estaba siendo estudiado como una posible ruta de solución para un problema que por siglos había dividido las opiniones, las iglesias y sobre todo, a las mismas mujeres.

¿Pero quién podría asegurar lo que pasaba entre los fanáticos, fundamentalistas, las personas que en nombre de salvar vidas embrionarias no vacilaban en segar vidas plenas, dejar hijos en la orfandad, familias destruidas?

Emir no quería especular sobre el o los culpables. En el avión, sentado al lado de la ventanilla, hizo el singular esfuerzo de revivir su vida con Viviana. Pensó que cerraría el *think tank* que lo obligaba a viajar a menudo a Washington.

Lo seguía operando, cada vez con menos entusiasmo, convencido de que la panza de la bestia era una trinchera urgente para las luchas Norte-Sur y sobre todo para América Latina. La ignorancia y prejuicios mutuos eran escandalosos y ya que era imposible seguir la poética receta de Nicolás Guillén de trasladar los países más vulnerables a punta de remo, lejos del vecino fortachón, pensó que la alternativa era intentar barrer las telarañas que les impedían entenderse. De no aprender a convivir como buenos vecinos, temía que Latinoamérica terminara en la órbita de los chinos o convertida en colonia musulmana. A él la idea le aterraba porque le gustaba ser libre, pensar, publicar, tener los hijos que le diera la gana, y odiaba la idea de las mujeres envueltas en trapos u obligadas a pasar por invisibles. Estaba convencido que un imperio en decadencia era mejor que uno emergente y que la religiosidad latinoamericana con sus innumerables sectas gritonas y procuradoras de sospechosos milagros, amén de su fascinación por los caudillos, en un tris podía sucumbir al embrujo de las mezquitas, los minaretes o de algún avezado aprendiz de Ayatola que decidiera que marear a los pueblos con el opio de la religión sería la mejor manera de llegar al socialismo. Él prefería categóricamente el modo occidental, pero era suscriptor, promotor y fiel creyente de la teoría del decrecimiento, de la tesis matriarcal del regalo, y su experiencia con el PIE había terminado de convencerlo de que la piedra filosofal de la sociología y economía que salvaría al mundo de sí mismo provendría del campo de las mujeres.

Viviana tenía que seguir viva. Él se la arrancaría a la muerte, aunque tuviera que bajar al mismo infierno para recuperarla.

El mantón

Viviana se preguntó si el recorrido que hacía por sus recuerdos no sería un ritual que debía cumplir antes de reencarnarse en otro cuerpo (porque la verdad es que no sabía si estaba muerta o viva). El sobresalto de que se tratara de una limpia de su *karma* la hizo perder el rumbo. Se encontró frente a la repisa de la derecha sin saber cómo había llegado hasta allí. ¿Sería que acertaba pensando en la reencarnación? Recordó vagamente los libros sobre creencias tibetanas que leía durante su adolescencia. Uno nunca sabía en qué iba a reencarnar según afirmaban estos. ¿Qué tal si reencarnaba en algún animal? No, rogó. Por favor, no. Los amo pero quiero hablar.

Concentró su atención en los objetos. No podía creer cuántas cosas había perdido. Algunas no las reconocía del todo. Llaves viejas, por ejemplo. Las pasaba por alto. Sin embargo, fue al lado de un manojo de llaves donde vio el hermoso mantón de la India, bordado, naranja, amarillo y marrón que Emir le envió como regalo pocos días antes de la toma de posesión. No le perdonaba aún que no hubiese estado con ella, pero él insistió que no podía fallar a un compromiso que tenía en Nueva Delhi.

—No te gusta la idea de ser príncipe consorte. Eso es. Dejarías de ser hombre.

—No. Nada de eso. Me encanta la idea. Pero me comprometí hace un año a esta reunión, soy el coordinador, fue mi engendro. No puedo fallar. Además, ese día es tuyo. Te lo debés a vos misma.

Viviana tomó el mantón y se lo llevó a la cara para sentir la seda en las mejillas. El olor le trajo frescas las memorias. Cerró los ojos disfrutando de la sensación, el disparatado privilegio de vivirlo otra vez. Llevó el mantón esa noche a la recepción para cubrirse los hombros desnudos. Cedió a su lado sentimental pensando que dondequiera que Emir estuviera vería las fotografías en los periódicos, las noticias de la tele. A pesar de que estaba molesta con él, pudo más el deseo de tenerlo consigo como amuleto de buena suerte.

Al contacto con el mantón, recuperó el instante. Se vio esa noche regresando a su casa. Entró de puntillas y apagó las luces. Manía de Celeste de dejarlas encendidas. Cerró la puerta de su habitación. Se alegró de estar sola. Solo podía comparar lo que sentía con lo que habría sentido Jesús al caminar sobre las aguas. Claro que él no sufriría del dolor de pies que la aquejaba a ella tras las muchas horas sobre los tacones altos, pero no dudaba que caminar sobre las aguas debió dejarlo tan azorado a él como a ella la noción de que era ya sin ninguna duda la Presidenta del país. Rememoró el resplandor del día, el cielo sin una sola nube, la multitud cual un mosaico fluido de colores intensos ondulando bajo el sol, el rumor de miles reaccionando a sus palabras, el rugido de asentimiento, las risas, su hija apretándose contra ella cuando bajó de la tarima; y en la noche la visión del consejo del PIE recibiendo a los invitados, todas vestidas con iguales trajes de satín ajustados terminando en el escote recto y los hombros desnudos. Solo los colores las diferenciaban. ¡Sí que se divirtió mirando la reacción de los embajadores, políticos y otros personajes ante sus similares atuendos! Ya ni recordaba a quién de ellas se le ocurrió la idea, pero todas coincidieron en que se trataba de una ocurrencia, no solo divertida, sino simbólicamente trascendente. El mundo —o la munda, como decía Martina– tendría que encontrar algo más que trajes para hacer comparaciones entre ellas.

La recepción tuvo lugar en el extravagante Palacio Presidencial de Faguas, construido en el siglo XX por el presidente Eulogio Santillana. Los delirios de grandeza de este en inversa proporción con su mínima estatura y su físico contrecho, hicieron que mandara a edificar un palacio presidencial monumental. La Presidencial, como le decía el pueblo, alojaba réplicas de los salones que más impresionaron al presidente electo cuando viajó a Europa antes de tomar posesión del cargo.

El despacho presidencial, el más conspicuo, era una copia fiel de la Oficina Oval de la Casa Blanca en Washington.

A pesar de contener estas excentricidades: el comedor imitando el Eliseo de París, la sala de recibo a la usanza de 10 Downing Street, la biblioteca igual a la de la Moncloa y el salón de Embajadores, réplica del Quirinal en Italia, la Presidencial contaba con cuanta oficina e instalación se requería para regir los destinos del país. Climatizado, con vidrios blindados ahumados, conexiones de banda ancha y satelital, salón de conferencias, de prensa y casetas de traducción, aquel elefante encarnado había pasado un buen número de años ocupado solamente por un personal de seguridad y unos cuantos pájaros que, sigilosamente, encontraron el camino a su interior e instalaron sus nidos sobre las cortineras de los salones. Sucedió que, después de la administración Santillana, llegó al poder un singular matrimonio que gobernó a dúo, no solo a pesar de que a ella nadie la eligió, sino contraviniendo el mandato constitucional que inhibía a las esposas de ocupar puestos públicos. La primera decisión que tomó la cara mitad del Presidente fue la de negarse a ocupar el magno edificio destinado al ejecutivo de la nación. Aconsejada por ocultistas y magos en los que confiaba, llegó a la conclusión de que las auras del lugar estaban contaminadas y que a eso se debía que dos de los hijos de Santillana hubiesen fallecido trágicamente durante su mandato. No tomó en cuenta ni el hecho de que las muertes ocurrieran muy lejos del edificio ni la grita de la oposición y los medios diciendo que no solo era un despilfarro, sino un crimen de lesa patria obligar a un país pobre como Faguas al gasto de mover la sede presidencial. El Presidente no prestó oídos a la controversia, se plegó a los criterios de la esposa y por los años que duró su mandato despachó desde la mesa de comer de su propia casa e instaló a su equipo de trabajo en los predios de su jardín, bajo toldos de lona. Atribuyó a su pasado guerrillero el sentirse más cómodo en aquel campamento, pero lo cierto es que al término de su período, la suma de su casa, su despacho y cuanto anexo mandó construir ocupaba un barrio entero de la ciudad convertido en fortín, con cancelas y hasta un foso estilo medieval.

Viviana Sansón no quiso seguir el caro y excéntrico ejemplo de la pareja. No bien fue electa presidenta, recuperó de los pájaros los salones de la Presidencial, los mandó remodelar con sencillez y rehabilitó los dos pisos de oficinas. Declaró que se encontraba a sus anchas en el óvalo de su despacho. No sé si Faguas llegará a ser un imperio, pero al menos cuenta con la oficina para serlo, bromeó con los periodistas.

Frente al espejo de su habitación, Viviana miró su reflejo antes de desvestirse y sonrió. Sería larga la tarea de trastocar los modos de hacer las cosas, pero la campaña había demostrado que la gente reaccionaba bien a lo inesperado. Ella no se equivocó al pensar que descifrarían con acierto lo que con humor ellas proponían, ni al suponer que el lenguaje de la maternidad tenía raíces inimaginables. Su instinto fue el de abrazar a la gente. Les habló como hijos pródigos que volvieran a su regazo y no tuvo recato para unirse a las catarsis de llantos en reuniones en que hombres y mujeres sollozaban preguntándose de dónde habían sacado fuerzas para aguantar los años de tristezas, de guerras, catástrofes y malos gobiernos. Terminaban abrazados, contándose sus cuitas. La oposición acusó al PIE de hacer aquelarres, afirmando que en esos encuentros de lo que menos se hablaba era de política. "Siempre ha sido igual –salió diciendo Viviana, en el programa de cocina más popular de la misma estación de televisión donde ella iniciara su estrellato–: cuando no entienden lo que hacemos, nos acusan de brujas o de putas. La verdad es mucho más sencilla... A nosotras nos interesan las personas. Hace tiempo que lo personal es político en este mundo... y si la gente quiere llorar conmigo, yo no solo le pondré el hombro, sino que lloraré con ella... Es bueno llorar, en este país hace rato que tenemos pendiente una buena llorada". ¡Ah! Qué buen discurso había improvisado frente a las cámaras mientras preparaba la receta de chile con carne en la sección del programa donde personajes de la vida nacional compartían sus platos favoritos con la teleaudiencia.

Cruzó la habitación con los zapatos en la mano para dejarlos en la zapatera. Después sacó las cosas de su bolso de mano. Se miró en el espejo. Fue entonces, porque sintió un poco de frío, cuando se percató de que le faltaba el mantón. Se lo había quitado para no diferenciarse de las demás. ¿Dónde lo puse? No lo recordó. Al día siguiente pidió que lo buscaran, pero no se encontró por ninguna parte. No era de extrañar. La población había recibido tiquetes para asistir por turnos a la celebración. Fue un evento multitudinario y no faltó quién se llevara un suvenir de la Presidencial; el mantón de Viviana corrió la misma suerte que los floreros, platos y vasos que esa noche desaparecieron.

REFORMAS EDUCATIVAS

Esta reforma educativa está basada en los estudios que indican que niños y niñas desarrollan sus habilidades, inclinaciones y curiosidad de manera más sana y productiva si, durante los primeros años de sus vidas, reciben una instrucción abierta que les permite autoeducarse de acuerdo a sus predilecciones. Sobre la base de un espíritu abierto, niños y niñas aprenden lo que les parece útil para su felicidad y sus talentos innatos. Sobre esa base, la escuela secundaria, a partir de los doce años, redondea la parte formal de su educación, sin las resistencias y frustraciones comunes cuando se impone la rigidez de un pensum académico a temprana edad.

1. De los cinco a los doce años los niños y niñas atenderán las Escuelas Libres que se establecerán en los barrios de acuerdo al número de habitantes. En estas escuelas, una vez cumplida la primera etapa de aprendizaje en lectura y escritura, se les facilitará a los alumnos un "menú de aprendizaje" en las áreas de literatura, ciencias, matemáticas y oficios varios. El niño o niña tendrá libertad de escoger durante el día el tema al cual dedicar su tiempo en un sistema de aula abierta donde habrán uno o dos maestros supervisores para guiar y ayudar a los niños, niñas o grupos de estas a llevar a cabo la actividad que deseen realizar: leer, usar las computadoras para acceder a los programas educativos de su preferencia, trabajar en manualidades o mirar programas educativos. Los menores atenderán la escuela de ocho a cinco de la tarde, pero podrán, si la madre, padre o persona encargada lo solicitara, retornar a sus hogares a las doce del día.

2. Al cumplir los doce años, los menores pasarán a las Escuelas de Educación Formal para completar su educación a través de un currículo regular consistente en: conocimiento del idioma, literatura, historia, ciencias, matemáticas, geografía, educación cívica y maternidad. Estas clases serán impartidas en aulas cerradas de acuerdo con el sistema educativo tradicional y dentro del programa establecido por el Ministerio de Educación.

La libreta de notas

Bajo el mantón Viviana encontró una vieja libreta de notas. Leyó las primeras frases, escritas de su puño y letra, y sintió una gran alegría. Eran notas de la reunión del Consejo Ampliado del PIE realizada en aquel momento crucial de su mandato cuando ordenó el éxodo de los hombres del Estado.

En el Palacio Presidencial, en la ciudad, el ambiente amaneció cargado. Como si registrara el ánimo de los habitantes, el cielo también se levantó encapotado, con amenaza de lluvia.

Eva mandó un refuerzo de policías a custodiar las oficinas de la Presidencial. Viviana arengó a las oficiales y a las muchachas en el patio. Sería un día difícil, les dijo, pero confiaba en ellas. Esperaba que supieran usar el juicio más que los pantalones del uniforme. No quería ni creía que sería necesario recurrir a las *tasers* unos dispositivos que producían un choque eléctrico.

—Sonrían y ayúdenles a sacar sus cosas de las oficinas —dijo.

Ella y casi todo el personal de su despacho sufrían los efectos del desvelo y de las discusiones con sus parejas la noche anterior.

La central telefónica y el sitio web de la Presidencial estaban abotagados de llamadas y correos, tanto de hombres indignados como de mujeres rogando que por favor no les mandaran los hombres a las casas. ¿Qué vamos a hacer con ellos? —preguntaban—; se nos va a terminar la paz.

Emir, que desde días antes andaba cabizbajo ante la insistencia de Viviana de declarar la ginocracia para salvar su presidencia del mal de la mediocridad y la intrascendencia, perdió su natural placidez y la noche anterior, con gestos dramáticos, hizo sus maletas para regresarse a Washington y alejarse de aquella quijotada que, como otras, dijo, terminaba con él dándose con la piedra en los dientes.

—Por lo menos esta vez fue una piedra de cuyas carnes no me puedo quejar —dijo.

Viviana no se lo pudo tomar con humor. Tensa e irritable porque, para colmo, estaba por bajarle la regla, le reclamó que él no confiara en su instinto político.

—Estoy segura de que va a funcionar, Emir. Es una señal inequívoca de un cambio irrefutable; será una lección de esas que solo enseña la práctica. El poder tiene signo masculino y los hombres necesitan vivir en carne propia lo que significa ser marginales, que el otro sexo decida por ellos. Además de que es la única manera de que experimenten la vida doméstica como una realidad.

—No querría decir esto, pero me parece que se te subió el poder a la cabeza. Lo peor que te puede pasar es creer que imponer es poder.

—Pues lo ha sido. El poder ES imposición. La infancia es una buena escuela. Y mirá que, a pesar de todo, nos hizo ser quienes somos.

—Perdoná, pero yo pensaba que el punto de este ejercicio era cambiar la naturaleza del poder.

—Exactamente. Ahora habrá un poder femenino.

—Eso no representa ningún cambio. Es una sustitución; una autoridad por otra.

—No jugués con mi cabeza, Emir. Nunca propusimos la anarquía, ni el fin del Estado. La idea es cambiar la naturaleza de la autoridad. Y lo vamos a hacer, pero no podemos realizarlo si constantemente estamos siendo forzadas a continuar actuando dentro de los mismos esquemas.

—Que algunos hombres cuestionen la sabiduría de tus decisiones no significa que te obliguen a actuar dentro del mismo esquema. Vos tenés una idea fija y no estás dispuesta a transigir.

—Ok, si querés que te diga la verdad, estoy actuando por instinto. Mi instinto me dice, mirando las caras de las otras mujeres cuando hablan los hombres, que esa construcción que nosotras llevamos interiorizada por dentro no va a ceder sino con dinamita. Un hombre que exista en la oficina, cambia toda la dinámica de la oficina. Vos no lo podés entender porque nunca lo has vivido. Y yo quizás no lo logre explicar, pero el cuerpo me lo dice. Y te lo admito: estoy actuando como mujer, oyendo una voz que no me viene de la razón, sino de una percepción del todo, de lo que no sé quién llamó *inteligencia emocional.*

—Te contesto con la mejor cita de Henry Kissinger: "No puede haber batalla entre los sexos porque hay demasiada confraternización con el enemigo". Vos lo que querés es eliminar esa convivencia, ¿correcto? ¿Qué ganarán con eso, aun en el supuesto de que tengás la razón? No pueden tener a los hombres al margen para siempre. Es absurdo.

—¿Sabés qué vamos a ganar? Confianza en nosotras mismas. Eso es lo que vamos a ganar. Esa es la batalla más ardua para nosotras las mujeres. Desde niñas nos entrenan para que dudemos de nuestro criterio por emocional, sensible, subjetivo, falto de racionalidad. Yo quiero que las mujeres se den cuenta de que son sabias, que pueden ser tan sabias en gobernar un país como lo son en gobernar su casa. ¿Está claro? Y se acabó. Estoy cansada. No quiero discutir más.

Se tapó los oídos y se metió al baño dando un portazo. Pasaron la noche inquietos, sin dormir y sin hablarse.

Esa mañana Viviana se vistió de prisa, con ganas de llorar. Dejó a Emir dormido. Martina entró a los pocos minutos de que arribó a su despacho.

—Un café, Juanita —dijo, cuando pasó por el escritorio de esta, jalándole cariñosamente la oreja.

—Como Ministra de las Libertades Irrestrictas, señora Presidenta —dijo mientras caminaba a sentarse frente al escritorio de Viviana—, debo informarle que tengo solicitudes de manifestaciones y para la formación, vamos a ver —dijo, sacando papeles de su bolso—, de las siguientes organizaciones civiles: Asociación de Hombres Libres y de Machos Erectos Irredentos.

—Dejá de bromear, Martina. No es hora de eso.

—No es broma —subió ella el volumen—. Es cierto. Además, ya las autoricé.

Juana de Arco entró con el café y lo puso frente a Martina.

—Gracias —le dijo esta.

—Martina —dijo Viviana, cuando Juana de Arco cerró la puerta—. ¿Cómo ves a la Juanita? Me preocupa que sea tan adulta. No sale, no se divierte.

—Ella tiene su mundo, Viviana, vive en su cabeza; escribe, lee. Está muy bien, a mi manera de ver. ¿Qué le va a interesar el sexo a ella o los hombres? Conmigo pasa tranquila. Es la hija que nunca tuve.

—¿Qué crees que va a pasar hoy?

—Vos calma, mamita. No va a pasar nada. Los hombres no tienen ánimo para pleitos ahorita. Y se van con plata. Además, seguro creen que en menos de seis meses vamos a estarles llorando para que regresen. Tranquila, ¿me oíste? No te arrepintás de lo que has querido hacer tanto tiempo. Si tu olfato te dice que es lo que hay que hacer, pues manos a la obra, la niña. Mejor equivocarse que preguntarse para siempre lo que habría pasado de haberse uno atrevido.

—Tenés razón —dijo y añadió—: creo que Emir se va a ir.

—Me extrañaría de él. No es el tipo. ¿Qué más quiere que ser testigo de un hecho histórico como este? Pero si se fuera, vos como que no pasó nada. Te quiere y no se irá por mucho tiempo.

—Me he acostumbrado a estar acompañada. He vuelto a tenerle miedo a la soledad.

—Cabrona la soledad. Pero mirá cuántos crímenes se cometen en su nombre, cuánta gente no escoge una vida miserable solo por no enfrentar la soledad.

—¿Y vos, Martina?, ¿no te hace falta tener novia?

—Es raro para mí decir esto porque siempre he tenido novias, pero desde que regresé, este trajín me tiene intoxicada; es como una droga. No me hace falta nada. Con el cariño de la Juanita y el de todas ustedes me basta y sobra. Me debe haber afectado el humo del volcán —sonrió—; quizás en unos meses salgo desaforada, gritando desnuda por las calles, pero por el momento tengo toda la excitación y felicidad que necesito.

Martina salió y Juana de Arco entró de nuevo al despacho. Viviana la miró. Vio sus ojos agudos, inteligentes. No cesaba de maravillarle la metamorfosis de Patricia en esta mujer joven y aguerrida.

—Jefa —le dijo—, usted me perdona si le hago preguntas incómodas, pero ¿quién va sustituir a los hombres y hacer el trabajo de ellos?

—A eso vamos, no te me aflijás. Para hoy a las seis convocá a una reunión aquí al Consejo del PIE y a la lista de mujeres dirigentes del Consejo Asesor. Además, para mañana a las 8 AM, decile a Ifigenia que pida tiempo para una cadena nacional de radio y televisión. Voy a darle un mensaje a la nación.

—Ahora mismo. Por cierto: están lloviendo solicitudes de entrevistas de medios locales e internacionales.

—Que Ifigenia proponga si hacemos una conferencia de prensa o damos entrevistas individuales.

A las seis de la tarde, Viviana vio caer el sol de aquel día desde su escritorio. Amaba los crepúsculos de Faguas. Eran espectaculares, sobre todo en invierno.

Las enormes nubes flotaban ingrávidas y juguetonas sobre la laguna.

Le dolía el cuerpo por la tensión y el cansancio, pero no se reportaban disturbios y eso era una buena noticia.

Eva fue la primera en llegar. Vestida de militar, impecable. Se dejó caer en el sofá.

—Me quedé sin tropas —dijo—. Hubo un conato de rebelión en un cuartel, pero las generalas se portaron a la altura. Menos mal que aún quedan mujeres en el escalafón. Muchas por cierto, pero todas en tareas administrativas. Nunca voy a entender a los hombres. ¡Cómo les dolió dejar las armas de reglamento! Más de uno salió lloroso de allí. Las armas quedaron en los patios; una montaña de hierro mortífero. Me dieron ganas de pegarles fuego. Cuando uno piensa la cantidad de plata que hay en todo eso… Y ni qué decirte de las miradas de odio que me cayeron hoy encima. Me voy a tener que bañar con canela, como decía mi mamá, para quitarme tanto mal de ojo. A los policías sí que me dio pena verlos marcharse. ¿Estás clara de que se nos viene una ola de robos y delincuencia, verdad?

—Sí, clarísima. Pero no durará mucho.

—Menos mal que tenemos algo adelantado ya en los cursos de entrenamiento de las policías —dijo, sacando una lima del bolso para arreglarse una uña quebrada—. Espero que no nos hayamos equivocado haciendo esto.

Rebeca, Martina e Ifigenia llegaron juntas. Juana de Arco avisó que ya estaba preparado el salón de conferencias y que las esperaba el Consejo Asesor.

—Vino Sofía Montenegro —dijo con cara de niña en Navidad—, y vinieron doña Yvonne, doña Olguita, doña Alba, la Poeta, doña Malena, doña Milú, doña Ana, doña Vilma, doña Lourdes y doña Rita.

Las fundadoras originales del PIE ya eran ancianas. Muchas de ellas eran instituciones en Faguas, pues habían sido aguerridas luchadoras por los derechos de la mujer. La Montenegro era la teórica que todas ellas habían leído hasta el cansancio en los días en que montaban el PIE. Su elocuencia era una leyenda urbana.

No bien entraron, la Montenegro, apoyada en un bastón pero todavía fuerte y con los ojos brillantes, abrazó a cada una.

—Ustedes han cumplido todos mis sueños —sonrió—. Ahora, por lo menos, sé que no me voy a estar revolcando en la tumba.

La reunión duró hasta el amanecer y fue encuentro y choque de generaciones. Las mayores reclamaron a las más jóvenes que no reivindicaran el feminismo al autodefinirse como hembristas. Afortunadamente, la agenda no admitía discusiones teóricas de esa naturaleza, según dejó sentado Viviana, haciendo acopio de su autoridad. Pero fue inevitable que discutieran sobre lo divino y lo profano del momento histórico que vivían. La discusión más compleja se centró en cómo llevar a cabo aquella promesa central de campaña de transformar el mundo del trabajo para que incluyera el entorno familiar. A Viviana le parecía que podía oírlas pensar porque a ella le pasaba lo mismo: a la hora de la verdad era tan difícil salirse de la costumbre, de lo que todas sus vidas habían visto hacer a gobiernos y ministros. Ella de pronto levantaba la mano, hacía en el aire un gesto que quería decir borremos todo, borremos todo, no es por allí. Volvían a empezar. Juana de Arco tecleaba furiosamente en la esquina y de vez en cuando iba y volvía con café y galletas. La Montenegro dijo que era necesario pensar en lo que entendían por familia y que ella proponía que se pensara en las mujeres por categoría: casadas con hijos, madres lesbianas, madres solteras, mujeres sin hijos. Si estaban hablando de guarderías, ¿qué importaba la orientación sexual?, preguntó Ifigenia; cualquier hombre o mujer con hijos debía tener acceso a la guardería. El problema no era solo las guarderías; era el tiempo con los hijos, dijo Rebeca, que tenía dos gemelos varones de cinco años. Y los mandados, dijo Ifigenia (con un niño de cinco y una niña de siete). Su sueño era que donde uno parqueaba el carro para ir de compras, hubiesen también parqueos para los niños, para dejarlos cuidados mientras uno iba a hacer sus cosas. Para eso estaba el padre, dijo Viviana. Es que seguimos pensando como que lo padres no fueran a involucrarse.

—Propongo que hagamos un censo-encuesta entre las esposas de los despedidos para determinar qué mujeres tienen vocación maternal de esa que dura todo el día, y cuales una carrera universitaria que no ejercen por falta de alguien que cuide la casa y atienda a sus hijos. If y yo resolvimos la contradicción maternidad-trabajo con dos amigas que tienen un superávit de vocación maternal. Arreglamos un espacio en la casa de una de ellas y allí dejamos a los niños. Pagamos el cuido entre todas —dijo Rebeca.

—¿Y los hombres qué? —dijo doña Milú.

—Siguiendo ese esquema o uno parecido, les suministraremos los materiales para construir o habilitar el espacio para el cuido de los niños en las casas de las "madres voluntarias" (sean estos hombres o mujeres). Yo le diría maternidad a lo que sea cuido de los hijos, pero ampliaría el concepto para que cubra a hombres y mujeres —dijo Rebeca—. Hay que separar la función del cuido de los hijos del género femenino.

—Y hay que pagar esa "maternidad vocacional" —dijo doña Olguita.

—¿Y los privados? —intervino doña Malena, que dormitaba y despertaba a ratos.

—Les daremos tres meses para que habiliten guarderías en las empresas. Nosotros les ofrecemos materiales a bajo costo y planos, y los eximimos de impuestos por ese gasto y por el mantenimiento del lugar y el pago del personal. Después de tres meses, si no cumplen, tendrán que pagar altas multas. Y les damos otro estímulo fiscal en proporción al número de mujeres que empleen. Con la empresa privada es la plata la que platica... Mirá que en Estados Unidos los potentados son mecenas de las artes porque no pagan impuestos por sus donaciones —dijo Viviana.

Había tres cosas, dijo Ifi, que a ella le parecían esenciales para que las mujeres realmente pudiesen transitar hacia el mundo del trabajo: las guarderías, los salones de lactancia en los trabajos y los cubículos maternales. ¿Qué es eso?, preguntó Rebeca; Una idea de ella; dijo Ifi, como la de los parqueos, se trataba de crear una serie de cubículos separados del resto de la oficina, donde quienes desearan tener a los hijos cerca por ratos pudieran hacerlo sin molestar a los demás. Eso podrán hacerlo solo unas cuantas empresas en Faguas, dijo Viviana. Pero es una buena idea. El asunto era cómo montar todo aquello en un país pobre, dijo

Rebeca, porque no era solo cosa de construir las guarderías, sino del personal que las atendería. Si te ponés a pensar no es una inversión desmesurada, dijo Viviana, y es una fuente de empleo enorme porque en tres meses nosotras podemos entrenar una gran cantidad de hombres y mujeres para que atiendan las guarderías, y entrenamos también otro contingente de supervisoras y supervisores.

—Tenemos que llevar el proyecto a la Asamblea —dijo Ifi.

—¡Ah, la dictadura! —dijo Viviana.

No sabían cuánto le tentaba pasar por encima de todas esas limitaciones legales y simplemente ordenar como emperadora romana.

—Nunca pensé que entendería a los dictadores —rio.

—Menos mal que nos tenés a nosotras —dijo Rebeca—, ya podés irte olvidando de ser dictadora.

Las ancianas asesoras parecieron revivir cuando se habló de dictadura. Ni se les ocurra. Ellas tenían experiencia y era lo peor que podían hacer. Con lo que habían pensado iban muy bien.

Cómo llamar a las mujeres a integrarse al trabajo fue otro de los temas de discusión.

—Anuncios —dijo la Pravisani, que permanecía callada observándolas—. Muy grandes y que digan algo como: SE BUSCAN MUJERES DISPUESTAS A TRABAJAR, CON O SIN EXPERIENCIA, CON O SIN "BUENA PRESENTACIÓN", CON O SIN HIJAS, CASADAS O SOLTERAS, HETEROS O GAYS, EMBARAZADAS O NO, CON Y SIN EDUCACIÓN SUPERIOR, MENORES O MAYORES, TODAS SON BIENVENIDAS. HAY LUGAR PARA TODAS. SE OFRECE CUIDO PARA LOS HIJOS EN LAS HORAS DE TRABAJO.

Se rieron. Lloverían candidatas.

Las medidas se aprobaron por unanimidad en el Consejo. En las semanas que siguieron, los votantes calificados aprobaron mayoritariamente la reforma presupuestaria que reducía los gastos de defensa y los destinaba a las guarderías. En la Asamblea, aunque no hubo unanimidad, la mayoría del PIE se impuso. A las de la oposición que argumentaban que nadie mejor que las madres para educar a los hijos, la propuesta de los cubículos maternales y los salones de lactancia les gustó. De no ser porque la medida de expulsar a los hombres las tenía en pie de lucha, Viviana sospechaba que el voto a favor habría sido unánime.

Los anuncios se colocaron en los medios. Mujeres de todos los estratos sociales acudieron al llamado. A veces tímidas, titubeantes, otras altisonantes, descreídas, pero todas curiosas, de buen ánimo, llenaron los pasillos del primer piso de la Presidencial, indagaron de qué se trataba un anuncio que no las excluía por las razones acostumbradas. Las que apenas sabían leer y escribir o no sabían del todo, eran conscientes de sus carencias, pero las manejaban con dignidad mostrando interés en aprender puesto que ahora había al fin un gobierno que se preocupaba por ellas. Encargada de la logística de la misión, Rebeca llegó una y otra vez al despacho de Viviana, con ojos que delataban su emoción, a relatarle la conmoción del desfile interminable. La Presidenta vio por su ventana la línea ordenada de mujeres que se extendía sobre la calle y se perdía en los confines del parque. Lagrimeando también abrazó a Rebeca y luego ambas, como niñas, saltaron de alegría.

Según el nivel de escolaridad, se clasificaron las solicitudes, se entrenaron grupos para llevar a cabo el censo por barrio, se reclutaron profesionales para puestos vacantes y mujeres para la policía, se elaboró un listado extenso de las que preferían trabajar como madres voluntarias. Las dependencias del Estado se llenaron de ropas de colores, los escritorios de adornos y plantas. El descarrilado buque de la nación se bamboleó conducido por manos inexpertas, pero las nuevas funcionarias se tomaron a pecho el desafío y golpe a golpe, poniendo un pie delante del otro, dedicaron al trabajo lo mejor de sí mismas.

Hubo protestas de mujeres. Consideraban que se violaba una disposición divina al someter a los hombres a los oficios domésticos.

SE NOS VAN A VOLVER MARICAS, rezaban sus letreros.

–¿Qué más quieren? –gritaba Martina, furiosa–. Hombres con alma femenina.

Cigarras de palma

A veces, como en un acto de magia, los objetos se acercaban a Viviana. Flotaban ingrávidos en un aire leve. Entonces se le ocurría que aquel lugar de los Recuerdos Siempre Presentes era una cueva de Alí Baba, un sitio salido de las *Mil y una noches*, un bazar de maravillas.

Sonrió al retornar a su sitio la libreta de notas. De pronto se vio rodeada de pequeñas criaturas: cigarras, mariposas, grillos, hechos de palma.

Los niños de Faguas, los niños mendigos, hacían estas figuritas de palma para intercambiar por limosnas. Tejían flores, cruces. Sus preferidas eran las cigarras, imitaciones verdes de los insectos cantores que a ella le hacían recordar viajes a las regiones frescas del país, avenidas de árboles verdes, tupidos, que, en la tarde, como si las hojas tomaran vida y hablaran, se llenaban de cigarras-sopranos y sonaba una música insistente casi metálica, de altísimo registro, en medio de las umbrosas líneas de mangos o mameyes.

Viviana no se sorprendió al encontrar tantas figuritas de palma sobre las repisas. Las dejaba por dondequiera porque eran muchos los niños que las ponían en sus manos. Ellos las hacían para un instante, para proteger su dignidad cuando pedían limosna. A ella, desde la primera vez que una mano infantil le brindó un animalito de esos, el gesto le prendió una llama de calor en el pecho. Así fue que cuando empezaron el programa de las guarderías y hubo que pensar en un símbolo para los rótulos y la papelería, le sugirió a la Ifi que usaran un dibujo inspirado en las figuritas aquellas.

La primera vez que un niño le dio una cigarra de palma ella no era Presidenta. Paseaba por las afueras de la Presidencial con una prima que vivía en Los Ángeles y había llegado de visita. Qué cosas, pensó. ¿Quién le iba a decir entonces que algún día ella cruzaría todas las mañanas el enrejado del parqueo de la Presidencial en el coche manejado por Alicia, su chofer? No dejaba de causarle extrañeza. Mientras caminaba hacia su despacho, los respetuosos saludos del personal la hacían pensar que quien pasaba era el Papa y no ella.

Juana de Arco estaba frente a la pequeña mesa rodante que llevaba y traía para las reuniones. Tenía un escritorio a la entrada de su oficina pero decía que prefería la movilidad. Cuando ella no estaba en el despacho, Juana de Arco se instalaba al lado de una ventana a mirar la laguna verde intenso, el volcán Mitre a los lejos y las bandadas de pájaros planeando perezosos en el aire cálido. No sabe los escalofríos que me produce ver el paisaje, le decía. Me recuerda Nueva Zelandia. Fue allí que descubrí cuán sensible soy al verdor, a las nubes, cosas en las que nunca me había fijado.

Martina contaba que Juana de Arco viajó diario en el año que estuvo con ella en Nueva Zelandia a las clases donde aprendió administración, inglés y computación. Se bebía el conocimiento como esponja, los libros. Y también vio a una sicóloga con la que empezó el exorcismo de su pasado. ¿Qué te decía la terapista?, le preguntó un día Viviana. Me decía que uno escoge cómo se cuenta a sí mismo la propia historia, que yo podía escoger contármela en positivo o negativo, que hasta mi experiencia de puta podía convertirse en un recurso que me dotaba a mí de una sensibilidad especial para ver y comprender a las mujeres; algo que de cierta manera me preparó para esta etapa.

Me ayudó mucho dejar de sentirme víctima, dejar de pensar que eso justificaba que me portara como antisocial el resto de mi vida. Fue casi mágico lo que pasó cuando empecé a contarme mi historia de otro modo. Ahora entiendo que hasta las cosas más terribles pueden convertirse en peldaños para cruzar al lado más claro de una misma.

Pensando en eso, Viviana llamó a Juana de Arco por el intercomunicador:

—Buenos días, Jefa.

—Vení —le dijo—. Traigo la cabeza hecha un nudo.

Entró sonriendo. Tómese un café, le dijo y se lo puso sobre la mesa.

—Creo que tenemos que crear un ministerio para que atienda las guarderías.

—¿Otro ministerio? Ya creó dos nuevos.

—Sí, pero este es crucial. Pasame los periódicos.

Viviana leyó el titular, "Gobierno crea Ministerio de las Libertades Irrestrictas".

—Lo que más me está costando, parece mentira —le dijo—, es darle contenido de política de Estado al erotismo. Vení sentate y ayudame a pensar.

—Pues todas ustedes son eróticas. Yo no me preocuparía.

—¿Cómo creamos una idea distinta de las sexualidad de nosotras las mujeres en este país machista?

Viviana se levantó y empezó a pasearse por el despacho.

—Hay que derogar los concursos de belleza. Son una ofensa y aquí hay uno diario —anotó Juana.

—Podrían hacerse mixtos, ¿no crees? Que gane el ejemplar más bello, sea hombre o mujer.

Juana de Arco se tiró una carcajada.

—Genial —dijo—. Me encanta esa idea.

—¿Y si creamos cursos para que la gente aprenda a hacer el amor? La mayoría de la gente nunca aprende.

—¿Usted cree?

—Fijate que sí.

—Se podría incluir una unidad de "Erotismo" en las clases de Maternidad.

—Incluir un ciclo de películas eróticas, por ejemplo. Son raras, ¿sabés?, pero las hay.

—¿Cómo que son raras? Hay muchísimas.

—Pornográficas. El erotismo es otra cosa. Recuerdo leer un escrito que hablaba de que a las parejas en una clínica las ponían en un cuarto lindo, con sábanas suaves, luz bajita y les daban el reto de explorarse. El desafío era aguantar lo más posible sin llegar a la penetración, ¿me explico?, olerse, tocarse, descubrirse.

—Podríamos pasar películas en la televisión.

—Yo me quedo con los rótulos de: YO BENDIGO MI SEXO. Son buenísimos.

—Si se hace algo más explícito nos causará problemas. Muchas mujeres son extremadamente conservadoras —dijo Juana de Arco.

—Tenés razón. Pero es que el erotismo tiene una influencia enorme en la vida. No me resigno a no hacer nada.

—Siga vistiéndose erótica usted, jefa. Y hable de esas cosas en sus discursos. Yo, la verdad que no soy una buena consejera en la materia.

Viviana se acercó y le dio un abrazo. Soy una estúpida, pensó, cómo se me ocurrió hablar de esto con ella.

—Lo siento Juanita —dijo—. Perdoname. Te quiero mucho. No sabés cuán orgullosa me siento de vos.

—Y yo de usted, jefa —dijo Juanita, abrazándola a su vez—. No se preocupe por mí. Y tómese la vida con paciencia. No creo yo que aprender lo que es el erotismo del que habla sea factible en un período presidencial —rio—. Más con toda el agua que ha corrido bajo el puente en este país. Con que no nos maltraten a las mujeres será suficiente por el momento.

Juana de Arco salió. La dejó sola. Viviana se sentó en el sofá del despacho. ¿Cómo pude pasar por alto lo que ella vivió? Se asustó de sí misma, de la obsesión de gobernar que podía llevarla a olvidar la esencia de los demás y verlos nada más como superficies en donde rebotar sus ideas.

Leticia se queja

—¿Viste el noticiero, Emiliano? La Presidenta está viva. Tu hombre falló.

—Te va a caer mal la comida, mujer. Y te repito: no fue obra mía.

Ella no podía contenerse.

—Cuando despierte, si es que despierta del coma, va a ser la mujer más popular de este país, mierda. Se reelegirá. O reelegirán a cualquiera de *las eróticas*.

—No va a despertar.

—¿Ah, no? ¿Ahora te volviste del club de "la esperanza es lo último que se pierde"?

—El parte médico que leyeron es lo que me da esperanzas. La mujer está destruida. Si despierta, no será la misma. Dudo que pueda retomar el puesto.

Leticia miró al marido con despecho. El comedor donde hacían las comidas cuando no tenían compañía estaba en la terraza de su amplia casa. En el jardín bien cuidado, con hibiscos recortados en forma de canastas, los aspersores no cesaban de regar el pasto.

—Esos aspersores suenan como látigos —dijo Emiliano, mordiendo un trozo de pan mojado en aceite de oliva y vinagre.

–¿No tenés nada más que decir? ¿No había otro plan? ¿Qué se proponían hacer, solo liquidarla?

–Te dije que nada tuve yo que ver en el asunto. Pero para quien lo haya hecho, que siga viva complica las cosas, es obvio. Máxime que ustedes las mujeres son tan sentimentales. No las entiendo. Es como si tener a la mujer en coma fuera peor que verla muerta. Yo sí propuse que nos movamos para destituirla pero las damas piensan que actuar mientras está en el hospital nos valdrá el repudio de la gente.

–Te sorprenderá saber que, siendo ese el caso, coincido con ellas.

–Yo no. Precisamente me parece que sería el momento de actuar; de pedir que se elija a otra persona de inmediato. Esa reforma que hicieron para eliminar la vicepresidencia fue una locura. Lo dije desde el comienzo.

–Lo decís porque no resultó el plan. Muerta Viviana Sansón, se habría tenido que convocar a nuevas elecciones. Esa era la idea, ¿no?

–Te dije que nada tuve que ver. No dejés que el odio te ciegue. Tendrías que ver la montaña de flores que han puesto frente al hospital. Si no fuera este un país pobre, competiría con el mar de flores que le pusieron a la princesa Diana. Es que yo creo que vos tenés alma de hombre. ¿Será por eso porque me casé con vos? –sonrió irónico y desdeñoso.

Leticia rio. Tomó un trago de vino blanco.

–Alma de hombre… ¿te parece? No sé si tomarlo como un insulto o un cumplido.

–Viniendo de mí creo que podés estar segura de que es un cumplido.

–Cuidado. No vaya a ser que descubra que eres mariquita.

Rio Emiliano ahora. Una larga y sonora carcajada.

–No, mamacita –dijo, mirándola con lujuria–. Alma de hombre en cuerpo de mujer es la combinación perfecta. Yo no cambiaría tu cuerpo por nada del mundo… pero si me hubieses salido modosita, dulcita, todos esos "ita" de los que adolecen las mujeres, bien lejos estaría ya de aquí. Me habría casado con una de esas campesinas de las haciendas de mi familia; una mujer tosca, macha. Le tengo alergia al rosado, a lo femenino y, sobre todo, a las feministas. Esas, en el fondo, lo que quieren es ser hombres. Por eso viven frustradas.

No se dijo más. Leticia puso más vino en su vaso. Vino blanco, de buena cosecha. El vaso de cristal impecable, liviano. Vivían bien Emiliano y ella. Su hijo ya casado nunca les dio problemas, y en cuanto a la pareja, mal que bien, lejanas eran ya las guerras sin cuartel, el sitio a las íntimas ciudades y las huelgas de sexo o de hambre. Sin embargo, ella apenas podía a veces con sus resentimientos y las rabias que había tragado sin digerir para llegar a este punto. Odiaba que su memoria minuciosa no olvidara el acumulado de agravios y descalificaciones que él tan generosamente le había dispensado a lo largo de sus veintiséis años de casados. Cosas así, como decirle que tenía alma de hombre. O burlarse de su timidez, de su ineptitud social, como él la llamaba; o someterla al menosprecio que sentía por el total del género femenino. Sus esfuerzos por disimularlo más bien enfatizaban el desdén típico de quienes esconden su inseguridad adoptando poses de hombre fuerte. Pero ella no iba a caer en las trampas del feminismo, ni creerse los cuentos de *las eróticas*, esa especie de feminismo al revés que predicaban usando el lenguaje de mujeres como ella para engañarlas a todas. El hombre y la mujer eran como eran y cada quien tenía que ubicarse y no andar creyendo que se podía cambiar lo que Dios y la naturaleza había dispuesto. La mujer en su casa y con sus hijos era lo correcto. Ella no quería a Emiliano allí metido en la cocina, ni lo hubiera querido criando al hijo. Se habría vuelto loca. Ella sabía conseguir lo que quería sin tanta alharaca ni historias de cambiar el mundo. Su entrepierna podía más que cuatro discursos de esas mujeres. Estúpidas eran *las eróticas* insistiendo en revelarles el juego a los hombres. Maldita situación. Viviana en coma; todo el país detenido, sin moverse, sin reírse, como en un juego infantil, y el marido sin soltarle prenda.

Miró a Emiliano. Había encendido la televisión y empezaba a quedarse dormido. Noche tras noche, siempre así.

El pisapapeles

Pesado, cristalino y con la inscripción O2, el pisapapeles le arrancó una sonrisa a Viviana. La avidez de reencontrar sus recuerdos la llevaba de una repisa a la otra. No hay sillas en este lugar, pensó, qué pena que nunca dejé olvidada una silla; el sofá de mi cuarto me vendría tan bien. Recordó su cuarto y sintió nostalgia. Había ya dejado de preguntarse dónde estaba. Se habría conformado con saber cuánto duraría su tiempo en el galerón... si es que tiempo era la palabra correcta, si es que el galerón existía más allá de su imaginación. ¿Y el país, su Faguas, su PIE, sus amigas, su madre, Emir? Cuando pensaba en ellos la angustia casi detenía su respiración. Por instantes, se conectaba con sensaciones físicas inexplicables que le atemorizaban porque entonces sí sentía que moría. Volvía a concentrarse en el galerón, en los objetos como si hacerlo la pusiera a salvo.

A ratos las cosas olvidadas pasaban frente a sus ojos, como en esas lavanderías de chinos donde la ropa viaja por una extensa y serpenteante cinta movible que pende del cielorraso. ¿Sería así la eternidad? ¿Un viaje largo por la memoria, un quedarse sin nada más que aquellas instantáneas imágenes, las minucias del pasado revelándose infinitamente? Volvió a mirar el pisapapeles. Era el símbolo de una de sus campañas más exitosas desde que asumió la presidencia de Faguas:

la venta de oxígeno. En un mundo despalado y castigado como la Tierra, poseer los bosques y las selvas que abundaban en Faguas era un lujo inapreciable. Un día cuando se quebraban la cabeza pensando de dónde sacar los recursos para pagar por sus programas: las guarderías y escuelas de barrio, sobre todo, Rebeca le dio la idea. Le mostró en Internet la multitud de sitios donde se ofertaban "bonos de carbono".

Hogar/Categoría/Educación y comunicación/Activismo Social/Conciencia Ambiental

Originado por: <u>Anónimo</u>

Salve nuestras selvas comprando bonos de carbono

Los bonos de carbono se están convirtiendo en una alternativa cada vez más popular para que individuos y empresas participen en la solución del problema del calentamiento global. La idea básica de los bonos de carbono consiste en hacer un cálculo de las actividades que uno comúnmente realiza, tales como viajar en carro o en avión, más el consumo del hogar, o sea todo lo que consume energía y que contribuye al calentamiento global. Esta cuota que uno consume constituye lo que se conoce como "la huella de carbono" que cada quien deja en el mundo. Ese término se refiere al dióxido de carbono, el principal gas responsable del efecto invernadero. Usted puede balancear su huella de carbono comprando bonos de carbono. La compra de estos financia la reducción de la emisión de estos gases al brindar fondos para la construcción de parques eólicos y otras fuentes de energía limpia que, al existir, reducen la demanda de combustibles contaminantes. Por medio del financiamiento de estos proyectos que reducen la emisión de los gases que crean el efecto invernadero, usted equilibra y resta su impacto personal en el calentamiento global en una cantidad equivalente a su consumo. Los bonos de carbono le ayudan a usted a hacerse responsable directamente del impacto ambiental de sus actividades y consumo diario.

Compra de bonos de carbono CO_2

SOMOS UNA EMPRESA SUIZA CON REPRESENTACIONES FINANCIERAS. REQUERIMOS COMPRAR BONOS DE CARBONO CO_2. FACILITAR EN 48 HORAS. NO IMPORTAN LAS CANTIDADES.

La compra de "bonos de carbono" era uno de esos negocios inverosímiles, una especie de mecanismo de expiación para que los habitantes de los países ricos se sintieran menos culpables de la cantidad de dióxido de carbono –gas responsable por el efecto invernadero– que producía su estilo de vida. Personas o empresas ecológicamente conscientes, tras hacer un cálculo de cuánto gas carbónico producían sus actividades, compraban bonos de otra actividad que, estimaban, serviría para conservar oxígeno o producir energía sin dañar el medioambiente. Se trataba, en dos platos, de barrer con una mano lo que hacía la otra, un concepto estrambótico, pero al que *las eróticas* bien podían recurrir para obtener el capital que necesitaban para hacer las reformas que se proponían. Era sencillo, le explicó Rebeca: calculaban lo que talar y explotar el bosque significaría para Faguas en moneda dura y, por otro lado, la cantidad de oxígeno que el mismo bosque produciría si se conservaba impoluto. Usando como base estas estimaciones, se anunciaba una subasta mundial. ¿Quién daba más? ¿Quién pagaba por el oxígeno de manera que Faguas no se viera forzada a cortar sus bosques para obtener recursos de subsistencia?

La idea tuvo un éxito sin precedentes. Emir les facilitó el contacto con una avezada relacionista pública de Washington, quien orquestó una campaña global que colocó al PIE, Viviana, Rebeca y la subasta al centro de un acalorado debate internacional. La notoriedad dio a la subasta el perfil que requería para superar incluso las más optimistas expectativas. Ellas dos, atractivas, desfachatadas y audaces viajaron y se reunieron con representantes de los países del Grupo de los Siete y cuanto empresario y millonario quiso escucharlas. Como tarjeta de visita, dejaban el pisapapeles, la brillante lágrima con el O2 grabado en la superficie.

Obtuvieron dinero para sus proyectos y para iniciar la constitución de un cuerpo de policía ambiental en el que emplearon gran cantidad de hombres que bautizaron como Amabosques.

Viviana devolvió el pisapapeles a la repisa con un gesto lánguido. Le gustaba la idea de los Amabosques. Decidir la expulsión de los hombres del Estado le valió una infinidad de conflictos. El oficio de Amabosques, aunque implicó el traslado de maridos, hijos y novios fuera de la ciudad, se interpretó como una señal positiva.

Dejar trabajar solas a las mujeres en el gobierno confirmó su intuición de que dejadas a su aire, sin el ojo del macho para sopesarlas y emitir juicios a los que ellos sentían tener derecho por el solo peso de sus frágiles y delicados testículos, ellas se despojaban de su ánimo complaciente, de la leyenda de que no les gustaba mandar, del cuento de que las incomodaban los retos. Era lento el asunto. No solo les tocaba despejar el peso de la presencia real de los hombres, sino la del juez interiorizado, el hombrecito menudo, que con el índice siempre enrostrado y cara de padre, o cura, o tío o hermano estaba plantado como un busto augusto y austero en medio de los parques umbrosos de los cerebros femeninos, recordándoles o que eran hijas de Eva: pecadoras; hijas de mala madre: putas; hijas de la Barbie: idiotas; hijas de la Virgen María: niñas decentes; hijas de madres mejores que ellas que no se creían las divinas garzas: mujeres calladas y bien portadas… La ristra de modelos femeninos santificados o despreciados eran retratos planos, de una sola dimensión; o esto o lo otro; por norma general negaban la totalidad de lo que significaba ser mujer.

A las mujeres no les sacaban a la Virginia Woolf como referencia (era loca, se suicidó), ni a la Jane Fonda, ni a Berthe Morisot, Flora Tristán, Emma Goldman, Gloria Steinen, Susan Sontag, Rosario Castellanos, Sor Juana… En primer lugar porque les eran desconocidas y en segundo porque si las conocían era porque, como se decía vulgarmente, tenían *cola*. Podían ser brillantes pero lo eran por desadaptadas, porque algo no andaba bien en sus vidas; en el mejor de los casos, hacían lo que querían pero tenían un triste fin (acabó con la cabeza metida en el horno, se hizo puta, era fea como un demonio, lesbiana –como si fuera malo, diría Martina–, nunca se casó, se murió solita, pobre monja). Nadie descalificaba a Van Gogh por haberse cortado una oreja, ni a Hemingway por llenarse la cabeza de perdigones. A los hombres ningún defecto los bajaba del pedestal, a las mujeres las hacía rodar al sótano. Por eso ella se jugó su Presidencia por el gusto, la libertad, el aire, el oxígeno, de ver a las mujeres entregarse al trabajo y a dar lo mejor de sí mismas sin preocuparse por lo que pensaran o dejaran de pensar sus superiores o intermedios o colegas.

Aun en posiciones de igualdad, la mujer era la de los tacones de barro, frágiles y proclives a quebrarse. Y la mujer se protegía y hasta se cuidaba de las otras porque también había las que por quedar bien con el jefe o hasta con el chofer del jefe le metían a otra la puñalada sin asco. Ella quería que las mujeres fueran mejores cómplices. Eran de por sí las mejores amigas. Cuando se aliaban salía lo bueno y fresco y juvenil que aun las más viejas podían sacarse de adentro.

Viviana estaba convencida que el cambio que ella soñaba requería de un espacio en que existieran para sí y por sí mismas, en un estado de cosas que, por muy artificial que fuera y por el poco tiempo que durara, les permitiría descubrirse para que, idealmente, jamás volvieran a aceptar ser menos de lo que podían ser.

Por otro lado, para que la vida diaria se transformara –el verdadero nudo del asunto–, los hombres tenían que agarrarle el sabor a la casa, a la cocina, o por lo menos dejar de verlo como un oficio que les iba a destartalar la identidad o amenazarles la hombría. Ella no aspiraba al matriarcado sino a una sociedad de iguales. Y era posible. Lo creía con todas sus hormonas y su materia gris.

Emir, incluso, a pesar de su desacuerdo con la medida, no había podido resistir la curiosidad de lo que sucedería con el experimento.

Esa noche Viviana se fue de regreso a su casa cansada, con la frente recostada en el vidrio del coche conducido por Alicia. Las luces de la ciudad se reflejaban en la ventana. No era una ciudad linda, pero sí verde; muchos árboles, algunos —los que fueran más altos e imponentes— destruidos tiempo atrás por la salvaje labor de una compañía española proveedora de electricidad cuyas cuadrillas, sin ninguna preparación en el cuido de los árboles, arrasaban las copas y ramas que rozaran las líneas del tendido eléctrico. Hacía años que la más bella y umbrosa avenida de la ciudad, bordeada de chilamates centenarios que alguna vez formaran un verde túnel, había sido reducida a una colección de troncos podados que, aun en su torcida existencia, intentaban reverdecer echando ramas sin ton ni son.

El Ministerio de Recreación y Parques se proponía recuperar la belleza de los bulevares maltratados, los parques abandonados. Hasta tenían planes de cobrar una tarifa anual, en escala descendente, para que todos los ciudadanos pudiesen ir al cine y a los espectáculos a un precio reducido. Querían que reviviera el deseo de coincidir y divertirse en grupos, cosa que el ambiente dilapidado y triste de la ciudad se encargaba de desestimular. El entorno, cualquiera lo sabía, tenía un efecto decisivo sobre el comportamiento. Ella confiaba en que la limpieza y la belleza tendrían, eventualmente, un impacto sobre la siquis de la cuidadanía. Si se enseñaba a la población a cuidar el espacio común, aprendería a cuidar su país y a cuidarse ella misma. Por lo pronto, emplear mujeres para los parques le haría bien a los árboles, ellas no tendrían la fuerza física para desramarlos a lo bestia.

Llegó a su casa. Entró a ver a Celeste. Hacía sus tareas. Todos los días ella y su hija pasaban tiempo juntas. Al salir del colegio, Celeste iba al despacho presidencial y en una salita contigua tomaba la merienda, veía televisión, leía o hacía su texting. Ella, mientras tanto, a su lado, leía documentos, escribía propuestas. Intercambiaban comentarios y al menos respiraban el mismo aire. A sus trece años, Celeste se alargaba día con día, dejaba de parecerse a Sebastián para parecerse más a ella y a su abuela.

—¡Qué día!, ¿no mamá?

—Tremendo. Pero ya pasó. Mañana será mejor.

—Más vale. En el colegio no les gustó mucho la idea a los varones. Pero yo les conté del *reality show* que van a hacer con los amos de casa y la idea les dio risa.

—Bien que me lo recordaste. Lo peor es que olvido las buenas ideas que se me ocurren —sonrió Viviana—. Ando con el disco duro sobrecargado.

—Pero no se le olvidan a Juana de Arco. Todo lo anota. Nunca la he visto sin su tableta esa. ¿Cenaste? Yo cené con Emir.

—¿No se fue?

—No. Fue a jugar tenis, me dijo.

Le dio un beso a Celeste.

En su dormitorio las luces estaban encendidas. Abrió la puerta. Emir estaba metido en la cama, con la laptop abierta sobre su regazo. Sus maletas estaban aún arrimadas contra la pared.

—¿No te fuiste?

El levantó los ojos del teclado.

—No pude.

Ella se acercó a la cama despacio y se sentó en el borde. Tiró los zapatos y se dejó caer, sin más, sobre las almohadas.

—¡Qué día! —suspiró—. Estoy agotada.

—Pero todavía estás en el poder —sonrió él—. Tendrías que hacerle un altar al volcancito ese. Esperaba más beligerancia de los hombres de Faguas.

—El Estado es una pequeña parte del todo. Otra cosa hubiese sido si todos los hombres se fueran a su casa, pero no tengo esa clase de poder.

—Menos mal.

—¿Cómo es que decidiste quedarte? Creí que pasabas a engrosar la disidencia… el repudio, la protesta.

—Fue mi primer impulso, pero como científico social que soy, la tentación de ver tu experimento en función pudo más que mi desacuerdo. Y debo decir que fue muy interesante.

—¿Saliste a la calle?

—No. Me fui a jugar tenis al club.

—¿Y?

—Poca atención le has puesto a la gente con medios, Vivi.

—No necesito ponerles atención. Imagino perfectamente lo que dirán de mí.

—No creas. Te ven como loca, pero también son lo suficientemente inteligentes como para percatarse de que hay un método en tu "locura", como se dice en inglés, *there is a method to your madness*; saben que es un método más que una arbitrariedad. Claro que hay los que no soportan siquiera que se mencione tu nombre. Te advierto que no se quedarán sentados.

—No me cabe duda, pero hay tres mujeres por cada uno de ellos.

—No te olvidés de lo que dijo Kissinger —sonrió—: la confraternización con el enemigo… hace imposible la guerra.

—Yo me alegro de que no te hayas ido. La guerra contra *tu* sexo me resultaba particularmente dura —guiñó un ojo.

—Que no me haya ido no significa que esté de acuerdo con lo que has hecho. Sigo creyendo que creando situaciones que no tienen nada que ver con la realidad, no vas a cambiar la realidad…

—Pues mirá que ustedes, los hombres, cambiaron la realidad creando una situación que no tenía nada que ver con la realidad…

—Precisamente. Fue una estupidez. Entonces ¿por qué repetirla?

–Ay Emir, porque, como dice el dicho: Nadie aprende en cabeza ajena. Los hombres que vivan por seis meses lo que vivimos las mujeres, van a entender el asunto mucho mejor.

–Eso partiendo de que las mujeres los van a dejar tomar las riendas de la casa.

–Es cierto. Ya pensé en eso; pero la idea es que ellas los dejen en la casa y que vayan a trabajar.

–Pero no podés obligarlas…

–No, pero podemos persuadirlas…

–Justo por eso me quedé. Quiero ver si la persuasión funciona…

–¿Puedo persuadirte de que me hagás un masaje? La espalda, Emir, la espalda…

En el galerón, Viviana abrió los ojos. Habría dado cualquier cosa por sentir otra vez las manos de Emir sobre su espalda, sus nalgas, sus piernas. Frustrada, tiró el pisapapeles y este, como un búmeran surcó por el aire del galerón y regresó a colocarse en la repisa.

Rebeca

Inquieta Rebeca. Había dejado de fumar pero no podía pensar sin tener algo en la boca: papas fritas, nueces, confites. Seguro fue ardilla en otra vida, era el comentario de su secretaria cuando inevitablemente ella y las demás intercambiaban notas sobre las manías de las jefas.

De regreso del hospital, Rebeca no pudo más. Pasó a comprar cigarrillos, se encerró en el despacho y abrió la puerta corrediza para salir al balcón y que el olor no percolara por todo el piso. El balcón estaba situado al frente del edificio, justo sobre la Plaza de la República, pero a esa hora circulaba poca gente por allí, solo las custodias de las jaulas de los violadores. Eran dos reos esa semana. Normalmente se la pasaban sentados en el piso de sus celdas, recogían las piernas y escondían la cara entre las rodillas. Estos, en cambio, estaban de pie. Sacudían los barrotes. Gritaban. Sería que la mala noticia les habría dado ánimos, pensó Rebeca. La cuestionable táctica de Eva había dado buenos resultados. Eso y la vigilancia en los barrios, las luminarias en las calles oscuras. Ningún gobierno hasta entonces se había tomado en serio la nefasta violencia contra las mujeres. Ellas sí. Un dineral habían invertido. Bien que lo sabía porque era la Ministra de Economía o de la Despensa (título menos elegante pero que les gustaba a las demás). A ella era quien le tocaba hacer números, una cualidad para la que estaba extraordinariamente dotada. Desde pequeña, su mente matemática sorprendió a sus maestros. Le encantaban las estadísticas, las proyecciones, jugar con ese universo que tan pocos entendían y que para ella era como un ejercicio de cubos de colores. Por eso ya no le preocupaba que el gobierno se endeudara a más no poder. Ella tenía la certeza de que pagarían la deuda. Las medidas de reconversión puestas en marcha aparecían cada vez más a menudo en las revistas e informes económicos internacionales. Quienes las criticaron por desquiciadas, ahora las elogiaban por audaces. Y es que si uno confiaba en las mujeres los resultados eran sorprendentes. Había sucedido con el microcrédito en todo el mundo. Y sin embargo, a pesar de lo buena paga y responsables que eran las mujeres, los créditos para acceder a la tecnología que les permitiera saltar de la pequeña a la gran empresa no estaban por lo general a su alcance. El gobierno del PIE había dado el salto. Lo de las flores había sido un éxito sin parangón. A nadie se le había ocurrido antes hacer invernaderos tanto para aprovechar la tierra como para romper la dependencia del clima. Además, ella no dudó en gestionar dinero para comprar aviones refrigerados, porque, claro, flores sin refrigeración ni aviones no servían de nada.

Eran hermosísimos los plantíos. La idea fue el resultado de la inspiración que le sobrevino cuando Viviana habló de exagerar lo femenino. ¿Qué más femenino que las flores? Y se metió a estudiar el negocio. Con su instinto, sus números, unos viajes y los libros que engulló, convenció a las demás y puso en marcha el plan. Y a eso le juntó lo de los granos, la autosuficiencia alimentaria del país, vinculó una cosa con la otra y bueno, no era perfecto, pero hasta ahora no se cumplían los vaticinios de los pájaros de mal agüero. También se había metido a desarrollar el turismo basado en el camping porque la falta de dinero para hoteles, limpiar y acondicionar predios para acampar había funcionado y sirvió, además, para que otro gran grupo de hombres encontrara qué hacer. Con esos tres proyectos, más el del oxígeno, estaban provistas de lo suficiente. Claro que su sueño era vender todos los cacharros del ejército. Eso era una mina de oro esperando que ella la explotara. Rebeca expelió una larga bocanada de humo y apagó el cigarrillo con el zapato. Recogió la chiva y la metió en la bolsa de su chaqueta. Miró su reloj. Faltaba media hora para la cita con el Embajador de España. Bajaría a la guardería a jugar con sus gemelos. Jugar con sus hijos era uno de los mejores antídotos para la angustia. Ignacio, su marido, vivía encerrado en su mundo. No la veía más que como un espejo donde él se reflejaba. Era narcisista a más no poder. Lo de ella le preocupaba solo cuando afectaba la proyección de ellos como pareja y como familia. La trataba como una prolongación de su imagen y por eso cuando, tras los meses de campaña, ellas ganaron, olvidó las disputas y reclamos e hizo su papel de marido orgulloso. Sin embargo, el rol de consorte empezaba a cansarle. La luz cenital ya no caía sobre él y poco tiempo pasó antes de que extrañara y resintiera no ser el centro de atención. ¿Por qué no lo dejaba?, se preguntó. El que venga tendrá otros defectos, era su filosofía. Mejor lo malo conocido que lo bueno por conocer. Por el momento no tenía tiempo que dedicarle a un divorcio.

Desde la plaza, Azucena, hija de José de la Aritmética, ahora miembro del cuerpo policial de turno en la vigilancia de los violadores, vio a la mujer alta, pelo corto oscuro y liso, vestida de blanco, retornar a su oficina. La reconoció. Rebeca de los Ríos, la ministra de la Economía: cejas tupidas, ojos muy oscuros y una pequeña nariz con la punta respingada. ¿Quién podía culparla de que fumara en esos días? Toda la gente andaba nerviosa con la noticia de la Presidenta en coma. Los reos en las cárceles, hasta los violadores, desde que supieron la noticia estaban sobrexcitados. Para alguien como la Ministra tendría que ser peor el asunto.

Para colmo, *las eróticas* habían eliminado el puesto de vicepresidente y dispuesto que, en caso de muerte o incapacidad de la titular, gobernara interinamente un consejo cuya función primordial sería la de convocar a nuevas elecciones en el menor tiempo posible. La presidenta Viviana había dicho, y con razón, que al cargo más alto de la nación no debía llegarse por accidente o por herencia, y que mantener a una persona calificada en un cargo como la vicepresidencia era un desperdicio. El problema ahora, ante la incertidumbre de si la Presidenta se recuperaría, era que no se podía convocar a nuevas elecciones. No quedaba más que esperar.

Azucena admiraba la facilidad de Rebeca para explicar asuntos enredados. Se preguntó si sería de ella la idea de reunir a la gente más rica con la más pobre del país. Aunque era Viviana quien presidía las reuniones, la idea tenía el sello de la Ministra. Ella recordaba lo impactante que había sido ver frente a frente sentadas a ambos lados de una larga mesa, a las diez mujeres más ricas y a las diez mujeres más pobres de Faguas. Por turnos, cada una de ellas, a pedido de la Presidenta, había contado su vida y platicado sobre lo que hacía durante el día. La mejor telenovela no le llegaba a los cuentos que se oían en esas reuniones. Curiosamente, estar en la televisión en vez de cohibir a las mujeres, les soltaba la lengua. Impresionaba que en el mismo país se dieran diferencias tan marcadas, pero más impactante era comprobar semejanzas que uno jamás hubiera imaginado. "La pobreza y la riqueza tienen dueño —había dicho la Presidenta—. Los ricos tienen que verle la cara a la gente pobre, saber cómo se llaman, oír sus historias; y los pobres también tienen algo que aprender de los ricos porque no todas las fortunas se hicieron de la nada. Hay ricos que fueron pobres y trabajaron o trabajan para tener lo que tienen". Algo por el estilo dijo en el discurso. Azucena no lo recordaba al dedillo. Después de varios careos históricos, sin embargo, los ricos se corrieron y encontrar quién aceptara serlo e ir al programa se volvió casi imposible. Era una lástima. Se quedaron, como siempre, solos los pobres contando sus cuentos.

Azucena trabajaba en las Unidades Especiales creadas para lidiar con abusadores, violadores y la violencia doméstica. Los hombres maldosos, jayanes, cobardes, ya no se podían ensañar con las mujeres de su casa, por lo menos. Los gobiernos antes cambiaban cosas que no se veían, que solo entendían los economistas, pensó, pero estas nos están enseñando a vivir distinto.

Rebeca estaba por salir de la oficina, cuando sonó el teléfono. Era Eva.

—Rebeca, hay una enorme manifestación de mujeres frente a mi oficina. Tenés que venir.

—¿Qué quieren?

—"Justicia", dicen los cartelones, y ellas corean "prisión para el matón".

—No puedo ir, Eva, estoy esperando al Embajador de España. Los clientes españoles están preocupados porque se atrasó el último pedido de flores y por lo que irá a pasar ahora. Necesito darles confianza.

—Bueno, bueno; lo mío no es más que ganas de compartir esto con vos. Voy a salir a hablarles a las mujeres. Yo estoy encantada, reivindicada. Ya era hora de que sucediera esto.

—Contame más —pidió.

—Es lindo —le dijo, claramente emocionada—. Es una muchedumbre. No veo hasta dónde llega la multitud, pero son muchas. Tiene cartelones: "¿Quién hirió a Viviana? Que pague". "No queremos violencia". "Eva, hacé tu trabajo" … y cosas por el estilo.

—Pero no hay ninguna pista aún…

—Tengo intuiciones que voy siguiendo, pero nada concreto.

—¿Le avisaste a la Ifi?

—Están todos los medios; unos filmando la marcha y otros aquí afuera queriendo entrevistarme sobre la investigación.

—Buena suerte, hermanita, me tengo que ir, ya vino el Embajador —Rebeca vio a Sara, su secretaria, haciéndole señas en la puerta del despacho.

Mujeres en la calle y hombres caseros

Cuando recibió la llamada de Eva, Martina ya estaba en camino. La manifestación se había iniciado como un pequeño mitin en la zona de los mercados que desbordó con creces las expectativas de sus organizadoras. Ante la multitud, la incendiaria lideresa del Movimiento Autónomo de Mujeres, Ana Vijil, propuso en su discurso que marcharan hacia el Ministerio de Defensa a exigir la captura y castigo del culpable del atentado. Martina recibió la llamada de la Policía pidiendo instrucciones sobre si permitir el desborde popular, y Martina lo concedió, más que gustosa.

—Escóltenlas, protéjanlas y ábranles paso —dijo.

Llegó al despacho de Eva y desde las ventanas ambas vieron acercarse el mar de gente.

—Vas a tener que salir a hablarles —dijo Martina, que no cabía en sí de entusiasmo y contento.

—¿Qué les digo? No tenemos más que pistas.

—Pues yo diría que les prometás que se hará justicia, que les hablés de que deben mantenerse atentas porque de esta crisis tenemos que salir juntas y más fuertes. Contales anécdotas del PIE… ¿Qué me estás preguntando a mí, si vos sos mucho mejor oradora? Lo importante es que se sientan respaldadas por nosotras, que entiendan que estamos encantadas de que hayan salido a las calles.

Eva sonrió. Desde el atentado, casi no había dormido. Se le notaba en la cara. La investigación había registrado movimientos sospechosos de algunos ex funcionarios, enemigos feroces del gobierno. Ella sospechaba del magistrado Jiménez, del ex presidente descomunal Paco Puertas, del fundamentalista Emiliano Montero, pero aún no lograba dar en el clavo. Lo peor era que su energía incansable había empezado a fallarle. La frustración era tal que pensó que se deprimiría irremediablemente. Por eso interpretó la manifestación como un respiro para ella, como la campana del réferi en una pelea de boxeo.

—Estas mujeres me acaban de salvar la vida –le dijo a Martina–. Mirá qué lindo, dijo, señalando por la ventana la multitud multicolor, las pancartas atrevidas, pintadas en toscos cartones a toda prisa…

—Andá, salí a hablarles, parate arriba del tanque. Le dije a Viola, tu secretaria, que alistara el micrófono. Ya debe estar todo a punto, andá, encendelas…

Eva se metió al baño, se pasó la mano por el pelo y salió, lista para encaramarse sobre el viejo tanque, testimonio de pasadas guerras que, como un monumento, estaba colocado a la entrada del ministerio.

Cuando Eva salió, Martina abrió las ventanas para escuchar. Oyó el clamor y los aplausos. Vio la figura menuda y fuerte de Eva, el pelo rojo acomodado en un moño desordenado, cuando ella se subía ágil al tanque. Quería a todas sus compañeras, pero Eva era quien más la enternecía. A veces hasta pensaba que estaba enamorada de ella. Era sola también. Por eso a menudo se acompañaban, iban juntas al mar, jugaban ajedrez, veían películas. Con Eva, Carla Pravisani y la Ifi habían montado juntas el *reality show* de los hombres domésticos que fue un éxito fabuloso en Faguas. Se rio sola recordándolo.

"Los campeones caseros" lo bautizaron. No imaginaron que habría tantos voluntarios, pero los tentó el premio de una casa nueva, totalmente amoblada, en uno de los repartos bonitos de casas prefabricadas que el gobierno construyó. De los muchos candidatos escogieron a cinco. Cada semana, un equipo de televisión filmaba a uno de ellos, de la mañana a la noche, haciendo los oficios domésticos. El show se transmitía diario. Al final de las cinco semanas, la gente y un panel de juezas, amas de casa, votó por el mejor. Silvio, Adolfo, Jaime, Joer, Boanerges, eran todos padres de familia, ex empleados del Estado, unos más acomodados que otros. Fue divertidísimo verlos lidiar con los pañales cagados como si fueran bombas nucleares, con el asco pintado en la cara, tapándose la nariz. Para limpiar los culitos, el que menos, usaba diez toallas húmedas o medio rollo de papel higiénico. Boanerges, que había sido militar, organizó a los hijos como batallón y los ponía a trabajar, mientras él veía programas deportivos (no ganó por supuesto). Jaime solo sabía hacer carne asada y se pasaba en la barbacoa toda la mañana, dejando que la hija limpiara la casa.

A Silvio, que tenía lavadora, se le encogió toda la ropa. Los hijos tuvieron que andar con pantalones brincacharcos y camisas que parecían del tiempo de los hippies; la tortura de Adolfo era la limpiada de los baños. Ese mantenía la casa ordenada porque escondía todo lo que estaba mal puesto, metiéndolo en cualquier gaveta. La cocina fue el reto para todos, a pesar de que se comprobó que sí sabían cocinar lo básico, pero usaban toda la batería de pailas y porras para hacer cualquier plato; se les pasaba el arroz, les quedaban duros o aguados los frijoles o iban al supermercado a hacer la compra (les encantaba) pero calculaban mal las cantidades y se les pudrían las verduras. Joer, que fue el más emprendedor, empezó la semana lavando su casa, paredes incluidas, con el consiguiente daño para muebles y algunos aparatos electrodomésticos que no atinó a proteger lo suficiente del diluvio que descargó. Al principio, los llantos de los bebés los dejaban turulatos cuando duraban más de cinco minutos. Eran muy buenos con los biberones, pero malos en atender los cólicos. Aplanchar se les dio muy bien a Silvio y Adolfo. Los demás fueron desastrosos. La mayoría se destacó con los niños más grandes porque jugaron con ellos como chavalos y se les vio en la cara el amor por los hijos. Se comprobó que lo que más les entusiasmaba era regar el jardín. Todos sin excepción regaban por las tardes, como si la manguera fuera una prolongación de su hombría y les devolviera la identidad de machos que creían perdida en las mañanas.

Más por guapo y simpático que por eficiente, Silvio fue el ganador del concurso.

Narraba su jornada como si fuera programa deportivo; gritaba gol cuando atinaba con la basura en el basurero, metía jab de izquierda o de derecha cuando hacía la cama… Hizo reír a carcajadas a la gente. A petición de la teleaudiencia, el programa se repetía ahora cada cinco semanas. Los premios eran más modestos, pero la celebridad de aparecer en televisión era suficiente para que no faltaran voluntarios.

Parecía mentira, pensó Martina, lo educativo que había resultado el tal show, porque claro, al final de la semana, en general, los participantes lograban hacer bien el trabajo, tan bien que empezaban a comprender que el problema no era que fuera difícil, sino precisamente la rutina de tener que hacerlo a diario, el cansancio que los dejaba sin energías para preocuparse por ellos mismos, el aislamiento de estar metidos en sus casas. Se le va a uno la vida en eso, salió diciendo Adolfo en la entrevista final en televisión, no da ni tiempo para pensar. Deberían pagar ese trabajo, dijo Jaime, eso de decidir qué cocinar los tres tiempos, día tras día, me mató, me mató. No sirvo para eso.

¡Qué basural, jamás pensé qué saliera diario tanta basura! exclamó Joer.

La última encuesta sobre la participación en el trabajo doméstico era alentadora.

Sin embargo faltaba buen trecho por recorrer. En una pareja donde ambos trabajaban, por cada siete horas de labores domésticas de las mujeres, el hombre hacía tres. El resultado más interesante de la encuesta fue que las parejas más felices eran aquellas donde mejor distribuido estaba el trabajo de la casa.

Martina oía retazos del discurso de Eva. El sonido se lo llevaba el viento porque estaba de espaldas a ella. Al fin, Eva regresó. Se echó agua en la cara. Venía sudada pero radiante.

—¿Oíste?

—No se oía bien desde aquí.

—Les hablé de Lisístrata, la heroína de Aristófanes. Para oponerse a la guerra de Atenas contra Esparta, las mujeres dispusieron no hacer el amor con sus hombres hasta que acordaran la paz. Si esto se pone feo, les dije, ya saben que tenemos ese recurso: cerrar las piernas.

Martina la abrazó fuerte al despedirse. Sos magnífica, le dijo. Ojalá no lleguemos a eso.

Celeste

¡El suéter rosado de Celeste! Viviana lo tomó para sentirla de nuevo a sus tres años, la niña gordita, cara redonda irresistible que desde que nació tuvo el don de la seducción como si lo hubiera inventado. Aquel recuerdo no era de sus mejores, sin embargo. El suéter lo dejó olvidado en el primer jardín de infantes al que la llevó y al que prefirió no regresar, ni con ella, ni sola. Para ambas fue una mala experiencia porque, siendo la primera vez que la niña iba a quedarse, la directora del lugar la convenció de que ella se marchara a pesar de los gritos y patadas de Celeste. A todos los niños les pasa, le dijo. Lloran un rato y después se calman, se ponen a jugar, felices. Ella no quiso comportarse como madre primeriza, sobreprotectora y con el corazón estrujado; oyendo los alaridos de la niña, corrió a subirse al coche y salió jurándole a la niña que no tardaba.

Se calmarían otros niños, pero Celeste no se calmó. La llamaron para que fuera a recogerla y cuando la tomó en brazos, la criatura sudaba copiosamente y estaba colorada de tanto llorar. Después de eso, no quería estar sin ella ni un instante. Si la perdía de vista, gritaba como poseída. Cuando un año después volvió a llevarla a otro preescolar, tuvo que pasar dos semanas leyendo en la recepción de manera que, en cualquier momento que Celeste la necesitara, supiera que ella estaba allí. Así hasta que se sintió segura.

Viviana tocó el suéter, metió la nariz en el algodón apretadamente tejido. Cerró los ojos y lejos, muy lejos, creyó escuchar su voz, no su voz de niña, sino la voz de la Celeste que recién dejara en la plaza tras el mitin.

—Mamá tenés que volver, mamá despertate, no te vayás.

Reverberaba el sonido, hacía círculos concéntricos como piedra en el agua, Viviana giró sin peso, flotó en el aire como un insecto alado. Debajo de ella se borró el galerón y vio un cuarto de hospital y a su hija, vestida de jeans ajustados, la camiseta sin mangas, inclinada sobre alguien que yacía en la cama, una mujer dormida. Vio la luna que Celeste tenía tatuada en el hombro agitarse. Estaba llorando.

—Tenés que volver, mamá —decía muy bajito—. Volvé, mamá, no te quedés donde quiera que estés. Volvé, mamá.

En el instante en que Viviana comprendió que la mujer en la cama era ella, la ventana a ese mundo se cerró. La sobrecogió un pánico abisal. Otra vez estaba en el galerón. Empezó a correr frenética hacia la puerta. Se movía sin moverse, su cuerpo agitándose sin desplazarse. A su lado vio pasar las repisas como paisajes atisbados desde la ventanilla de un tren. Se mareaba, iba a desmayarse, pensó, estoy en peligro, voy a morir, pensó, si no hago algo me quedaré encerrada aquí para siempre. Se le ocurrió susurrar palabras, palabras con a, palabras con b, palabras con c, se abrazó y dio ánimos haciendo el papel de madre consigo misma. Intentó avanzar, llegar a la puerta, salir de allí. Paulatinamente fue tranquilizándose. Empezó a ser consciente de una presencia que le consolaba. Era una sensación que no bien trataba de entender se enredaba sobre sí misma, pero que misteriosamente percibió como una soga metafórica, un punto de apoyo del que podía aferrarse para dar pequeños empujones y acercarse a la puerta.

Emir mirando a Viviana

A la puerta del hospital, Emir se detuvo. Su frenético viaje, el desvelo de la noche anterior, el vuelo en el que, como cuando era niño, se comió las uñas, le ayudaron a permanecer con la mente fija en apresurarse hasta llegar el lado de Viviana. Ahora, a pocos pasos, turbios los ojos, conmovido por la cantidad de flores en la acera, las velas, las pancartas amorosas, tuvo la sensación de que le pesaban terriblemente las piernas y que un miedo cerval se le instalaba encima.

Alicia, la chofer de Viviana que lo recogió en el aeropuerto, al ver que Emir, sudaba copiosamente y se ponía pálido y descompuesto, le ayudó a sentarse en la recepción y corrió a buscarle agua.

Discreta, sin preguntar ni decir nada, se sentó a su lado. Le tomó la mano. Le sonrió.

—Lo siento —dijo Emir—. Creo que hasta ahora se me hace realidad lo que ha sucedido —apretó la mano de la muchacha. Recostó la cabeza en el espaldar de la silla. Alicia miró las lágrimas corriéndole por las mejillas desde los ojos cerrados.

Emir respiró profundo. Habría podido llorar sin freno, pero debía calmarse, se dijo. Celeste lo esperaba al lado de Viviana y no quería que lo viera flaquear, cuando ella sonaba tan dueña de sí, adulta, calma, madura.

Se irguió en la silla, se secó la cara, los ojos con el pañuelo. Tomó fuerzas y se dirigió con Alicia a la habitación.

Abrazó a la centinela de la puerta, la formidable Arlene, y entró.

Celeste, Juana de Arco, se acercaron. Celeste lloró un instante. Se secó las lágrimas y lo agarró de la mano hasta llevarlo a la orilla de la cama. Juana de Arco se apartó después de saludarlo, envarada, pero con los ojos húmedos.

—Te vamos a dejar con ella —dijo Celeste—. El doctor va a venir a hablar con vos.

Emir asintió con la cabeza sin quitar los ojos del rostro de Viviana.

Curiosamente, verla le produjo un alivio inmenso. Sobre la almohada, inmóvil, conectada a una serie de máquinas, ella tan vital e indetenible, lucía como una incongruencia. Su cabeza estaba envuelta en vendas. La piel cobriza clara, contrastaba con el blanco de las sábanas. Tenía buen color. Le hizo recordar la primera vez que la vio desnuda, su piel caramelo alumbrada por el sol crepuscular de Montevideo.

Le tomó la mano y se la besó despacio. Se inclinó y la besó en los labios, en la frente. Quería acostarse al lado de ella, acurrucarla. ¿Dónde estás, mi amor?, le susurró al oído. Vivi, Vivi, no me dejés esperándote.

En los días que seguirían, días de ver las enfermeras y los médicos, moverla y pincharla, Emir sentiría por ratos el deseo de sacudirla, llamarla, despertarla y sacarla con la furia de su angustia de ese sueño profundo, pero aquel primer día se conformó con tocarla, acariciarla, convencido de que en cualquier momento, su voz y sus caricias, como si él fuera el príncipe encantado de los cuentos de hadas, la despertarían en un final feliz.

Dos médicos, uno de mediana edad y el otro más joven, entraron a la habitación.

Serios, formales, pero amables, dijeron ser quienes se habían encargado del ingreso y tratamiento de Viviana.

—Es un caso bastante inusual —dijo el mayor— y no hemos querido dar demasiada información al público porque nosotros mismos estamos un poco a la expectativa, pero déjeme que le explique. El caso de ella se parece al de Salvador Cabañas, un jugador de fútbol paraguayo —dijo el médico, mientras dibujaba una cabeza y un cerebro en un papel—. Lo menciono porque Cabañas se recuperó totalmente —sonrió—. Creíamos que la bala había rozado el lado izquierdo, pero realmente una bala penetró en lo que llamamos la zona silenciosa del cerebro y siguió su trayectoria hasta la parte posterior, donde aún está alojada —hablaba mientras dibujaba en el papel para mostrárselo—. Como resultado del trauma, ella tuvo un pequeño coágulo en la región izquierda, que le extrajimos con éxito. El cerebro se inflamó ligeramente y para asegurarnos de que no hubiera compresión de la masa encefálica, le practicamos una trepanación. Por eso la ve vendada como está. Al llegar al hospital, ella tuvo varios momentos de lucidez, dijo su propio nombre, el de su hija, el de usted. Decidimos inducirle el coma para mantenerla estable. Su respiración, el nivel de oxigenación de la sangre, su presión, son buenas. El problema es que cuando intentamos sacarla del coma, ella no reaccionó. No sabemos por qué. Tiene algunos charneles alojados en la masa encefálica, muy pequeños, su electroencefalograma registra pequeñas alteraciones, pero el cerebro está activo. El pronóstico, aunque complejo y difícil de determinar con exactitud, sería muy bueno y nos indicaría no solo la sobrevivencia, sino la recuperación de ella. Sin embargo, el hecho de que siga en coma es preocupante. No tiene daños en el bulbo raquídeo. No tiene, a este punto, ningún daño que lo explique, pero esperamos que sea un asunto de tiempo. Como sabe, el cerebro es aún misterioso en cuanto a la localización exacta de dónde residen las facultades. Por eso, hasta que despierte, y dependiendo de cuando despierte, sabremos cómo está. Por lo pronto, no hay otra cosa que hacer más que esperar.

—Pero usted dice que tiene una bala alojada en la parte posterior. ¿No habría que sacarla?

—De ninguna manera —intervino el joven médico—. Ella puede vivir con esa bala alojada allí. Pero está en una zona compleja, la zona donde residen los instintos primarios, cerca del cerebro límbico. Al sacarla podríamos causar daños irremediables. Sé que suena alarmante, pero es el mejor curso de acción.

—¿Y el resto, el bazo?

—Hubo que extraerlo. Pero puede vivir sin él. El páncreas lo sustituye automáticamente —dijo el médico mayor.

—Por esa parte, estamos tranquilos. Se ha recuperado bien, sin fiebre —agregó el joven.

—Esperaremos, Emir. Esperaremos que ella encuentre cómo despertar. Creo que lo hará… Bueno, es lo que todos quisiéramos —sonrió el médico mayor— pero, por ahora, la ciencia ha hecho todo lo posible.

—¿Qué puedo hacer yo?

—Vamos a enviar una enfermera para que le muestre los ejercicios que necesita hacer con ella, dos veces como mínimo al día. Y aquí estamos para cualquier pregunta o duda.

Vivir con una bala alojada en el cerebro. Qué cosas, pensó. Se sentó en la silla y colapsó. Se quedó profundamente dormido, sin soltar la mano de Viviana.

Transcripción íntegra de la segunda entrevista
al señor José de la Aritmética

E. S.: ¿Qué cuenta, don José?

J. A.: Hay muchos rumores, Ministra, muchas habladurías. Las mujeres andan afligidas y los hombres especulando. Anduve por el hospital. Supongo que usted ya vio la cantidad de flores y candelas que ha puesto la gente. Me recordó lo que pasó con aquella princesa inglesa...

E. S.: La princesa Diana.

J. A.: Sí, esa misma.

E. S.: ¿Y qué ha oído decir?

J. A.: Pues mire las opiniones van desde que la Presidenta se la buscó hasta que si no sería que el magistrado Jiménez la mandó a matar para vengarse... Como el presidente Puertas le concedió la amnistía...

E. S.: Fue una lástima. Si hubiera estado preso cuando yo me hice cargo, sería uno de los que habría puesto en las jaulas de la plaza.

J. A.: Yo no sé, Ministra, si eso de las jaulas le va a resultar.

E. S.: Parece mentira que les haya chocado tanto esa idea a ustedes los hombres. Nunca pensé que armaran semejante escándalo, que salieran con todos esos discursos sobre la "dignidad humana". ¿Cómo es que nunca reaccionan así cuando ven las historias de las barbaridades que les hacen los hombres a las mujeres?

J. A.: Tiene razón en parte... ¿Pero hacerles ese tatuaje en la frente? Muy cruel, Ministra, muy cruel. No les luce a ustedes.

Muchas cosas buenas han hecho, pero lo de las jaulas y lo del tatuaje lo que es a mí no me cuadra.

E. S.: Lo del tatuaje es como un sistema de alerta, ¿me entiende? Es chiquito, no es para tanto. Los violadores se merecen eso y más. Que agradezcan que no los castremos. Pero mire, don José, para que entienda, la idea es que los hombres que cometen esos actos de violencia contra las mujeres sean expuestos a la misma vergüenza que pasan las víctimas de una violación. La cárcel es una pena leve cuando uno ha sido testigo del daño sicológico que sufren las personas violadas. Muchas mujeres ni denuncian el crimen por vergüenza. Por eso pensamos que, para los violadores, el tatuaje y exhibirlos en las jaulas es lo más apropiado para el delito. Nosotras sabemos que es una medida muy dura, pero la violencia contra las mujeres es una plaga terrible que necesitamos detener a cualquier precio.

J. A.: Pero es que mire, yo digo una cosa, ¿por qué no tratan por bien? Para mí que la campaña de ustedes funcionó porque ofrecieron algo diferente, ofrecieron eso que todos necesitamos: el cuido de la madre. Tan alegre que era la campaña de ustedes. Un poco loca y eso le daba pimienta; eso le encantó a la gente porque usted sabe que si hay algo en este país es sentido del humor y la gente se lo agarró todo: las abrazaderas, las lloraderas, las cocinaderas, la Presidenta con esas ideas bien aventadas, como poner esa asignatura de Maternidad en los colegios y enseñarles karate a las chavalitas desde chiquitas...

E. S.: Va a ver que en la próxima generación, ya a ninguna mujer la va a apalear el marido.

J. A.: Pero es que si quieren durar no se pueden echar a los hombres encima...

E. S.: Pero don José, solo a los trabajadores del Estado mandamos a su casa, y los mandamos con seis meses de sueldo, y les dimos trabajo en los barrios construyendo escuelas y guarderías...

J. A.: Bueno sí... yo no le voy a venir a decir cómo hacer las cosas a usted.

E. S.: Dígame, ¿no hay hombres contentos? ¿Usted no ha oído a ningún hombre que esté contento?

J. A.: Sí, sí, no le digo que no. Más bien me llamó la atención que no se les armara una guerra después de todo lo que han movido y removido. Tengo un amigo que está feliz con sus hijos, pero el pobre Petronio, por ejemplo, que no tiene hijos, dice que no se explica cómo hizo su mujer para pasar metida en la casa todos los años en que él trabajó y no la dejaba ir a trabajar a ella por celoso. Ahora que ya están viejos los dos, no le importa, pero dice que no halla qué hacer aparte de regar el jardín.

E. S.: ¿No tiene que arreglar su casa, cocinar?

J. A.: No le gusta al pobre.

E. S.: Pues a muchas mujeres tampoco nos gusta y tenemos que hacerlo. Yo, por ejemplo, odio cocinar.

J. A.: Yo tengo suerte porque mi mujer es gran cocinera y goza la cocinada. La tengo que aguantar gorda, es lo único. Mire que yo como y no me engordo. Debe ser porque ando en las calles todo el día.

E. S.: (*Ruido de silla deslizándose.*) Me tengo que ir a una reunión, don José. ¿Hay algo especial que quería decirme?

J. A.: Es que viera que me gusta hablar con usted. Usted es una mujer muy inteligente. No tengo con quién hablar todas estas vainas que se me ocurren... Pero bueno, pedí verla porque creo que tengo una pista.

E. S.: (*Ruido de silla deslizándose.*) Soy toda oídos.

J. A.: Una de mis hijas tiene una amiga, Ernestina, que la llamó a su celular el otro día, llorando a mares. La Azucena la fue a ver. La otra le dijo que sabía algo que si no se lo decía a alguien se iba a morir, algo que tenía que ver con lo que le pasó a la Presidenta.

Estaba a punto de soltárselo cuando entró el marido.

Dionisio, se llama él. Yo lo conozco. Trabaja de mensajero. La mujer le tiene horror porque no sabe las veces que ese hombre la ha dejado malmatada. Cuando estaban recién casados, cada dos o tres meses llegaba la pobre a mi casa buscando auxilio porque el hombre la moreteaba.

Después él se convirtió. Se metió a una de esas sectas que hablan en lenguas. "No llores más", creo que se llama la secta, y se volvió santulón. Aun así le pegaba, pero ya menos. Por lo menos le pegaba y después lloraba y le pedía perdón. Dígame usted. Pero bueno, el caso es que cuando entró el Dionisio a la casa, la mujer se congeló y el marido, que bien conoce a mi hija porque esas dos eran amigas desde chiquitas, le dijo unas locuras, le dijo que había estado viendo a la Virgen, que la Virgen se le aparecía todos los días en el lavamanos mientras se lavaba los dientes, que le lloraba por el país, porque todos se iban a condenar por culpa de las mujeres del PIE. ¿Verdad que si se le aparece la Virgen a uno, uno tiene que hacer algo, Azucena?, le preguntó a mi hija. Decile a esta mujer para que deje de estar de tonta.

La Azucena se quedó sin saber qué decir, ni qué entender de todo eso, pero algo le olió mal. Después la Ernestina le dijo que se fuera, que se olvidara de lo que le había dicho, que eran locuras de ella.

Eso era lo que quería decirle, Ministra.

(Materiales históricos)

MEMORANDO

DE: Secretaría de la Asamblea Nacional
A: Honorables Miembros del Consejo Político del PIE,
Eva Salvatierra, Rebeca de los Ríos, Martina Meléndez, Ifigenia
Porta
ASUNTO: Presidencia interina

Honorables miembros del CP del PIE:

Como es sabido de ustedes, la Reforma a la Constitución de mayo del corriente eliminó el cargo de Vicepresidenta del país. Dicha reforma establece: "En caso de muerte del titular del Ejecutivo, el pleno de la Asamblea Nacional elegirá con carácter transitorio un Consejo de Tres, cuya atribución será gobernar el tiempo estrictamente necesario para convocar a elecciones, de forma que la Presidencia de la República solo sea ocupada por un ciudadano o ciudadana directamente electo para tal fin".

Quiero llamar su atención sobre el reto constitucional que enfrentamos ante el estado de coma de nuestra presidenta Viviana Sansón, tras los hechos lamentables de todas conocidos. La presidenta Sansón no puede asumir sus funciones, pero tampoco ha fallecido, de manera que nos encontramos ante un vacío jurídico no previsto por la Reforma Constitucional votada afirmativamente por la mayoría de esta Asamblea, pues si solo se puede elegir un Consejo para velar por la organización y realización de un proceso electoral, no hay soporte, ni figura legal, ni proceso establecido para el nombramiento de una presidencia interina, o una vicepresidenta, que sería lo más adecuado en este caso.

Huelga decir que el país requiere del liderazgo competente de quien pueda cumplir las funciones de la titular del Ejecutivo hasta tanto no se defina la situación de la presidenta Sansón. Por lo tanto, a petición de la Presidenta de la Asamblea Nacional citamos a todas las representantes electas de su Partido de la Izquierda Erótica para la sesión extraordinaria donde se discutirá la Ley de Reforma Parcial a la Constitucional que deberá promulgarse para solventar el vacío jurídico a que hemos hecho referencia.

Deseando la pronta recuperación de nuestra Presidenta,
Reciban las muestras de mi consideración y aprecio,

Azahalea Solís
Secretaria de la Asamblea Nacional
de la República de Faguas

¿El limbo?

¿Quién más estaría con ella en el galerón? ¿Qué otros espíritus flotarían en aquel aire? Viviana oía voces de tanto en tanto. Murmullos. Si pudiera salir de allí, se decía. ¿Qué habría detrás de la puerta? La penumbra era opresiva y se preguntaba cómo era que a ella no le tocó ver el túnel iluminado, la luz blanca, y si no sería el limbo donde se encontraba. ¡El limbo! Rio recordando que el papa Bernardo XVI, el alemán, había eliminado el limbo. Cuando leyó la noticia le resultó divertida pero casi un insulto a la ingenuidad de gente como ella que, de niña, se tomó la molestia de imaginarlo como la angelical guardería donde vivían felices eternamente los niños pequeños cuyos padres no llegaron a bautizarlos.

A falta de limbo, se preguntó, lógicamente, si estaría en el infierno. La oscuridad era densa, pero lo descartó. No sería justo, se dijo. No era que su vida fuera impecable, pero segura estaba de no merecer un castigo eterno, a menos que el más allá repitiera las injusticias del más acá. Sí que había tenido una época promiscua, antes de conocer a Sebastián, pero de esas acostadas pasajeras solo se arrepentía de unas cuantas, y no por consideraciones morales, sino porque los hombres no habían valido la pena. Un ejercicio de cama mal llevado no solo era una pérdida de tiempo, sino un engorro: eso de tener que hacer de

227

policía de tránsito porque el otro ni siquiera atinaba a dirigir bien su vehículo. Por favor. O los enormes y mal hablados que no contentos con el tamaño extra large, tenían que demostrar que eran machos hablando como gente del hampa en la cama. O los que ni se percataban de que, aunque el tamaño era lo de menos, no era mala idea a veces compensar. Gajes del oficio de andar buscando al elegido. Ni modo. Tal vez había causado penas inmerecidas a alguno cuando le dio por varios al mismo tiempo. Se arrepentía, pero no era para irse al infierno. En cambio sí sentía que algún bien había hecho. Por lo menos la motivación detrás del PIE era altruista.

Distraída, pasó la mano por un collar hermoso sobre la repisa y la memoria de su primer discurso ante la Asamblea de Naciones Unidas ocupó las tres dimensiones de su mente. Los periodistas asediándola. En esos días una delegación de la oposición llegó a Nueva York y Washington para acusarlas ante el mundo de llevar a cabo un segundo apartheid. A última hora cambió su discurso. Consideró que no podía menospreciar la oportunidad que le habían puesto en la mano, porque si de apartheid se trataba, nadie más apartado que las mujeres. Se armó de estadísticas. Los números eran contundentes y sonaron sólidos y escalofriantes en el ilustre recinto donde había más hombres que en una pelea de boxeo. ¿Cómo íbamos a proponer otro apartheid?, dijo. La comparación era absurda. Se trataba de un intercambio de roles. Muy temporal, además. Bromeó y después asumió tono de sacerdotisa: Parece mentira que en el siglo XXI todavía discutamos si socialismo o capitalismo o crisis económica, sin percatarnos de que no hemos resuelto todavía el problema de la dominación o del abuso dentro de nuestras propias casas. Nosotras las mujeres hemos demostrado que somos capaces de pensar fuera de lo establecido, salirnos de esa caja negra del desastre anunciado; la suerte de la humanidad no está echada porque nosotras aún no nos hemos pronunciado. Y tendrán que admitir que siendo nosotras quienes los hicimos a todos ustedes, ahora les toca escucharnos, dejar el cinismo, el escepticismo, los trucos, y permitirnos el espacio pequeñísimo que demandamos para este experimento, este reinvento de sociedad. Nosotras queremos otro mundo, evitar que la humanidad complete el círculo de su existencia autodestruyéndose.

Se sabía de memoria su discurso. Las mujeres aplaudieron, algunas subidas a sus sillas. Ese día tomó conciencia de que no importaba el tamaño de su país. Como decía la teoría del caos, una mariposa agitando sus alas en el Caribe podía causar tormentas que sacudieran el pensamiento adormecido y negligente del planeta entero.

El reemplazo

Viviana seguía en coma, velada por turnos por Emir y Juana de Arco. El mar de flores sobre la calle del hospital no se marchitaba. Las flores frescas en humildes cubetas de plástico se renovaban sin fin. Rebeca atribuía el milagro a la deuda que la industria de las flores tenía con el PIE. Viviana había atendido con especial cuidado a las mujeres campesinas, las cortadoras y empacadoras. Y ellas así se lo agradecían.

Mientras tanto, la Secretaría de la Asamblea Nacional convocó a los partidos a una reunión extraordinaria para decidir qué procedimiento seguir para resolver el dilema constitucional de una presidenta que no podía considerarse ni viva ni muerta.

Martina se escapaba por ratos de su ministerio para ir al hospital. Se sentaba a la orilla de la cama de Viviana y hablaba sin parar. Estaba convencida de que hablarles a las personas en coma era fundamental para que volvieran a despertar.

Ella y Juana de Arco, mientras Emir las observaba, sonriendo a ratos, le narraron a Viviana lo acontecido a raíz de la citatoria de la Secretaría de la Asamblea Nacional.

MARTINA: No sabés, Vivi, lo que fue entrar al despacho oval y no verte. Me di cuenta de que solo tu infinita gracia mitigaba el efecto de ese adefesio absurdo, pero decidimos reunirnos allí para al menos estar cerca de tus cosas y tu espacio. Juana de Arco, aquí a mi lado, se esmeró en preparar la reunión. Dispuso galletas, vasos, tazas, jarras con agua y con café y unas carpetas verdes para cada una con papel para notas, lápices. Uno entraba y sabía que la reunión sería formal y ceremoniosa. Ni modo, había que sentarse y tomar cartas en el asunto.

JUANA DE ARCO: A mí me encomendaron solamente el acta de la reunión. Normalmente en la Presidencial, como sabe, es Amelia quien se ocupa de la escenografía, pero ella andaba haciendo sus oficios, sacando fotocopias, esto y lo otro, sin parar de llorar a mares. Las lágrimas le caían en correntada de los ojos. Entonces la mandé a su casa. No quería papeles lagrimeados. No señor. Había que mantener orden en el caos.

MARTINA: El inicio de la reunión fue largo y lento. Estábamos en estado de shock, con un estrés terrible. A mí me parecía que el mundo entero rodaba en cámara lenta. Rebeca andaba de traje beige pero con zapatos tenis y Eva se anudó el pelo arriba de la cabeza. Ella, tan nítida siempre, andaba hecha una masa de nudos.

JUANA DE ARCO: Estuvieron más de media hora hablando del atentado. Yo calladita en mi mesa con la laptop abierta, esperando que empezara la reunión. Oírlas me hizo recordar las conversaciones de los adultos después del terremoto cuando yo era niña; los días y días en que nadie hablaba de otra cosa. Se me ocurrió que tendrían miedo de empezar. No era un tema fácil hablar de quién la sustituiría, Presidenta. Creo que se daban cuenta de que llegaba el momento de aceptar lo que había pasado, lo que significaba. Y no querían aceptarlo. A mí verlas hablar así me dio unas tremendas ganas de fumar, a pesar de que ya dejé el vicio. Y me dio miedo. Temí que de pronto se empezaran a serruchar el piso entre ellas.

MARTINA: ¡No!

JUANA DE ARCO: Pues se ve mucho entre las mujeres por desgracia (*arruga la cara, levanta la barbilla*). Como hay pocos espacios, deciden despejar el campo de cualquier manera. Pero en el PIE yo nunca vi eso, ni quería verlo. Eso no sucedía en el PIE, precisamente porque existía alguien como usted a quien todas le concedíamos sin celo la jefatura del asunto. Creo que ese día fue cuando yo reconocí lo práctico que era encomendarle a una persona que tomara las decisiones porque, claro, veía en esa reunión las vueltas que daban, el tiempo que perdían.

MARTINA: Juanita, no seas exagerada. Era normal que nos desahogáramos. Parece que tu amor por Lisbeth Salander te volvió sueca.

JUANA DE ARCO: Vos no eras observadora como yo. Aquello parecía un ballet o un juego de balonmano con una pelota invisible que se pasaban de una a otra. Todas tan bien portaditas, tan corteses. Yo hasta me pregunté si no sería que cuando las mujeres entramos en una crisis de esas, se nos sale esa compulsión de callarnos, de borrarnos. Te lo digo yo que, desde chiquita, aprendí a no hacer ruido, a desaparecer. Pero bueno, yo me mecía en la silla y ya cuando no aguanté, me acordé de una frase que salía en las memorias de la Montenegro y lo dije en voz alta: ¿Qué hacer, dijo Lenin?

(*Martina se tira una carcajada. Se controla. Baja la voz*)

MARTINA: Nos volvimos a ver a la Juanita como si fuera un fantasma. Se nos había olvidado que ella estaba allí, esperando tomar acta de la famosa reunión. Y, bueno, pues comenzamos leyendo la carta de la Asamblea. Yo para mis adentros me quebraba la cabeza, te lo juro, pensando qué sería lo más prudente, si atreverme a sugerir que Eva se hiciera cargo, porque yo creía que ella era la más capaz, o esperar a ver qué decían las otras, porque yo estaba clara que el problema era entre Eva y Rebeca; las dos eran lideresas, las dos sabían que cualquiera de ellas era competente para hacer lo que se tenía que hacer en tu ausencia. Quedábamos Ifigenia y yo para elegir entre ellas, esa era la verdad.

La Ifi me miraba de reojo, mientras Rebeca leía. Eva se miraba las uñas, esa maña que tiene; hasta pensé decirle que si iba a ser Presidenta interina tenía que controlar esa manía. Es el problema de las fumadoras cuando dejamos de fumar; después no hallamos qué hacer con las manos. Cuando terminó Rebeca de leer, dijo que Azahalea, la presidenta de la Asamblea, la había llamado para decirle que la oposición, en su respuesta, planteaba que debía realizarse cuanto antes la sesión extraordinaria de la Asamblea. Eva dijo que era lógico. El país no podía continuar acéfalo. Las representantes del PIE coincidían con la oposición. Agregó que debíamos tomar en cuenta la posibilidad de que, aun si despertabas, te tomaría varios meses reponerte. No era posible prever la extensión del daño; si volverías a hablar, a moverte.

Yo dije que dado que la ley no preveía una situación indefinida como la que se nos había presentado, debíamos negarnos a convocar a elecciones mientras los médicos no se pronunciaran categóricamente sobre la situación. Ifigenia entonces propuso una enmienda para dotar al parlamento del poder para nombrar una interina. Una decisión así no tenía precedente en Faguas, pero sí en otros países. Hablamos de la ironía de que nos hubiese salido el tiro por la culata al eliminar la vicepresidencia.

JUANA DE ARCO: Otra vez se pusieron a dar vueltas, a lamentarse, y otra vez fui yo la que tuve que centrar la reunión preguntándoles a quién elegirían entre ellas como Presidenta interina.

MARTINA: Hablamos todas al mismo tiempo. Eva —dije yo—. Rebeca —dijo Eva…

JUANA DE ARCO: ¿Por qué no votan? —dije yo—. Imagínese, qué atrevimiento el mío.

MARTINA: Yo me hundí en el sofá donde estaba sentada. Pegué la espalda contra el respaldar. Me dolían los músculos. Eva e Ifi empezaron a pasearse por el despacho, caminando como esos hombres de antes cuando esperaban el nacimiento de un hijo. Rebeca seguía sentada en el sofá largo frente a la mesa. Ahora me voy a emocionar como me sucede cada vez que lo recuerdo… Eva recostó las caderas sobre el escritorio presidencial, nos miró a todas y sonrió. Era un gran privilegio, dijo, que nos tocara gobernar como amigas, como mujeres sin la obligación de fingir seguridad ante la disyuntiva que nos tocaba enfrentar, como personas conscientes de nuestro deber de preservar el proyecto del PIE. Precisamente por eso debíamos meditar la decisión que tomaríamos. Lo debíamos hacer de la manera más ponderada. No necesitábamos votar, ni gritar nombres, ni apresurarnos. Una de nosotras tomaría el lugar de Viviana. Ojalá solamente por unos días, pero bien podía ocurrir que fuera por más tiempo y la decisión necesariamente debía obedecer al peor escenario imaginable, al escenario de una sustitución definitiva. ¿Quién de nosotras reunía las capacidades necesarias? ¿Cuáles eran esas capacidades? No estábamos en guerra. La emergencia de la explosión del volcán Mitre se había superado. Nuestra fragilidad como gobierno era de otra naturaleza: se debía al espíritu de igualdad que nosotras queríamos imprimir al ejercicio del poder; un espíritu de igualdad que, según habíamos propuesto, requería de un momento inicial de terror y sorpresa –*shock and awe,* eso mismo dijo, como en los bombardeos a Irak– en que los hombres experimentaran la pérdida absoluta del poder; que pasaran a calzarse, literalmente, los zapatos de la sujeción doméstica que por siglos las mujeres habíamos experimentado y a la que habíamos resistido, no con guerras, ni con bombas, sino haciendo de tripas corazón, aprendiendo a ejercer el amor, volviéndonos expertas en el cuido de la especie, encontrando, en las condiciones más difíciles de represión de nuestra riqueza intelectual, el espacio pequeño donde recordar que nuestra libertad, lo sublime y bello de nuestro espíritu perduraría y algún día, paso a paso, un pie delante del otro, lograría emerger y mostrarle al mundo otro camino, un camino nuevo de camaradería, de colaboración, de respeto mutuo. Quizás nosotras éramos el tesoro secreto de la vida. Quizás nuestros sufrimientos tenían sentido: nos habían forzado a guardarnos para este momento de la humanidad, para que fuéramos nosotras quienes tomáramos las riendas y alteráramos el curso de nuestro planeta. Faguas, la pequeña y pobre Faguas, con nosotras a la cabeza, podría, *debía* mostrar que era posible una organización social igualitaria, enriquecedora para hombres y mujeres, capaz de integrar la familia con el trabajo y de aniquilar esa injusta explotación milenaria que, lamentablemente, se aprendía en el mero corazón del hogar, y de la cual las mujeres éramos las víctimas propiciatorias.

Por eso, nosotras, no podíamos en ese momento, pensar a la ligera.

Rebeca, Ifigenia, Juana de Arco y yo miramos a Eva con un torozón en la garganta. Con sus palabras dijo lo que las demás sentíamos. Nos dio gran ternura verla asumir el sentido histórico de aquel momento. Madre mía, pensé yo, este experimento nacido en el jardín de Ifigenia, una noche de la semana entre amigas, alumbrado con vino, cigarrillos, humor y amor, ahora es una saeta lanzada desde la imaginación, que nos toca sostener en el aire. Y no únicamente por lo que el PIE representaba como ruta nueva, sino por vos Viviana, porque vos estás en una cama de hospital, en coma, y ni yo ni ninguna de nosotras toleraría verte despertar para ver un fracaso. El PIE continuaría. Nos tocaba escoger bien.

Eva y Rebeca, la una con su fuego y la otra con su flema, parecían las protagonistas del chiste de los gemelos educados que no nacían porque uno le decía al otro: pasá tú; y el otro respondía: no, pasá tú primero. Entonces yo dije que se callaran. La Ifi, Juana y yo íbamos a escoger entre ellas y la cosa terminaba allí. El voto de Juana supliría el de Viviana. Juana nos repartió unas tarjetas blancas. Hubo dos votos para Eva y uno para Rebeca. No se dijo más. Acordamos que las representantes del PIE propondrían a Eva a la Asamblea. Ella no se resistió.

Rebeca la abrazó. Nos abrazamos todas. Así fue cómo sucedió.

BLOG DEL IMPERTINENTE[2]

¡Parece mentira! ¡Las cosas que pasan en Faguas! Menos mal que los hombres nos repusimos ya del *mal de testa* porque este país sí que está madreado. La Presidenta sigue en coma y mientras tanto la Asamblea de las Mujeres (¿qué diría Aristófanes de esta?), en abierta violación a la Constitución, ha elegido en su lugar, *interinamente* dicen y con los votos mayoritarios del PIE (de quién más), a la benemérita pelirroja, Ministra de Defensa y antigua gerente de Servicios de Seguridad S. A. (SSSA), Eva Salvatierra, para que nos gobierne. En la Reforma Constitucional realizada bajo los auspicios de nuestro ilustre gobierno femenino, ellas mismas dejaron claramente establecido que NADIE que no fuese directamente electo o electa, debía asumir el rol presidencial. Al imponer a Eva Salvatierra, la Asamblea Nacional ha contravenido esta disposición, colocándose fuera del marco que rige las leyes de nuestra nación.

Lo anterior ha acontecido, seguramente, a instancias de esta señora Salvatierra, que, como es bien sabido, no solo es militar, sino el intelecto que ha llevado a Faguas a la Edad Media, con jaulas donde se exhiben delincuentes, tatuajes impíos en las frentes de estos y los trabajos forzados a los que somete a los prisioneros.

No es que pidamos misericordia para quienes cometen crímenes deleznables, pero poco edificante es combatir la violencia con-

---

[2] El *Blog del Impertinente* se publicaba en la portada del diario *El Comercio* todos los lunes. Este blog se publicó el primer lunes luego de que la Asamblea designara a través de la elección a Eva Salvatierra.

tra las mujeres aplicando esos métodos bárbaros e inhumanos contra los hombres.

Eva Salvatierra podrá ser muy del PIE, muy Eva y muy Salvatierra, pero ni pertenece al Paraíso Terrenal, ni tiene en mente salvar a nadie; al contrario: es, como lo fue Thatcher en su tiempo, una dama de hierro.

Los hombres de Faguas ya estamos cansados de estas amazonas trasnochadas que han intentado convertir a nuestro país en una guardería infantil y convertirnos a nosotros en dóciles servidores de sus necesidades.

Es urgente que no permitamos que se atropelle nuestra Constitución. Manifestemos nuestro desacuerdo y demandemos nuevas elecciones.

¡Que las mujeres buelvan a sus casas!

José de la Aritmética se paró frente al hospital. Todas las mañanas pasaba por allí. Qué dedicación la de las floristas, pensó. Día a día ponían flores frescas en los baldes plásticos sobre la acera.

Él esperaba a que salieran las enfermeras a comprar raspados y platicar con él en sus ratos libres. Así se enteraba de cómo iba la salud de la Presidenta. Según decían, seguía dormida en esa coma que quién sabe dónde la tenía perdida mientras el país se alborotaba. A los de la oposición para nada les había gustado que pusieran a mandar a la Eva pelirroja. José no se explicaba de dónde venía la inquina hacia ella. Le parecía que más bien querían convertirla en el pretexto para sacarse de encima a las mujeres porque él, cada vez que se entrevistó con ella, lo que vio fue una persona centrada, buena. Mal le olía la ola de críticas y ataques por los medios. Claro que a él tampoco le gustaba lo de poner a los delincuentes en jaulas, por muy malos que fueran. Ni sabía por qué no le gustaba. Si alguien discutía con él, no sabía expresarlo. A la misma Eva Salvatierra no se lo había podido explicar. Ella le dio sus argumentos y aunque él los entendiera, en el fondo, fondo, no lo convencían. Pero agarrarse de eso para decir que la mujer no estaba capacitada para sustituir a la Sansón, era pasarse de moralista o de vivo, no sabía cuál.

239

Sonó sus campanas. Un hombre gordo y alto le compró un raspado de piña, después pasó una señora con una niña y le compró uno de frambuesa. ¡Qué raro que no saliera la Chelita!, pensó. A esa hora siempre salía a darse su estiradita, a fumarse un cigarrillo y comerse su raspado. Era la enfermera de los cuidados intensivos. Ella le había contado de la muchacha extraña –clienta de él también– que se alternaba con el novio de la Presidenta, noche y día. Juana de Arco se llamaba. Siempre andaba vestida de negro, con el pelo corto engomado para mantenerlo parado en punta. Llegaba en moto y salía a bañarse, a cambiarse de ropa, porque en la tarde regresaba. A esa hora compraba su raspado. El primer día lo quedó viendo extraño. Usted estaba en la plaza cuando hirieron a la Presidenta, ¿no es cierto?, le preguntó. Él le contó cómo se había brincado desde su carrito cuando vio que ella caía para atrás. Y ella le echó una gran sonrisa. Sin saber por qué él le tuvo lástima. Era bien jovencita, pero trataba de hacerse la mujer vieja, madura. Quería aparentar que era supercontrolada.

Un chavalo pasó a su lado y le puso una papeleta en la mano. La leyó:

HOMBRES DE FAGUAS

YA ES HORA QUE LAS MUJERES BUELVAN A SUS CASAS

NO NOS DEJEMOS MANGONEAR MÁS

TODOS A LA MANIFESTACIÓN DE HOMBRES LIBRES

HOY A LAS 6 PM

PUNTO DE REUNIÓN: GLORIETA DE LA INDEPENDENCIA

¡Hombre amigo!, pensó. ¡Qué país este para nunca estarse quieto!

La Chelita no salió. Preguntó por ella a varias de las enfermeras pero nadie le dio razón de su paradero. A mediodía se regresó a su casa a almorzar, dormir la siesta en su hamaca y esperar que dieran las cinco y media para ir a vender a la manifestación.

Flotaciones

Viviana Sansón flotó entre las repisas como los astronautas en la estación espacial. No tenía noción de cuándo se había percatado de que podía flotar a voluntad. ¿Quizás cuando vio las cigarras y las flores de palma? Lo cierto era que el galerón ya no le parecía tan oscuro como antes. Podría haber jurado que se empequeñecía y que una mano oculta y desconocida abría tragaluces en el zinc, dejando entrar delgados hilos de luz que, súbitamente, sumían el entorno en un aire blanquecino color de niebla. Está turbio el aire, pensó. De las repisas miró alzarse lentamente objetos irreconocibles. Flotaban a su lado como tentándola a que los reconociera, pero sintió que perdía el interés por recordar. Otras cosas sí le evocaron retazos de vida, como los materiales de campaña del PIE: las cajas de pastillas contra el dolor de cabeza, las bolsas de pañales donde pusieron pegatinas y los test de embarazo rotulados con su eslogan.

Vio pasar escenas de su campaña: las reuniones en los pequeños pueblos con las matronas entalcadas y acicaladas que del delantal se sacaban los rollos de billetes para contribuir con su "ganancia". Las chavalas que la miraban, que imitaban su ropa apretada, sus escotes y sus botas, y cantaban la canción que el rockero más guapo de América Latina, Perrozompopo, había escrito para ella:

Si querés cambiar
Empezá a caminar
Paso a paso, pie con pie
Vamos p'alante
No lo dude usté

Viviana te convida
Te convida a la vida
Paso a paso, pie con pie
Vamos p'alante,
no lo dude usté

Vio la bandera blanca con el pie de las uñas rojas ondeando en manos de las multitudes, ahora en cámara lenta, ahora en cámara rápida como esas películas antiguas.

La invadió una sensación de burbujas efervescentes, de sangre danzándole en el cuerpo. Extendió los brazos, sintió una corriente fresca bajo su espalda sosteniéndola, meciéndola, se acurrucó pensando que era su madre de nuevo, que era pequeña y que encontraría en el pecho maternal el sonido del corazón latiéndole al oído.

Volvió a extenderse cuan larga era; qué divertido ser ingrávida, dejarse ir en el remolino de brisa suave y templada que la envolvía. Abrió los ojos un instante, vio el techo de zinc brillando sobre su cabeza, las vigas de madera, las lámparas meciéndose y sacudiéndose como si estuvieran vivas. Se preguntó si temblaba la tierra y ella no se enteraba por estar flotando. Vio paredes disolverse. Su cuerpo giró. Vislumbró el rostro de Principito de Sebastián, mirándola con ojos de nostalgia, vio la puerta por la que ella deseaba escapar acercándose a gran velocidad y cruzó el dintel encendido.

La revuelta

Mientras leía una serie de documentos, sentada en la silla del despacho presidencial que ocupaba hacía una semana, Eva Salvatierra escuchó un ruido de vidrios rotos. Levantó la cabeza y se dio cuenta de que la luz de la tarde daba paso a la noche. Se puso de pie para asomarse por la ventana, cuando Viola, su secretaria, entró seguida por dos policías de la seguridad personal.

—Venga, Presidenta, tenemos que sacarla de aquí, hay un tumulto afuera y están apedreando las ventanas.

Eva las miró desde el escritorio. Se apartó una mecha de pelo rojizo de la cara.

—Venga, Presidenta, por favor —dijo la más corpulenta de las policías, acercándose y tomándola del brazo.

Eva quitó la mano de la policía, molesta. La muchacha, asustada, dio un paso atrás.

—No puede ser tan malo —dijo Eva, mirándolas con reproche. A veces cuando alguien inesperadamente le ponía la mano encima reaccionaba así. Respiró hondo. Se puso de pie y echó la mirada sobre la ventana.

—No son muchos —dijo la joven policía, cohibida—, pero una pedrada con buena puntería…

—Usted, que es de mi seguridad personal, ¿no sabe que este despacho tiene vidrios blindados? —la miró Eva con dureza—. Es imposible que una pedrada haga más que ruido.

—Quebraron los vidrios de unos vehículos estacionados en la plaza.

—Esta no es la plaza.

Eva se asomó por la ventana. No eran muchos los hombres agrupados afuera, las caras cubiertas con pasamontañas, tirando piedras y lanzando bombas caseras.

Una línea de policías estaba formada frente a la Presidencial.

—Comuníqueme con la jefa de la Policía —dijo, con autoridad, indicando el walkie-talkie de su jefa de seguridad.

Un instante después hablaba con ella. La Comisionada le pedía disculpas.

—¿Que la disculpe? Hay una situación tensa, ¿y a usted no se le ocurre reforzar la Presidencial?

No pretendía justificarse, dijo la voz por el walkie-talkie, pero solo habían movilizado patrullas a cubrir la concentración de los Hombres Libres en la Avenida de la Universidad. Mandaría a las unidades antimotines de inmediato.

—Hay que desalojar a esta gente —dijo Eva—. Con mangueras, *tasers*, lacrimógenas; lo que sea necesario sin llegar a más. Los recogen, los fichan y los sueltan —ordenó.

Martina entró en ese momento a su despacho.

—Evita, hay manifestaciones de hombres por todos lados. Son pequeños grupos pero se han puesto agresivos.

Eva indicó a Viola y a las policías que las dejaran solas. Estaría más segura allí, les dijo. No había razón para que ella se trasladara al cuarto blindado. Las mujeres salieron.

—A veces me pregunto cómo hemos hecho todos estos años —se lamentó Eva, furiosa, caminando de un lado al otro—. ¿Cómo es posible que no supieran que estos cristales son blindados? Son cosas que no me explico.

–Mejor prevenir que lamentar. Yo entiendo su lógica.

–Sacar a la Presidenta de su despacho es una medida que solo se toma en situaciones de ataque directo o asonada –dijo Eva, severa–. Esto no es nada parecido.

–Ifigenia y Rebeca están por llegar –dijo Martina–; quedamos de encontrarnos aquí.

–Parece que el conejo se nos salió del sombrero, ¿eh? –dijo Eva, sonriendo irónicamente.

–Es absurdo, estúpido, inexplicable. ¿Ya viste el *Blog del Impertinente*? Y como él, hoy amanecieron todos los comentaristas machos pidiendo elecciones. Dicen que eso es lo que estipula la Constitución que nosotras mismas reformamos, que no aceptarán una presidenta interina sin elecciones, sea quien sea.

–Pues hay que reconocer que no les falta razón. Hicimos esa reforma. Nombrarme a mí fue una salida que nos inventamos. En mala hora.

Martina se percató del mal humor de la otra. Cambió de tono.

–Explicamos ampliamente las razones en el caso particular de Viviana. Arman alboroto porque les da la gana.

–Porque quieren deponernos. Esa es la realidad que hay detrás de esto, de lo de Viviana.

–¿Estás segura?

–Tengo mis sospechas.

–No hacemos nada con sospechas. Ese es el problema.

Se levantó y se asomó a la ventana. El aullido de las sirenas de los carros-policías se escuchaba en la plaza. Martina se aproximó.

Un gran número de mujeres policías, con trajes y cascos antimotines bajaban de camionetas y jeeps, formando un semicírculo alrededor de los manifestantes. Todas iban armadas de *tasers*.

Martina miraba a Eva. Nunca la había visto tan tensa ni rabiosa.

–Van a ver esos imbéciles lo que son esas mujeres –dijo, por lo bajo, golpeándose con el puño izquierdo la palma de la mano derecha.

–Calmate, Evita, calmate. No perdás la dulzura de tu carácter.

–¿A vos no te pasa a veces que odiás a los hombres? Yo no los odio uno por uno, pero cuando los veo así, violentos, en grupo, tengo que reconocer que se me sube un desprecio profundo desde quién sabe dónde.

–Calmate, Evita –volvió a repetir Martina–. No es el momento. Tenemos que ver qué hacemos –se pegó a la ventana–. Mirá las policías y mirá a los hombres volteándose como si quisierán pegarles, ay Dios mío, qué desastre.

Ifigenia y Rebeca entraron en ese momento y corrieron a la ventana.

Abajo se oían gritos y rugidos de la gente; la policías forcejeaban moviéndose sin separarse para cerrar el círculo sobre los hombres que les gritaban insultos: mujeres de mierda, hijas de puta... Eva seguía dándose con el puño izquierdo en la palma derecha.

–Voy a bajar –dijo–. Esto es demasiado.

–Ni se te ocurra –dijeron las tres a la vez–. Ya no sos la Ministra de Defensa, ahora sos la Presidenta. No se te olvide. No te corresponde –Martina la agarró del brazo. Eva se sacudió la mano de Martina.

Abajo, las policías con los escudos seguían avanzando. Ya varios hombres gritaban revolcándose bajo el efecto de las *tasers*. A los más bravos y gritones les iba cayendo la descarga eléctrica, dejándolos inutilizados por un rato, pero sin acallar la sarta de insultos: brujas, cabronas, putas, lo usual, pero dicho con una agresividad que no se había manifestado en un buen tiempo.

Del lado de la Presidencial, otro grupo de policías sin cascos se abrieron paso dentro del molote, esposando a los que se reponían en el suelo de la descarga eléctrica.

A los que iban reduciendo, los empujaban hacia los carros-patrullas. Eran como cincuenta hombres, no muchos, como había dicho la jefa de seguridad.

Poco a poco la plaza se quedó en silencio. Con las sirenas prendidas, ululando en la noche, una a una se marcharon las patrullas con su cargamento de hombres furiosos, desafiantes.

Tocaron la puerta y entró la jefa de la Policía Nacional, Verónica Alvir, despeinada, sudada. Se cuadró frente a Eva.

—El desalojo es completo —dijo—. Misión cumplida.

Martina contuvo el impulso de decirle que se sentara y se tomara un vaso de agua. La policía era una mujer fuerte, alta, delgada, pero de antebrazos musculosos. Seguro hacía pesas.

Eva se dio por informada con un movimiento de cabeza. ¿Qué le pasa?, pensó Rebeca. Gracias —la oyó decir—. Fíchenlos y suéltenlos.

Se quedaron solas las cuatro. Eva se dejó caer sobre la silla. Se tapó la cara con las manos un instante.

—Bueno, ya pasó —dijo, sacudiéndose el pelo.

Ifigenia, Martina y Rebeca se miraron. Rara vez habían visto a Eva, la calma, la impasible, perder los estribos.

—Hay manifestaciones en varias partes de la ciudad —dijo Rebeca—. Tenemos que pensar qué hacemos.

—Nada —dijo Martina—. Hay libertad de expresión, de asociación. No podemos hacer nada; solo podemos intervenir si hay vandalismo o ataques a la propiedad pública o privada. Ustedes se preocupan de eso, yo me preocupo de que los hombres, las mujeres y similares tengan la libertad de manifestarse.

Al día siguiente, salieron más hombres a la calle. Esta vez, como anunciara Martina, eran los Machos Erectos Irredentos. Desfilaron por la avenida principal pacíficamente, con enormes falos pintados sobre cartulina y otros hechos con tela beige, rellenos de algodón.

Sobre las aceras, las mujeres los veían pasar, unas riéndose, otras sacándoles la lengua.

Día tras día se sucedían las manifestaciones. ¡Elecciones!, ¡Elecciones!, gritaban los hombres.

Los conspiradores

Leticia Monteró se levantó con una sonrisa del sofá donde veía la televisión. Sirvió un vaso de vino para ella y un whisky para su marido. Le pasó el vaso y chocó el suyo con el de él. Iba bien la cosa, le dijo.

—Mujer de poca fe —dijo él haciendo un guiño—. Te dije que tuvieras paciencia.

—Me cuesta —dijo ella—, lo reconozco. Por ejemplo, decime qué va a pasar ahora.

—Va a ir creciendo esto. Es cuestión de días.

—¿Y qué crees que pase?

—Pues que tendrán que ceder.

—Mmmm...

—A menos que vos tengás una idea mejor.

—Las mujeres —dijo Leticia—. Hay que sacar a las mujeres. Hasta ahora solo los hombres han salido.

—¡Bravísima! —dijo el marido abriendo la palma para chocarla contra la de ella—. *Give me five*.

—Es que si no, no va a funcionar. Hay que sacar a la calle a las amigas de las mujeres de la oposición que están en la Asamblea; que las vean, que las oigan. Están atontadas por esas brujas, quién sabe qué poción les echan en el café.

–Yo te pongo todos los recursos: transporte, lo que necesités, pero a vos te toca organizar el ala femenina.

Leticia sonrió maliciosa.

–Por eso no te preocupés –dijo–. No creás que no he aprendido algo de vos todos estos años. Y decime una cosa: ¿qué pasó con el pistolero?

–Te dije que nada tuve que ver. Fue otro el que se encargó de eso. Yo tuve una participación irrelevante… Bueno, hasta cierto punto. Sé que hay un acuerdo. Nosotros le mantenemos a la mujer si lo capturan. Es lo único que pidió, que la mantuviéramos y la vigiláramos porque ella se fue donde su mamá y no quiere que le ponga los cuernos.

Transcripción íntegra de la tercera entrevista
al señor José de la Aritmética

(*Ruido de sillas*)

J. A.: Buenos días, doña Presidenta, la felicito por su nombramiento.

E. S.: Gracias, don José. Siéntese, hágame el favor. (*Ruido de sillas*). Mire, don José, lo mandé llamar porque necesitamos urgentemente saber quién está detrás de estos disturbios. Sospechamos que hay una conexión entre ellos y ese Dionisio del que usted me habló, el marido de Ernestina. Lo mandamos a traer, lo interrogamos, pero él se hizo el loco; nos habló de eso mismo que usted nos contó, que la Virgen estaba llorando, que se le aparecía en el lavamanos todas las mañanas porque nosotras la hacíamos sufrir, pero negó que él hubiese sido el autor del atentado. Hay asistentes a la plaza que creyeron reconocerlo, pero no tenemos suficientes elementos para detenerlo. ¿Usted no cree que Ernestina, la esposa, nos pueda dar alguna pista?

J. A.: Ya la Azucena, mi hija, trató, pero ella dice que no sabe nada.

E. S.: ¿Y usted le cree?

J. A.: (*Sonidos inarticulados expresando duda.*) Mmm, pues, no sé, la verdad, yo vi un poco sospechoso que se separara de él un mes antes del atentado contra la Presidenta.

E. S.: Azucena piensa que ella lo ve como un padre a usted, que quizás usted la convenza de que diga lo que sabe. A juzgar por la situación, sería urgente saberlo…

J. A.: Entiendo. A mí también me preocupa la polvareda que han levantado con el pretexto de su elección. Se ve que están buscando pretextos.

E. S.: Entendemos que Ernestina no ha vuelto con el marido, pero parece que hay acercamientos, que él la ha buscado…

J. A.: Capaz que sí, y como ella es retentada, reincidente, no entiende que ese hombre no tienen composición… Mire, no le prometo nada, pero déjeme ver qué puedo hacer…

NOTICIA DE PRIMERA PLANA EN EL DIARIO *EL COMERCIO*

Agencia EFE, 20 de noviembre
Por Pilar Moreno

Si ayer fueron los hombres, hoy son las mujeres las que han salido a las calles en Faguas a demandar que se realicen elecciones y a protestar por lo que califican como el nombramiento "ilegal" de la ministra Eva Salvatierra como Presidenta interina.

Un numeroso grupo de mujeres de todos los estratos sociales salió de la catedral y de otras iglesias y marchó hasta el edificio de la Asamblea Nacional, haciendo sonar cacerolas, pitos y tambores.

Por su parte, mujeres partidarias del partido de gobierno, PIE, se concentraron en las aceras a ver pasar la manifestación. Mientras las manifestantes lanzaban insultos a las observadoras, estas les tiraban flores y ondeaban pacíficamente las ya conocidas banderas del piecito.

"No tenemos ningún pleito con otras mujeres", dijo Cristina Bescós, desde la acera donde la entrevistamos, mientras tiraba crisantemos amarillos que llevaba en una canasta. La industria de las flores, como es sabido, es uno de los logros más espectaculares del gobierno femenino del PIE. Faguas ha alcanzado ya los principales mercados del mundo y existen negociaciones para adquirir dos Boeing 767 más para suplir la creciente demanda.

Por su parte, la Ministra de las Libertades Irrestrictas, Martina Meléndez, anunció que su oficina está abierta para recibir las solicitudes de la población que quiera manifestarse a favor o en contra. Según nos informó, para el día de mañana hay dos actividades planificadas a las que se les ha brindado permiso: la primera que ha sido convocada bajo el nombre: Las mujeres nos ponemos de pie, consistirá en una acostada multitudinaria en la Plaza de la República (y en cualquier lugar que cualquier mujer quiera acostarse) y en una levantada, igualmente multitudinaria, cuando suenen las campanas de las doce del mediodía. La otra actividad es en los barrios, donde grupos de mujeres pasarán por las casas, haciendo pedicures y pintándoles las uñas de rojo a las mujeres que así lo deseen.

Relato de Juana de Arco

El tiempo pasa despacio en el hospital, pero yo nací dotada de una larga paciencia. ¿Cuántos meses me tomó serruchar con una lima los barrotes de la ventana cuando me escapé de la esclavitud sexual en que estuve? Ya ni lo recuerdo. ¿Cuánto años hasta que volví a saber de las dos compañeras que perdí aquella noche en que me acompañó Viviana? ¡Las cosas de la vida! Si hubiesen tenido la paciencia de esperar donde les dije, otra sería su historia. Pero no tuvieron paciencia. Por eso una sigue de chivo en chivo y la otra kaput, muerta. Es bien fácil morirse si uno es bonita, y pobre. Un traspié, una cara mal leída, un poco de confianza al sujeto equivocado y te fuiste, triste. En cambio, ¡qué suerte la mía! A veces hasta me parece injusta tanta suerte para una sola persona. Por eso la mujer en esta cama jamás padecerá mientras yo viva. Soy su Juana de Arco, su caballera andante, soy capaz de todo por ella. Creo que no lo sabe, y es mejor así. Si tuviéramos plena conciencia de cuán trascendente puede llegar a ser para otro ser humano un solo gesto de solidaridad, tendríamos que repensar toda nuestra vida, porque hay que ver lo que significó para mí la intervención de Viviana.

Eso estaba pensando. Lo recuerdo bien. Exactamente eso, cuando Viviana abrió los ojos. Yo no me moví, se los juro. Yo estaba recostada en la silla, sin zapatos, con los pies al borde de su cama, con el libro sobre las piernas, ida en mis pensamientos. La verdad es que yo estaba allí sin estar estando. Me iba en mi mente. Me bastaba oír en la máquina los latidos de su corazón, para estar tranquila. No necesitaba verla. A fin de cuentas, ella llevaba dos meses en ese estado. Yo le hacía ejercicios, le movía las piernas, los brazos, asistía a la enfermera que la bañaba, le sobaba la cabeza, le hablaba, le leía. Solo cuando llegaba Emir, me salía. Pero él era muy emotivo. Ni quince minutos pasaba junto a Viviana y ya estaba llorando. Me daba pesar. Eran unos lagrimones de hombre los que le salían. Le costaba mucho verla así, pero venía a menudo. Se iba a Washington y el fin de semana no fallaba. Me relevaba sábados y domingos. No es que yo necesitara que me relevaran, pero, bueno, él era el hombre de ella. A veces también llegaba Celeste. A veces, yo tenía que trabajar, pero poco a poco Martina y las demás me relevaron de otras obligaciones. Que yo estuviera con Viviana las tranquilizaba; podían dedicarse a sus cosas sin preocuparse. Y eso era importante. Yo lo tenía muy claro.

Pero, como digo, cuando abrió los ojos, no me moví. Me quedé congelada, esperando. Eran como las tres de la tarde. El sol entraba por la ventana y la luz oblicua sobre la cama no dejaba lugar a dudas de que estaba viendo los ojos abiertos de Viviana. Me moví muy despacio; despacio bajé las piernas y me incliné hacia delante para acercarme. No seas brusca, me dije. Al suave, al suave. Fui aproximándome a su cara, hasta que pensé que la mía quedaba enmarcada en la lente de sus ojos. Le susurré: Vivi, Vivi.

Normalmente, por respeto, yo le llamaba Presidenta, pero me pareció ridículo decirle Presidenta en aquellas circunstancias, así que eso fue lo que dije: Vivi.

Me miró. ¡Ay, Dios mío! Lo que es que alguien que uno quiere lo *vea* a uno! Tantas personas conozco que jamás, jamás de los jamases *ven*; que no saben ver. Creen que ven, pero solo se ven a sí mismos, solo buscan su reflejo; pero Viviana me *vio*.

Fue como si me tocara. Sentí sus ojos recorrer mi frente, las agujas de mi pelo engomado, el arco de mis cejas, mi nariz, mi boca, los aretes en mis orejas. Se van a reír, pero era sensual aquella mirada: me dibujaba como si ella fuera una exploradora descubriendo un continente perdido, como si me lamiera con gusto y regusto. Y yo me sonreí como que me hicieran cosquillas. Le pasé la mano por la frente. Hola, le dije, hola Vivi. Y ella sonrió también. Y también me dijo: Hola, hola, casi sin voz, un hola que intuí más que oí. Su garganta estaría tan seca, pensé. Pero le volví a decir hola no sé cuántas veces, despacito, y ella también, hasta que empecé a oír apenas la palabra formándose en su garganta. Bienvenida, dije después. Y ella sonrió, y yo no cabía en mí de gozo porque sentí que nos estábamos comunicando, que ella estaba allí de cuerpo entero, que sabía que yo estaba allí, que hasta tenía sentido del humor, por la manera en que sonrió cuando le dije "bienvenida".

Le besé la frente, le apreté la mano. Ella me devolvió el apretón. Tenuemente, pero sentí sus dedos enroscarse en los míos. Esperé un rato. No llamé a nadie. Quería ese momento para mí. Era mío; mi recompensa por no dudar que ella regresaría. Sus ojos se movieron. Miró el techo, las ventanas.

Y entonces me atreví a preguntar.

—¿Sabés quién soy? —musité, temerosa, mirándola a los ojos, dejando que me viera.

—Perfectamente —me dijo.

PERFECTAMENTE.

No dijo sí, ni asintió con la cabeza. Dijo esa palabra larga, enredada, enredadísima: perfectamente.

—¿Quién soy? —le pregunté.

—Juana de Arco —me respondió ronca, la voz pastosa, apenas audible.

Yo sé que no tendría que haberme puesto a llorar, pero qué quieren que les diga; los lagrimones los sentí brotar como si mi cerebro hubiese estado lleno de charcos y pozas esperando vaciarse. Allí a su lado, sentada junto a la cama, me tapé la cara con las manos y sollocé con toda mi alma; dejé escapar la angustia de los dos meses de velarla y lloré sobre todo porque me invadió la plenitud de una felicidad que hasta entonces no conocía, la plenitud de un amor profundo por esa mujer, porque al recuperarla me recuperé a mí misma, porque ella no solo supo quién era yo, dijo que lo sabía PERFECTAMENTE. Y eso era más que bueno, era un jubileo, una celebración, una fiesta.

Llamé a los médicos, a Celeste, a Emir, a Martina, Rebeca, Eva e Ifigenia.

En poco tiempo la habitación se llenó de máquinas y doctores. Nos pidieron que esperáramos fuera. En el pasillo nos aglomeramos, abrazándonos, llorando. Era una escena de locura. Emir llamó de nuevo. Tomaría el primer avión, dijo.

Dionisio y el complot

Al salir del despacho de Eva Salvatierra, José de la Aritmética recordó el revuelo en su casa cuando se supo que la policía había citado a Dionisio a declarar.

—A tiempo lo dejó la Ernestina —había dicho él, sin poder evitar que el aleteo de una sospecha incómoda se le posara en el hombro.

—Hace un mes exacto. Como que se lo olía —dijo Mercedes.

Se fue directamente a buscar a la Ernestina. Vivía con la mamá desde que dejó al Dionisio, a unos cuarenta y cinco minutos de camino. Tantos años lo aguantó, pensó, doce, y mirá que dejarlo con las completas, justo antes del atentado contra la Presidenta. Se preguntó si la Ernestina sabría algo. Igual que Eva, él también pensaba que alguien más estaba detrás del atentado. Nadie lo iba a convencer a él de que no había gato encerrado en el asunto. Gato no come gato, se dijo.

Él jamás se tragó a Dionisio. Se lo cantó claro a la Ernestina desde que la vio deslumbrada como venado lampareado por el mentado novio. Era zalamero y se las daba de fino y le encantaba contar cuentos de chofer elegante, de los lugares donde iba con sus jefes al extranjero. Volvía con regalos para la Ernestina: ropa y aretes y esas cosas que le encantan a las mujeres. Y la llevaba a los "naiclubs" porque era parrandero y le encantaba tomar. Pero solo los fines de semana, decía ella y lo defendía: nada malo tenía que el hombre fuera alegre. Bien merecido se tenía sus tragos porque era buen trabajador. No te fíes, Ernestina, le decía él. Y verdad que la desconfianza que él sentía era de puro olfato, de que se le ponía la piel eriza cuando lo veía inclinarse hacia la muchacha y decirle cosas al oído; es que los ojos y el cuerpo no le funcionaban parejos al hombre. Hacía los gestos correctos pero con la mirada calculaba cómo controlarle a ella alma, vida y corazón. Mercedes también le tenía resquemor. Querían a la Ernestina como otra hija porque la vieron crecer. Desde chiquita Azucena y ella fueron inseparables, las dos igual de vagas, malas alumnas, buenas en los deportes; Azucena gordita con la sorpresa perenne en la cara y la Ernestina flaca, larga, se le veía que iba a ser linda, tenía el color de ojos más amarillo que él viera en su vida. La amistad con Azucena, el cariño, todo se les había amargado desde que la Ernestina se casó. Empezó a llegar moreteada, con el labio partido, costras de sangre en la nariz, un diente menos. Se refugiaba donde ellos, juraba que iba a dejar a Dionisio, pero volvía una y otra vez porque decía que él le lloraba, le juraba. Apenas llegaron los hijos, él supo que ella ya no tenía remedio. Si hubiera estudiado habría podido trabajar, pero nada sabía hacer la Ernestina. Por lo menos Azucena sí que sacó partido de su físico atlético metiéndose a policía. Con el tiempo, ver llegar a la Ernestina golpeada se volvió cosa de cada dos, tres meses. Ni embarazada le dejó de pegar el tal Dionisio y después le prohibió ir donde ellos, que los visitara. Él pasaba todas las tardes vendiendo raspado por la casa de ella para por lo menos enterarse cómo estaba, y se preocupaba porque los cuentos de la Ernestina iban de mal en peor. El hombre la torturaba, le dijo una vez. Agarraba hielo y se lo pegaba al cuerpo hasta que la quemaba. Se lo contó a Azucena y llegó la policía, lo llevó detenido, pero fue peor. La Ernestina lo fue a sacar y él se ensañó más contra ella. Toda la belleza se le acabó. Fue triste ver cómo se fue arruinando, se la pasaba lavando ropa, desarreglada, mechuda, cada vez más flaca y ojerosa.

Lo único que la alegró, cosa que a él le llamó la atención, fue la campaña del PIE; se acercaban las mujeres a su casa y ella les hablaba primero desde el jardín, pero después las invitó a entrar, reaccionó. Ya para entonces el Dionisio le había hecho un corte profundo en la mano con una navaja, a raíz del cual la Ernestina se fue donde su mamá y por primera vez se le paró a él en serio. Compungido, Dionisio juró enmendarse. Ingresó a la secta "No llores más". Tuvo su gran conversión religiosa: hablaba en lenguas, oraba a gritos y leía la Biblia que siempre cargaba bajo el brazo —sobaco de santo, le decía él para sus adentros—. Lo mejor fue que dejó de beber. La Ernestina volvió con él. Aseguraba que él era otro. Pero cuando la campaña electoral entró en pleno y la Ernestina dijo que iba a votar por el PIE, se armó Troya otra vez. Esas mujeres eran pecadoras, comehombres, pervertidas, solo querían acabar con la religión y las buenas costumbres, eran satánicas, perjuraba el Dionisio. Un día que Azucena apareció vestida con una camiseta del PIE, José bien lo recordaba, la sacó con improperios de su casa. Al fin no se supo si Ernestina logró votar, pero las cosas parecían estar mejor porque la Ernestina se apuntó para cuidar niños en la guardería de la cuadra. Las mujeres de cada cuadra que iban a trabajar elegían una "madre voluntaria" entre las que se quedaban en la casa, y le dejaban los chavalos. El Estado les facilitaba un estipendio para habilitar dentro de las casas un espacio para los niños. Les suplían de comida y juguetes y pagaban un salario modesto para el o la que se encargaba, porque decían que la maternidad era cuestión de vocación no de sexo, y que bien podía haber hombres que hicieran de madres. Y así sucedió cuando pasaron la ley de subsidios a las "madres voluntarias". Se apuntaron hombres cesantes del Estado y nada mal hacían su papel, la verdad. A todos y todas los entrenaban y los supervisaban. El oficio era como cortado con tijera para la Ernestina. Le ayudaba a su vecina y compartían el sueldito. Lo que era trabajar, pensó José, a la Ernestina le había caído de perlas el trabajo, y el ambiente también, tenía que reconocerse. Para las mujeres como ella, tan atropelladas por los maridos, aquel gobierno sí que había sido un respiro, porque no perdonaban el maltrato. Bien lo sabía él por la Azucena, que trabajaba en las Unidades Especiales. Si era común antes que la misma esposa maltratada defendiera al marido cuando llegaba la policía, eso ya no funcionaba. No había protesta de la esposa que valiera. Se la llevaban a ella también. Los metían a los dos a unos centros especiales de reeducación; todo el día a oír charlas, a ver sicólogos, al final los hacían firmar un documento donde se comprometían a respetarse bajo pena, esta vez, de cárcel para el agresor, y si había reincidencia, los volvían a llevar a la reeducación y en fin, no los dejaban en paz. A las mujeres que decidían dejar al marido les ayudaban dándoles donde vivir hasta que encontraban trabajo, o las mandaban a los campos de cultivo de las flores a aprender el oficio y allí había colegios y guarderías lindas para los hijos. En eso habían sido muy buenas *las eróticas*, para qué negarlo. Él no entendía bien por qué costaba tanto reconocérselo a las mujeres. Nos arde a los hombres, pensó. Nos arde como chile reconocer que han hecho bien.

Ojalá *las eróticas* no dejaran que les quitaran el poder así como así, pensó. La Eva pelirroja bien podía hacer el trabajo de la Sansón. Algo más que decir a su favor. En los partidos de antes nunca se veían los repuestos de los dirigentes; siempre eran los mismos; las mismas caras, los mismos nombres, hasta las mismas camisas usaban, campaña tras campaña.

Estaba llegando a la casa de la mamá de Ernestina. Era una casa muy decente en un barrio de construcciones idénticas, arregladas en hileras alrededor de un parque. Doña Vera había pasado años fuera del país trabajando como ama de llaves en Suiza. Con los realitos ahorrados ahora vivía bien. Siempre la recordaba como una mujer emprendedora. Él la conoció en un puesto de refrescos donde él iba casi a diario a matar la sed y a platicar con los habituales. Se hicieron amigos y así fue como Azucena y Ernestina trabaron la amistad infantil que aún perduraba.

Tocó la puerta y le abrió doña Vera. El abrazo que le dio olía a colonia y a lavanda, pero fue menos efusivo y ancho que de costumbre. Era evidente que estaba tensa y angustiada. En la cara hermosa y los ojos amarillos echaba raíces la preocupación. Aun así, para él fue claro que se alegraba de verlo.

Ernestina apareció al corto tiempo. Lo saludó afable. Se veía más lozana, más tranquila. ¿Qué lo trae por aquí? Hace rato que no lo vemos.

Él esperó a que doña Vera se levantara a hacer sus cosas y los dejara solos. Apenas desapareció, se puso serio. Paró la plática ligera. Susurró.

—Ernestina, lo que vengo a pedirte es importante. Vos sabés lo que está pasando. Hay gente que quiere botar al gobierno, que está conspirando, y eso no nos conviene, ¿no te parece?

—¿Quiénes, don José?

—Yo no sé. Y eso es lo que quisiera: saber —la miró fijo.

Ella bajó los ojos.

—Yo creo que vos sabés algo que no has dicho; creo que por eso dejaste a Dionisio, porque sabías que él algo se tenía entre manos.

Ernestina se levantó.

—¿No quiere tomarse un fresco?

—Vení para acá, sentate. No te molestés —dijo, controlándose la urgencia para no asustarla.

Ella volvió a sentarse. Se mordió una uña.

—¿Sabe cómo está la Presidenta?

—Sigue mal, sigue en coma.

—¿Y a usted le gusta esa otra que pusieron?

—Sí. La conocí. Es buena persona. Ernestina, si vos sabés algo, te rogaría que me lo dijeras. Nadie va a saber que vos lo dijiste. Te lo juro por lo más sagrado. Vos sabés cómo te quiero yo.

—Sí, sí, yo sé —dijo ella, bajando la cabeza, mirándose la falda. Lo miró de pronto—. Es que me da miedo. Son gente mala.

—Me imagino que sí —sonrió José de la Aritmética—. Por eso mismo. Acordate que uno no solo peca por hacer sino por no hacer lo que debe.

Fue largo el proceso de convencer a Ernestina de que hablar no la pondría en peligro. José de la Aritmética se armó de paciencia. Cenó en la casa porque doña Vera los interrumpió con la cena. Se quedó después que la señora se fue a acostar. La Ernestina se veía cansada pero no soltaba nada concreto, solo insinuaciones, temores. A medianoche, como la Cenicienta pero sin perder el zapato, al fin le habló de Jiménez. El que fue Magistrado, le dijo. El chofer de ese señor llegó varias veces a buscar a Dionisio.

—Hasta empezó a enamorarme a mí —añadió—. Por eso me di cuenta de quién era el jefe, los negocios que tenía. El chofer me decía que buscaban a Dionisio para darle trabajo, pero el trabajo jamás se concretó. El hombre ese hablaba con un veneno cuando mencionaba al PIE, que a mí me daba repelo. Dionisio salió con él varias noches. Después de eso empezó con sus cuentos de que veía a la Virgen. A mí no me gustó eso. Me parecía que a propósito se estaba haciendo el loco. El día que encontré la pistola escondida detrás de una leña, por pura casualidad, fue cuando pensé que mejor me iba. Tuve el presentimiento. Me dio miedo por mis hijos.

—¿Dionisio sabe que encontraste la pistola?

—No, don José. Yo no soy tonta. No le dije nada. Ni la toqué. Para mí solo verla fue suficiente.

—Ahora vamos a hacer una cosa. Te vas a quedar aquí. No salgás ni mandés a los chavalos a la escuela.

—¿Se fija? ¿Se fija por qué no quería decirle? —gimió Ernestina.

Él la tomó del brazo.

—Te juro por mi madre y mi padre que están en los cielos que nada malo te va a pasar. Es una precaución nada más. Solo por hoy. Ni abrás la puerta, ni contestés el teléfono. Si hacés todo eso, no vas a correr peligro. Yo te aviso cuando se aclare este entuerto, ¿de acuerdo?

Ernestina asintió con la cabeza.

Justicia

José de la Aritmética salió de la casa de doña Vera de madrugada. Dejó allí el carrito de raspado. Llegó a la esquina y paró un taxi. Eva le había dado la dirección de su casa. Si lograba información en su reunión con Ernestina, le dijo, debía buscarla a la hora que fuera.

Nunca en su vida de vendedor ambulante había sentido la mezcla de sentimientos que le bailaban en ese momento entre pecho y espalda. Tenía miedo pero también orgullo. Si por ratos se sentía la viva encarnación de Sherlock Holmes o James Bond, disfrazados de pobre, por otros quería esconderse o ir a zambullirse en el pecho acogedor de Mercedes. ¿Qué he hecho, Dios mío? Me voy a meter con la mafia más corrupta y desalmada de este país. Voy a poner en riesgo a mi familia, a la Ernestina. Virgen del Perpetuo Socorro, ayudame, San Cristóbal, vos que me has protegido en el tráfico, no me abandonés, San Pascualito Bailón, musitaba, súbitamente tiritando de frío, castañeteando los dientes.

—Se ve que usted no madruga, amigo —le dijo el taxista—. Así son de frías las madrugadas.

—Tiene raaaazzzooón —dijo—. No mmmmadddruggo por lo ggeneral.

Se bajó en la esquina de la casa de Eva. No quería que el taxista supiera adónde iba.

Entre las vueltas que dieron las guardas para decidir que José de la Aritmética no era un desquiciado y aceptar que debían despertar a la jefa, pasó más de media hora. Afortunadamente llamaron a la capitana García y ella autorizó que lo dejaran pasar y se encargó de sacar a Eva del sueño.

Ella lo recibió vestida con una sudadera, en chinelas. Le ofreció café, le prestó una chaqueta. Él no quiso decir nada hasta que no entraron al despacho de la casa. Allí, a puertas cerradas, le dijo cuanto sabía.

Eva se despabiló en un dos por tres. En menos de quince minutos convocó a las oficiales. La casa se llenó de gente, pero él continuó metido en el despacho, escuchando solamente el ruido de los pasos, el arribo de los carros.

Eva salió a cambiarse. Tardó en regresar. José empezaba a quedarse dormido cuando ella entró de nuevo a la oficina.

—Don José, vamos a montar un operativo ahora mismo para atrapar a esta gente.

El mérito que tiene usted es inconmensurable y no tengo cómo agradecérselo en nombre de la Presidenta, del PIE, de Faguas —le dijo—. Lo vamos a premiar como se merece, pero por el momento quiero que sepa, aunque le pido que no lo diga a nadie aún, que la presidenta Viviana salió del coma anoche y que los médicos piensan que se recuperará totalmente.

La cara delgada, envejecida prematuramente por el sol, la cara buena de José de la Aritmética se distendió en una gran sonrisa. Se llevó las manos a la boca como un niño excitado, y se rio. Gracias a Dios, gracias a Dios, qué buena noticia, qué gran noticia.

—¿Ya no va a ser presidenta usted, pues?

—Creo que no, don José, espero que no. Si le soy franca, prefiero mi trabajo.

Tenía que marcharse, le dijo, pero encargaría a la capitana García de que lo instalara en una habitación, con un televisor en color y películas para que pasara el día descansando. Podía llamar a su casa, pero ella prefería que no saliera a la calle.

—Lo mismo le recomendé a la Ernestina.

—Bien·hecho —dijo ella—. Yo creo que usted va a dejar de vender raspado y se va a venir a trabajar conmigo —le guiñó un ojo y salió.

No estaría mal. Nada mal, pensó José, riéndose solo. Yo creo que me metí a vender raspado para andar de curioso, pensó, seguro eso de ser detective lo llevo en la sangre.

Con miedo de cerrar los ojos

La deslumbró el resplandor. Poco a poco, sin embargo, Viviana reconoció la luz, la vio como si fuera la primera vez, sus ojos fijos en las partículas de polvo flotando en los rayos que entraban por la ventana. Qué fluida era, pensó, cómo lo inundaba todo como un aire encendido. Se sintió pesada, un barco encallado suspendido en la claridad. Oyó el bip bip de las máquinas, percibió su cuerpo doliente, horadado, la sonda en la nariz, el brazo con la línea del suero, la molestia en la uretra. Permaneció inmóvil con los ojos abiertos mucho rato. Estoy en el hospital. Crucé la puerta. No estoy muerta. Lentamente, a cuenta gotas, reconoció su conciencia. Le pareció oír, como si se tratara de una máquina puesta a funcionar por un invisible mecanismo, el chirriar de su ser reacomodándose en su interior, echando a andar los engranajes, reconociéndose. Soy Viviana Sansón, tengo cuarenta años. ¿Y si no era cierto? ¿Quién era ella si eso no era cierto?

Empezaba a angustiarse cuando vio la cara de Juana de Arco asomada a sus ojos.

—Bienvenida —escuchó—. ¿Sabes quién soy?

Lo sabía perfectamente. Contestó y no oyó su respuesta. Lo intentó de nuevo.

Después llegaron los médicos. Las pruebas. Martina, Celeste, Eva, Ifigenia, Rebeca. Las nombró una a una, con inmenso alivio. ¿Qué habré olvidado? ¿Cuánto de mí se ha perdido?

La llevaron en camilla por el pasillo. La insertaron en la máquina blanca, la cápsula espacial. Otra vez el pasillo. Estaba muy cansada.

Quería dormir, pero le daba miedo cerrar los ojos, que desapareciera la gente que quería, tan contentos todos de verla, como que hubiese llegado de un largo viaje.

Se aferró a la mano de Celeste. Los médicos querían que apretara las manos, que moviera los pies. Sentía el derecho, el izquierdo apenas.

—Doctor, no me deje dormir —pidió—. Tengo mucho sueño.

—Haga un esfuerzo por estar despierta un rato más —dijo el médico.

—Martina —oyó—, Martina, vení contale cosas. Ayudá a que no se duerma.

Martina le habló de Emir. Estaba en camino, le dijo. ¿Sabés quién es, verdad?

Viviana asintió con una sonrisa. Hombre, dijo Martina, yo que tenía la esperanza de que te despertaras lesbiana, se rio, pero sos hetero perdida, no hay caso.

—Faguas —dijo Viviana—. Hablame de Faguas.

Martina la puso al tanto tan sencillamente como pudo de los acuerdos económicos con la Comunidad Europea, problemas con las lluvias en la región atlántica del país, pero se extendió cuanto pudo en asuntos livianos.

—¿Quién está gobernando? —preguntó Viviana.

—Eva, Eva está gobernando.

Viviana cerró los ojos. El sueño entonces la venció.

La renuncia

La población de Faguas fue informada del retorno de Viviana Sansón a los pocos días de que ella salió de su estado de coma. Lo que nadie esperaba, ni sus colegas del PIE, ni Emir o Celeste, fue que ella decidiera renunciar como Presidenta del país.

–¿Estás loca, mujer? –Martina era la más opuesta. Se controlaba para no gritar, pero apenas lo lograba. Daba vueltas en la habitación de la casa de Viviana como fiera enjaulada.

–No estoy loca Martina. Es una decisión irrevocable.

–Creo que debemos dejar pasar unos días –dijo Eva, intentando conciliar–. No sabés Viviana la que se nos ha armado con mi nombramiento. Si vos renunciás, la oposición seguramente demandará nuevas elecciones.

–No veo nada malo en eso –dijo Viviana–. No dudo que las ganaremos.

–Vamos a ver –dijo Emir–. Tratemos de razonar. Lo vería lógico si tuvieras algún impedimento físico, pero los médicos dicen que en dos o tres meses estarás otra vez caminando sin cojear. Y tu mente está perfectamente bien.

–Faguas no debe tener una Presidenta a medias –dijo Viviana–. Dije ya que es una decisión irrevocable.

—Si no hay problemas, hay que crearlos… —sentenció Rebeca.

—Ifi, convocá a una comparecencia mía por televisión —dijo Viviana—. Mañana mismo.

José de la Aritmética estaba almorzando, mirando las noticias, contento como pocas veces. Dionisio, los Montero, Jiménez y otra serie de personajes serían enjuiciados. En un operativo sincronizado, Eva logró capturarlos. A Jiménez lo bajaron de su avión privado, listo para despegar en el aeropuerto. Algún soplón lo había puesto sobre aviso. La misma Eva, pelirroja, poseída por los mil demonios de su ánimo justiciero, entró a toda velocidad con su jeep a la pista y se parqueó justo frente al avión, impidiendo que se moviera. Pistola en mano, encaramada sobre la tapa del jeep, ella obligó al piloto a abrir la escotilla y a sacar a Jiménez a la escalera. Lo saca o destruyo el avión y se van todos ustedes en una bola de fuego al mismo infierno, lo amenazó.

Los facinerosos estaban ya bajo llave. A Ernestina y los hijos los tenían recluidos en una casa para protegerlos. Ella había aceptado testificar.

José esperaba que, en cualquier momento, Eva lo llamara para darle su primera misión como detective oficial, ahora que los hombres estaban siendo considerados de nuevo para trabajar en el Estado.

Casi bota el tenedor cuando vio aparecer la cara de Viviana Sansón en la pantalla. Delgada, con apenas un asomo de rizos sobre la cabeza (hasta pelona se ve guapa, pensó José), saludaba a su pueblo, les agradecía la solidaridad, las flores. Era un discurso conmovedor que, de pronto, lo dejó a él pasmado. No puede ser, pensó. Quiero decirles que tras meditarlo mucho, he decidido renunciar, dijo. Mi recuperación tomará tiempo. Ustedes ya han esperado bastante. Se merecen una mandataria con plenos poderes físicos y mentales.

Mercedes, que se había arrimado a ver el discurso, se tapó la boca con las manos.

—¡Ay Dios mío! Tan alegres que estábamos y ahora esto.

Puede decirse que por un minuto, mientras la gente absorbía la noticia, hubo un gran silencio sobre Faguas.

Pero dejar de ser Presidenta no estaba en el destino de Viviana Sansón.

Esa misma tarde, como si un invisible flautista de Hamelin hubiese sonado su encantada melodía, mujeres, hombres, jóvenes, viejos, empezaron a caminar hacia la Presidencial. En silencio, miles y miles de personas se aglomeraron bajo el balcón del despacho oval. No llevaban mantas ni pancartas. No gritaban consignas, simplemente llegaban y se quedaban de pie. Martina llamó a Emir.

Él le pidió que no dijera nada a Viviana. Había que esperar, dijo, controlando la emoción que la noticia le produjo, inquieto por ir a ver con sus propios ojos aquel gesto portentoso.

Hacia las seis del la tarde, dejó a Viviana con Celeste y salió.

Del balcón del despacho, junto a Juana de Arco que, por fin, se comportaba como la joven que era batiendo palmas y en un estado de euforia incontrolable, vio las avenidas hasta donde le daba la mirada, repletas de gente. En la plaza la multitud había invadido cuanto espacio había disponible: el parque vecino, los edificios aledaños. La radio reportaba que de las poblaciones del interior iba caminando la gente hacia la ciudad.

—Un pie delante del otro —susurró Emir para sí mismo, y se fue a recoger a Viviana.

La conocía. Sabía que ella no podría resistir semejante demostración de amor.

Y tuvo razón.

Viviana volvió a la Presidencia por aclamación popular.

Viviana

Tengo una bala alojada en el cráneo. Estará conmigo el resto de mi vida. La sé allí y saberla es una advertencia que no paso por alto. Fue larga mi recuperación. Mi pierna izquierda tardó meses en moverse de nuevo y ser mía otra vez, pero del cuarto de los Recuerdos Siempre Presentes regresé lúcida. No me perdí en el camino. Regresé con mis memorias intactas y con la extraña capacidad de no olvidar lo que hay en ese galerón de cosas olvidadas que es el tiempo. No me pareció una capacidad singular al principio. Leyendo las fantasiosas historias de gentes que despiertan del estado de coma con el poder de ver el futuro o de ver fantasmas y cosas así, me reía con Emir de lo tacaño que mostró ser el coma mío.

Pero hay que ver cuánto es posible aprender del pasado. Somos tan buenos para olvidar las lecciones que contiene, tan hábiles para hacer desaparecer nuestros errores, creer que jamás los cometimos para así volver, una y otra vez, a cometerlos. No es fácil esta facultad de la que he sido dotada. Me hace muy atenta, más cauta de lo que nunca fui, creo que he pasado a ser una de esas "almas antiguas" que reconocemos en las personas sabias. A veces extraño el empuje de leona que me llevó a tomar decisiones a puro golpe de intuición, pero sé que no he perdido el valor de tomarlas, solo la rapidez del zarpazo.

No me arrepiento de la locura que fue mandar a los hombres a sus casas, sacarlos del Estado. Admito que fue una medida extrema. Afortunadamente Faguas, siendo pequeña, pudo darse el lujo de crear artificialmente ese laboratorio en el que barajamos identidades y roles como nos dio la gana. Pagué un precio. No me atrevería a proponerlo como un requerimiento imprescindible para que la sociedad reconozca a las mujeres y las mujeres, sobre todo, se reconozcan a sí mismas, pero lo que sí sé es que en mi país significó un cambio profundo que valió absolutamente la pena. Hay que ver el respeto que hemos obtenido por el trabajo doméstico. Ningún hombre considera ya denigrante planchar, lavar, cocinar o cuidar de los niños. Las nuevas familias de Faguas comparten las labores. Han proliferado los comedores comunales en los barrios y la cantidad de madres vocacionales preparadas, hay guarderías en cada centro de trabajo y hasta "estaciones de descanso", esas que soñaba Ifigenia dónde dejar los niños cuando uno va de compras o debe hacer gestiones en la calle. Hijos, madres y padres ya no deben separarse sino hasta cuando los niños atienden la escuela formal a los doce años. Mientras tanto, cada centro de trabajo valora la maternidad como un aporte al futuro y el tiempo que madres y padres dedican a sus niños como la garantía de una sociedad sana. Han desaparecido las pandillas; es poco el problema de drogas, somos un país de flores, de abundante alimento, de personas que se cuidan entre ellas, que respetan la diversidad del amor y sus expresiones; nuestro felicismo ha funcionado. Somos más ricos económicamente porque no postergamos la educación de nuestra gente y es en ellos y en sus vidas cotidianas donde decidimos invertir nuestros recursos. Somos más ricos, sobre todo, porque hemos eliminado la más antigua forma de explotación: la de nuestras mujeres, y así nadie la aprende desde la infancia. Hay brotes, claro; no somos una sociedad perfecta. La verdad es que reconocernos humanos es saber que siempre habrá nuevas luchas y retos, pero bueno, avanzamos. Un pie delante del otro.

FIN

Agradecimientos

El primer agradecimiento es a mi madre, Gloria Pereira. Desde niña, ella me hizo sentirme orgullosa de ser mujer. Gracias a ella, nunca sentí mi sexo como una desventaja; gracias a ella lo bendije desde que tuve conciencia de ser lo que soy.

En los años ochenta en Nicaragua, durante la Revolución Sandinista, existió en realidad un grupo de mujeres, amigas, que nos constituimos en lo que llamamos el PIE, el Partido de la Izquierda Erótica. Cada una de nosotras tenía alguna posición intermedia de importancia en estructuras gubernamentales, partidarias o de masas. Entre todas acordamos discutir y poner en práctica estrategias para promover los derechos de la mujer individualmente en nuestra esfera de influencia. El grupo funcionó por varios años y fue un ejercicio de camaradería y creatividad compartida que nos enriqueció a todas A través del tiempo nos hemos dispersado en otros círculos y hasta adoptado posiciones contrarias en política, pero creo que ninguna de nosotras lamenta o se arrepiente de lo que juntas "cocinamos" en nuestras reuniones. De modo que le agradezco a Sofía Montenegro, Milú Vargas, Malena De Montis, Ivonne Siu, Ana Criquillón, Vilma Castillo, Rita Arauz, Lourdes Bolaños, Alba Palacios y Olga Espinoza las memorias que sirvieron de inspiración para este libro.

En el proceso de escribir la novela conté con el apoyo decidido y los comentarios y sugerencias acertadas de personas muy cercanas a mí, sin cuyo estímulo y apoyo este libro no sería lo que es. A Viviana Suaya, Martha Chaves, Azahalea Solís y Carla Pravisani les agradezco sus sugerencias y aportes invaluables. A mi esposo, Charles Castaldi, y a mi agente y amigo, Guillermo Schavelzon, debe este libro los consejos, correcciones y ediciones que lo llevaron a feliz término.

En mi vida cotidiana le debo especiales gracias a Dolores Ortega, a mis hijas Maryam, Melissa y Adriana; a mi hermana Lavinia. Ellas, cada una a su manera, me acompañaron en este quehacer e hicieron sufribles mis ratos insufribles.

Agradezco finalmente a todas las extraordinarias mujeres que abrieron el camino de la equidad, a las que han rodeado mi vida; a las que conozco personalmente y a las que me han iluminado con sus palabras; todas ellas son artífices de esta ruta que vamos recorriendo las mujeres modernas empeñadas en hacer realidad el sueño de igualdad y justicia largamente postergado al que tenemos derecho y que, sin duda, lograremos conquistar no solo por nuestra felicidad, sino por el bien, la armonía y el verdor incomparable de este hermoso planeta que habitamos.

EL PAÍS BAJO MI PIEL
Memorias de amor y guerra

Tras casarse muy joven y ser madre, Gioconda Belli se unió al clandestino y emergente movimiento Sandinista, sustituyendo su deseo de ser una buena esposa por la necesidad de vivir una vida plena y comprometida con los cambios sociales en su país. Irónicamente, su pertenencia a la burguesía y su carrera como poeta renombrada le brindaron la fachada que le permitió funcionar, secretamente, como rebelde. Desde su infancia en Managua y sus encuentros iniciales con poetas y revolucionarios, a persecuciones urbanas, reuniones con Fidel Castro, relaciones amorosas truncadas por la muerte y su exilio en México y Costa Rica, hasta su inesperado matrimonio con un periodista norteamericano, la historia de Gioconda Belli es tanto la de una mujer que se descubre a sí misma como la de una nación que forja su destino.

Autobiografía

VINTAGE ESPAÑOL
Disponible en su librería favorita.
www.vintageespanol.com